Edith Schreiber-Wicke

Im Schatten deiner Flügel

Edith Schreiber-Wicke

Im Schatten deiner Flügel

Roman

Amalthea
Verlag

Gefördert von der Stadt Wien Kultur

Stadt Wien | Kultur

Der Umwelt zuliebe #ohnefolie

Besuchen Sie uns im Internet unter: amalthea.at

Umschlaggestaltung: Johanna Uhrmann
Umschlagabbildungen: Markussäule Venedig © mauritius images/age fotostock/Guillem López; Lagune © mauritius images/Bernd Schunack
Lektorat: Senta Wagner
Herstellung und Satz: VerlagsService Dietmar Schmitz GmbH, Heimstetten
Gesetzt aus der 10,7/13,97 pt Sabon LT Pro
Designed in Austria, printed in the EU
ISBN 978-3-99050-226-6

Wenn wir einmal nicht grausam sind,
dann glauben wir gleich, wir seien gut.

Kurt Tucholsky

IL TRAMONTO DI FOSSOLI

Io so cosa vuol dire non tornare.
A traverso il filo spinato
Ho visto il sole scendere e morire;
Ho sentito lacerarmi la carne
Le parole del vecchio poeta:
«Possono i soli cadere e tornare:
A noi, quando la breve luce è spenta,
Una notte infinita è da dormire.»

Primo Levi, 1946

SONNENUNTERGANG IN FOSSOLI

Ich weiß, was es heißt: nicht heimkehren.
Durch den Stacheldraht hab ich
Die Sonne versinken und sterben gesehen.
Ich habe gespürt, wie die Worte des alten Poeten
Mir Herz und Körper zerreißen:
»Sonnen können vergehen und entstehen:
Ist jedoch uns das kurze Licht erst erloschen,
Bleibt nur die unendliche Nacht zum Schlaf.«

Übersetzung: Edith Schreiber-Wicke

Für Aldo Izzo

Prolog

Die Lagune Venedigs, Nacht

Es ist anders

Es ist anders als von Regisseuren inszeniert, in Nahtodberichten geschildert. Kein Film mit Lebensbildern im Zeitraffer. Keine Flashbacks in frühe Szenen der Kindheit. Oder Jugend. Aber auch kein Trailer aus den späteren Jahren. Weder Highlights noch Niederlagen. Nichts dergleichen.

Überhaupt kein Kino. Kein innerer Fellini, Pasolini, Visconti.

Da ist nicht einmal der so oft beschriebene Tunnel, weder mit noch ohne Licht am Ende.

Kein Begrüßungskomitee, zusammengesetzt aus jüngst oder längst verstorbenen Familienmitgliedern. Nicht, dass er sich etwas Derartiges gewünscht hätte. Ganz bestimmt nicht. Mit gutem Grund hat er zwischen sich und seine Familie eine beträchtliche Distanz und eine neue Staatsbürgerschaft gebracht. Aber das ist es nicht, womit sich seine Gedanken jetzt beschäftigen.

Seine Gedanken sind bei dem, was mit ihm in diesen Augenblicken passiert.

Sterben? Ist es das?

Natürlich hat er früher schon manchmal über den Tod nachgedacht. Seinen eigenen Tod. Wer tut das nicht? Goldhamster vielleicht. Aber so hat er es sich nie vorgestellt. So kalt, so dunkel, so nass.

Und so überraschend. Nichts hat ihn darauf vorbereitet, was geschehen würde. Nach der Explosion in seinem Kopf, nach dem kurzen Nichts ist er jetzt dabei zu ertrinken. Er spürt, wie er salziges Lagunenwasser in seine Lungen atmet, und weiß, dass er umgehend damit aufhören muss. Was er braucht, ist der Stoff, an den seine Lungen gewöhnt sind – Luft.

Das für Überlebensprogramme vorgesehene Nervensystem tut, was es soll, und arbeitet auf Hochtouren. Neuronen transportieren im Eiltempo per Botenstoff Notfallmeldungen und Befehle zur Lösung der Krisensituation.

Jetzt oder nie ist die Devise.

Jetzt oder nie mehr.

Adrenalin wird gepumpt. Alle für das Überleben wichtigen Körperfunktionen werden mit Notenergie versorgt. Wie so oft reichen die Notfallpläne aber nicht aus oder setzen zu spät ein. Man kennt das von Atomkraftwerken.

Die Nacht schlägt über ihm zusammen. Schwarz. Kalt.

Der verzweifelte Antrieb ist da, aber Arme und Beine verweigern die dringend nötigen Schwimmbewegungen. Panik übernimmt das Kommando. In Sachen Strategie noch nie eine gute Ratgeberin. Und dann beherrscht ihn nur noch ein Gedanke: Das kann es nicht gewesen sein.

Sein Projekt. Die unerzählte Geschichte. Wenn er untergeht, bleibt sie unerzählt. Dann hat ihm der Zufall vergeblich diese unglaubliche Story in die Hände gespielt. Zu früh sterben – das ist wie auf Urlaub gehen mit einem Stapel unerledigter Akten auf dem Schreibtisch.

Der Tod als unerwünschte Auszeit. Zurück bleibt ein Stapel ungelebten Lebens.

Jemand sagt etwas zu ihm. *Una storia ancora da scrivere*. Eine Geschichte, die noch geschrieben werden muss.

Er wird sie schreiben.

Falls er diese kalte, schwarze Nacht überlebt.

Die unerzählte Geschichte

Venedig, Sommer 1943

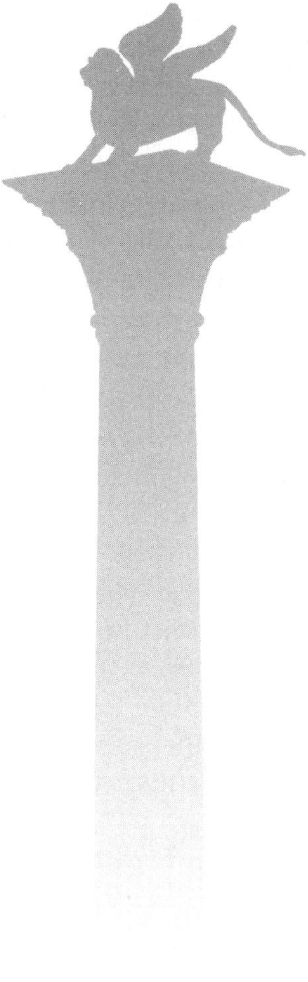

1

Die Musik ist immer da. Töne, so laut und klar in ihrem Kopf, dass sie nicht überrascht wäre, wenn andere sie ebenfalls hören könnten. Manchmal erwartet sie fast, dass jemand in ihrer Nähe irritiert stehen bleibt, zu einem der offenen Fenster hinaufschaut und wissen möchte, woher die Musik kommt. Aber ihr inneres Radio ist Privatsache. Einen mentalen Lautstärkeregler hat es natürlich, für die Momente, in denen sie Brot kauft, ein paar Worte mit der Nachbarin wechselt. Damit sie nicht lauter reden muss als unbedingt nötig. Das würde auffallen. Und auffallen ist gefährlich.

Sie geht wie fast täglich über die kleine Brücke bei den Magazzini del Sale, dann weiter zur Punta della Dogana.

Un bel dì vedremo levarsi un fil di fumo ... Eines schönen Tages werden wir Rauch an der fernen Meeresgrenze aufsteigen sehen. Und dann erscheint das Schiff. Arie der Madame Butterfly. Musik einer unerfüllten Hoffnung. Der Rauch steigt zwar auf, das Schiff am Horizont erscheint tatsächlich und der ersehnte Mister Pinkerton ist an Bord. Aber leider in Begleitung seiner amerikanischen Ehefrau. Und mit dem Vorsatz ihr den Sohn wegzunehmen. Ihr das Einzige wegzunehmen, was ihr geblieben ist. Ende der Hoffnung. Wie das Libretto so spielt. Und das Leben.

Hoffnung. Mit dieser Materie kennt sie sich aus. Wenn auch das, worauf sie hofft, nichts mit Liebe zu tun hat. Weder enttäuscht, noch erfüllt. Man verliebt sich nicht in Zeiten wie diesen.

Was Sex betrifft, den hat sie gelegentlich. Mit sich selbst. Na und. Selbstbefriedigung ist schließlich Sex mit jemandem, den man gut kennt und mag. Es hat Vorteile als Tochter eines Freidenkers und Arztes aufzuwachsen. Der seine Patienten nicht nur vom Tripper befreite, sondern auch von der Furcht, Onanieren führe zu unheilbaren Hirnschäden.

Sie lehnt sich an eine der Säulen der ehemaligen Zollstation und sieht zu, wie sich letzte Morgennebel im Bacino San Marco vergeblich, aber sehr dekorativ dagegen wehren, von der Sonne aufgelöst zu werden. Der Schleiertanz einer stadtgewordenen Salome. Schön anzusehen, aber die Schönheit ist obszön. Und unbarmherzig. Wie Jochanaan erzählen könnte, wenn er erzählen könnte.

Ah! Ich, ich habe deinen Mund geküsst … Problemlos wechselt das innere Klassikprogramm die Oper und den Gesangspart. *Es war ein bitterer Geschmack auf deinen Lippen* … Die Salome hat sie einstudiert, aber nur zwei Mal gesungen. Sie weiß, dass Else Schulz derzeit die Partie in Wien singt. Zuletzt am 24. Juni dieses Jahres. Knappertsbusch am Pult.

Ein bitterer Geschmack …

Täglich mehrmals tauscht sie das innere Musikprogramm gegen BBC oder Radio Vatikan und hofft zu hören, dass der Wahnsinn zu Ende ist.

Es ist Sommer in Venedig, Sommer im Jahr 1943. Der Sommer nach Stalingrad. Der Anfang vom Ende des Tausendjährigen Reichs wie Radio Londra prophezeit. Wenn er nur schon anfangen würde, der Anfang.

Die Stimme, die innere Stimme, die sonst keiner mehr hört, ist die Stimme von Lilly Bergmann, vielversprechende Sopranistin bis zum rassegesetzbedingten Karriereknick. Aus Wochen wurden Monate, dann Jahre. Sie zählt nicht mit. Als sie in ihr Exil nach Venedig ging, fing die Zeit an, seltsamen Gesetzen zu folgen. Auf lähmenden Stillstand, wie die feuchtheiße Sommerluft über der Lagune, wie die regenschweren Ewigkeiten des Winters, folgen Tage, getrieben vom Scirocco oder von der Bora.

Was sie manchmal verletzt, ist die erbarmungslose Schönheit, der sie hier ausgesetzt ist. Sonnenaufgänge, Sonnenuntergänge, so farbgewaltig, als wären sie von Turner gemalt. Unanständig schön, weil Schönheit zur Beleidigung geworden ist, seit der Mann mit der seltsamen Barttracht und dem noch seltsameren Gruß die Welt zu seiner Bühne gemacht hat.

Ein Witz.

Ein Witz, über den man besser nicht lacht. Sie denkt an ihren Freund Robert Dorsay. Schauspieler, Kabarettist, Antifaschist. Im Freundeskreis bekannt für seine wagemutigen politischen Witze.

Zwei Psychiater begegnen einander. Sagt der eine: »Heil Hitler!« Darauf der andere: »Leicht gesagt!«

Du wirst dich noch einmal um Kopf und Kragen witzeln. Ständige Warnung von Freunden. Ist doch ein Witz, für einen Witz wird man nicht umgebracht. Sagt Dorsay. Nicht einmal in Zeiten wie diesen. Unterschätzt er die Gefahr?

Was gibt's für neue Witze? Zwei Monate Dachau!

Robert Dorsay ist im Widerstand. Nur hantiert er nicht mit Flugzetteln oder Sprengstoff. Der Sprengstoff liegt in seinen Anekdoten und Witzen, die weitergeflüstert werden.

Bei Müllers läutet das Telefon. Falsche Verbindung. Eine Stimme sagt: »Entschuldigen Sie, ich habe falsch gewählt.«

Müller antwortet: »Das haben wir alle!«

Flüsterwitze. Mit der inneren Stimme darf man sie erzählen. In der Lautstärke derer, die überleben wollen. Also ohne Ton.

»Ein kleiner Aff«, so hat die Jüdin Blanca Moser angeblich den Mann aus Braunau am Inn genannt. Unerhörterweise sogar hörbar für andere. Sie fühlt sich offenbar sicher in der Popularität ihres Ehemannes Hans Moser. Vertraut darauf, dass die Unantastbarkeit des berühmten Nuschlers auch sie einschließt. Mutig? Oder die Realität verkennend?

Sie selbst ist nicht mutig. Sie möchte leben. Sie möchte ihren Vater wiedersehen. Und irgendwann wieder vor Publikum singen.

Immer öfter, vor allem in den schwebenden Momenten nach dem Aufwachen, wenn die sogenannte Wirklichkeit nicht mehr ist als eine Möglichkeit, hat sie Schwierigkeiten zu realisieren, dass es kein skurriles Stück ist, das da gespielt wird. Der mäßig begabte Landschaftsmaler, den sie an der Kunstakademie nicht wollten, keine überzeichnete Figur aus der Feder eines ebenso mittelmäßigen Librettisten mit Albträumen. Aber Tatsache ist, dass sie sich in einer kleinen Wohnung in der Nähe der Salute-Kirche versteckt und nicht mehr weiß, ob es ihre Stimme noch gibt. Dass ihr Vater in ein Konzentrationslager gebracht wurde und sie seit Monaten keine Nachricht von ihm hat. Dass Menschen wie Robert Dorsay für das Erzählen eines Witzes eingesperrt werden können. Auch ermordet? Das wohl nicht – oder doch?

Niemand aus ihrer Familie, aus ihrem Freundeskreis hat ihn ernst genommen, den Mann aus Braunau. Ein fataler Fehler, wie sich im Lauf der Jahre herausstellte.

Jüdischsein war nie ein Thema in ihrer Familie. »Religion ist eine Droge, egal an welchen Gott man glaubt. Und ich bin gegen Drogen.« Das Credo ihres Vaters, Doktor Nathan Salomon. Arzt aus Berufung. Salomon ist auch ihr Name. Für die Bühne hat sie den Familiennamen ihrer verstorbenen Mutter angenommen: Bergmann. Die schwedische Schauspielerin Ingrid Bergman ist zwar auch jüdisch, aber keiner weiß davon. Ein Name, der so schön deutsch klingt! Der Vater hielt die Namensänderung für vernünftig. Papa! Gedanken können körperlich schmerzen. Besonders Gedanken. Irgendwo zwischen Zwerchfell und Kehlkopf.

O mio babbino caro! Da ist sie wieder, die Musik. Eine Weile hört sie einfach zu. Lässt die innere Stimme Töne aus der Erinnerung holen. Hat das Gefühl, das Vibrieren der Stimmbänder zu spüren. Arie der Lauretta aus *Gianni Schicchi*. Auch die hat sie gerne gesungen. Wie alles von Puccini.

Sie weiß nicht, wo ihr Vater jetzt ist. Nur, dass sie ihn abholten, während sie auf der Bühne stand. Donna Anna in *Don Giovanni*. Für sie die letzte Vorstellung, weil die Direktion ihren Vertrag plötzlich kündigte. Bergmann statt Salomon. Ein kleiner Aufschub. Mehr nicht. Jedenfalls war sie nicht zu Hause, als die Stiefel durch das Treppenhaus polterten, die Türglocke ungeduldig im Dauerton schrillte. Abends. Normalerweise kommen sie in den frühen Morgenstunden.

Hatte die Musik sie gerettet? Einfach weil sie zufällig nicht in der Wohnung war? Oder war es Absicht, ihr die Gelegenheit zur Flucht zu geben? Weil sie für die Wiener Opernbesucher schon ein Begriff war? Zumindest für die Kenner unter ihnen. Wie seltsam, dass sie in Mozarts Oper gegen den Mörder ihres Vaters auf Rache sann, während ihr eigener Vater von staatlich autorisierten Verbrechern abgeholt wurde. *Or sai chi l'onore rapire a me volse, chi fu il traditore che il padre mi tolse … Jetzt weiß ich, wer mir die Ehre rauben wollte, wer der Verräter ist, der den Vater mir genommen.*

Noch während der Vorstellung der Anruf der Nachbarin. »Mein Gott, Fräulein Bergmann, gut, dass ich Sie erreiche! Die SS war da. Die haben den Herrn Doktor mitgenommen. Was für ein Unglück. Sie dürfen auf keinen Fall herkommen! Wahrscheinlich wird die Wohnung überwacht.« Das Telefon stand in der Garderobe. Die Donna

Elvira der Vorstellung hörte zufällig mit. Zog die richtigen Schlüsse aus ihren verzweifelten Fragen an die ratlose Nachbarin.

»Du musst untertauchen. Singen lässt man dich so und so nicht mehr. Du wohnst für die nächsten Tage bei mir. Dann sehen wir weiter.«

»Aber ich muss herausfinden, was mit meinem Vater geschieht.«

»Deinem Vater kannst du im Augenblick nicht helfen. Geh nach Amerika, die Met wartet. Ich habe Verbindungen.«

»Nicht ohne meinen Vater. Außerdem verhaftet man mich spätestens am Flughafen.«

»Dann wenigstens weg aus Wien. Du kannst meine kleine Wohnung in Venedig haben.«

»Venedig? Aber die Italiener sind doch auch auf der Seite der Deutschen.«

»Die Italiener vielleicht, aber die Venezianer sind immer nur auf Seiten der Venezianer.«

»Und Mussolini?«

»Der hatte jahrelang eine jüdische Geliebte. Noch nie von Margherita Sarfatti gehört? Venezianerin übrigens. Der Mann hat garantiert nichts mit Antisemitismus im Sinn.«

»Außer er möchte seinem Freund in Deutschland einen kleinen Gefallen tun.«

»Ach was. Venedig ist zu schön für Antisemitismus. Du wirst es mögen.«

»Warum tust du das für mich?«

»Erstens bin ich im inneren Widerstand und zweitens in dich verliebt.«

»Aber ich …«

»Jaja, schon gut, ich habe gesehen, wie du diesen spanischen Bühnenbildner angeschaut hast. Alles klar – du bist hoffnungslos hetero. Niemand ist fehlerfrei.«

Man kann auch in solchen Situationen gemeinsam lachen.

»Ich habe mir keinen Augenblick lang Hoffnungen gemacht. Außerdem bin ich daran gewöhnt, unglücklich verliebt zu sein. In Zeiten wie diesen ist die Angst größer als die Liebe. Meine Art von Liebe.«

Homosexuelle Liebe ist genauso gefährlich wie Witze über Hitler.

Die Kollegin, die sie eigentlich kaum kannte, hob für sie Geld vom Bankkonto ab. Ging sogar in ihre Wohnung, um ein paar persönliche Sachen und den Schmuck abzuholen. Riskierte viel.

»Glaub mir, sie haben deinen Vater bewusst zu einer Zeit geholt, wo du nicht da warst. Immerhin kennen dich die Wiener Opernbesucher. Du weißt doch, Publikumslieblinge sind hier sakrosankt. Max Lorenz zeigt sich mit seiner jüdischen Ehefrau Lotte sogar in der Öffentlichkeit. Sie steht unter dem persönlichen Schutz Görings. Oder denk an Hans Moser. Seine Frau Blanca ist auch Jüdin. Und sie lebt. Sogar ohne den Vermerk »Sara« in ihrem Pass. Und du weißt, wie sie Hitler öffentlich genannt hat.

»Die Frage ist, ob es ausreicht, dass sie mich mögen. Meinem Vater hat es jedenfalls nicht geholfen.«

»Mach dir nicht zu viele Sorgen. Er ist Arzt. Und Ärzte braucht man. Besonders in diesen Lagern.«

Später organisierte die Kollegin sogar eine sichere Mitfahrgelegenheit nach Italien.

»Hier sind die Schlüssel. In der Wohnung nebenan wohnt Maria. Du kannst ihr vertrauen. Nur ihr, niemandem sonst. Ich habe mit ihr telefoniert. Du nimmst einfach den Platz ihrer Cousine ein, die nach Amerika ausgewandert ist. Ja und noch etwas: Sing nicht unter der Dusche.«

»Ich soll WAS nicht?«

»Unter der Dusche singen. Du singst nicht wie Marias Cousine. Glaub mir.«

»Du meinst, jemand könnte meine Stimme erkennen?«
»Es gibt nicht viele Stimmen wie deine.«

Wieder einmal fragt sie sich, ob diese Stimme noch existiert. Sie hat nicht mehr gesungen seit jenem Abend. Nicht unter der Dusche und auch sonst nicht. Sie spricht natürlich. Mit Maria. Beim Einkaufen aber nur das Nötigste. Wie gut, dass sie Italienisch gelernt hat. Wer mit Vorliebe Puccini und Verdi singt, muss die Sprache können. Und lieben.

Es ist natürlich trotz allem nicht ungefährlich für sie in Venedig. Die Deutschen sind auch hier. Aber in Venedig sind sie weniger deutsch. Das hat die Stadt so an sich. Die deutsche Platzkommandatur auf dem Lido ist weit weg. Überhaupt leben die venezianischen Juden einigermaßen unbehelligt in Venedig. Niemand wird erniedrigt, körperlich angegriffen, deportiert. Bis jetzt. Juden wohnen überall in der Stadt. Nicht nur im Ghetto.

Ghetto. Das Wort macht ihr Angst. Ein Wort wie aus rostfreiem Stahl – spitz, unnachgiebig. Und es hat in der Tat mit Metall zu tun. Mit der Gießerei im gleichen Viertel. *Geto vecchio* – alte Gießerei.

Absurd. Ich verstecke mich in der Stadt, in der das Wort Ghetto erfunden wurde.

Nur ein einziges Mal war sie dort. Hat die Häuser gesehen, die so hoch sind wie sonst nirgendwo in Venedig. Vielstöckige, gedrängt stehende Wohnhäuser mit so niedrigen Räumen, dass die Bewohner gerade noch aufrecht stehen können.

Warum? Ein kleines Buch aus dem Trödlerladen gibt bereitwillig Auskunft.

Gezwungenermaßen musste man auf engstem Raum so viele Wohnungen unterbringen wie irgend möglich. Damals, nach dem Dekret von 1516, als venezianische Juden nur noch im Ghetto wohnen durften. In San Girolamo, der Gegend um die alten Gießereien. In der Nacht wurden die Tore geschlossen und bewacht. Eine »Dienstleistung«, die von den Juden selbst bezahlt werden musste. Ausnahmen gab es natürlich. Wenn ein einflussreicher Venezianer in der Nacht krank wurde und seinen jüdischen Hausarzt brauchte. Venedig und die Juden. Eine Geschichte voller Widersprüche. Man brauchte sie als Geldverleiher, man schätzte das Können und Wissen der jüdischen Ärzte. Aber christliche Prediger hetzten gegen alles Jüdische und dann kam auch noch Papst Paul IV. mit seiner unseligen Bulle »Cum nimis absurdum«, die im ganzen Kirchenstaat die räumliche Absonderung der Juden einführte.

Nur ein einziges Mal ist sie durch den schmalen *sottoportego* gegangen, vorbei an dem Altwarenhändler, der Synagoge, dem koscheren Restaurant. Seither war sie nie wieder in diesem Teil der Stadt. Jeder Venezianer ist in seinem Viertel zu Hause. Ihre Gegend ist Dorsoduro. Was sollte sie in Cannaregio? Außerdem ist sie abergläubisch wie alle Sänger und davon überzeugt, dass Unglück ansteckend ist. Dass die vielfenstrigen Häuser im jüdischen Ghetto Unglück ausatmen wie Kranke ihre Bazillen.

2

Die Stimme des Nachrichtensprechers meldet schwere Schäden durch die Bomben, die in der Nacht auf Mailand fielen. Auch auf die Scala, das berühmte Opernhaus, in dem sie – wann war das? – die Mimi in *La Bohème* gesungen hat. *Mi chiamano Mimi* … Antwort der inneren Stimme auf die Nachrichten. Mimis Arie, nachdem Rodolfo ihr kaltes Händchen gehalten, sich als Poet zu erkennen gegeben hat und mehr über seine schöne Nachbarin wissen möchte. *Man nennt mich Mimi* …

Mi piaccion quelle cose … Mimis Bekenntnis zum Zauber des Lebens, zur Liebe, zum Frühling, zu Traumbildern, zur Poesie. Durchaus nachvollziehbar. Nur dass es letzten Endes nicht gegen eisigkalte Händchen, Armut und Schwindsucht half. Weniger und weniger hilft auch die innere Musik gegen zynische Gedanken. Und Hoffnungslosigkeit.

Bombennacht in Mailand. Sie versucht zu begreifen. Warum werfen die Alliierten ihre Bomben auf Italien, wenn doch das deutsch-italienische Bündnis ganz offensichtlich nicht halten wird? Oder lügt auch Radio Londra? Propaganda auf beiden Seiten? Werden auch Bomben auf Venedig fallen? Es ist kaum vorstellbar, dass diese Stadt von der Wirklichkeit eingeholt werden kann.

Sie will weg von den näher rückenden Wänden der kleinen Wohnung. Wieder steht sie an der Dogana, keine Nebelschleier diesmal, nur ein leichter Dunst über der Lagune. Und die Musik im Kopf. Nach wie vor *La Bohème*, obwohl die Geschichte ja eigentlich in Paris spielt. Aber Venedig ist die Stadt, in der alle Tragödien denkbar sind.

Ein neuer venezianischer Sommertag kündigt sich an. Schon jetzt klatscht die Stadt feuchtwarme Umschläge auf alles, was sich bewegt. Etwas Kühle erwartet sie in Marias kleiner Boutique für Glasschmuck. Wo sie anfangs Perlen nach Marias Vorschlägen fädelte, jetzt nach eigenen Entwürfen. Die Einkäufe auf der Glasbläserinsel Murano machen sie mittlerweile ebenfalls gemeinsam. Was als Teil ihrer Tarnung gedacht war, gefällt ihr inzwischen. Sie kann Maria etwas zurückgeben. Und ihr Italienisch bekommt eine weiche venezianische Färbung. Auch das ist gut für die Tarnung.

Zurück geht sie an der Salute-Kirche vorbei, über die kleine Eisenbrücke und steht plötzlich einem bekannten Namen gegenüber. Einem Namen, der nicht hierher gehört, sondern in eine andere Welt. Mario de Silva. Erst erinnern sich ihre Ohren. An eine Stimme, die sehr leise sehr präzise Anordnungen gibt. Kleine Szenen setzen eine umfassendere Erinnerung zusammen. Die Hände, lang, schmal, ein

Lächeln, ein intensiver Blick. Die Augen im Schatten liegend, ihr dunkles Braun nicht samtig, sondern glänzend, wie von innen beleuchtet. Oder in einem ständigen leichten Fieber. Die Bemerkung der Kollegin: »Ich habe gesehen, wie du diesen spanischen Bühnenbildner angeschaut hast.« Und hier das Plakat mit seinem Namen. Mario de Silva, Venezianische Impressionen, Chiostro Madonna dell'Orto. Täglich von 10 bis 17 Uhr. Dann noch das Datum der Eröffnung. Sie rechnet nach. Übermorgen.

Er gehört also zu den Künstlern, die arbeiten dürfen. Auch in Zeiten wie diesen. Heißt das, er ist einer von denen, die sich arrangieren? Es passt nicht zu ihm. Sagt ihr Gefühl. Außerdem: Darf sie über andere urteilen? Würde sie selbst nicht auch singen, wenn man sie ließe? Natürlich würde sie. Vor einem Publikum, das an den Endsieg glaubt. Selbst vor Hitler.

Was war denn das eben? Ihre Gedanken halten erschrocken inne. Kontrollieren sich selbst. Eigenzensur. Zucken dann mit den Schultern, sofern man sich schulterzuckende Gedanken vorstellen mag. Ja, selbst vor Hitler.

Die Geräusche der erwachenden Stadt vermischen sich mit der Ouvertüre zu *Fidelio* aus ihrem inneren Radio. Sie denkt an die Festvorstellung zu Ehren Hermann Görings. Und an die Stimme Hilde Konetznis. *Abscheulicher, wo eilst du hin? Was hast du vor in wildem Grimme?* Eine großartige Leonore. Wann war das? Im März 1938, als auch Lilly Salomon noch glaubte, eine Zukunft vor sich zu haben. Vielleicht ermutigt durch Max Lorenz, der in dieser Vorstellung den Florestan sang. Max Lorenz, bekanntermaßen homosexuell UND mit einer Jüdin verheiratet. Trotzdem viel beschäftigter Sänger in Wien und Bayreuth.

Maria erwartet sie mit gerötetem Gesicht. Sichtlich aufgeregt. Worüber? Schlechte Nachrichten oder gute?

Ein Anruf aus Wien ist zu erwarten. Heute Abend, gegen acht in Marias Wohnung. Sie selbst hat kein Telefon. Je weniger Bürokratie mit dem Namen, den sie trägt, umso besser. Sie weiß jetzt schon, dass die Stunden bis dahin wie zähflüssige Lava verrinnen werden. Lava – wie kommt sie auf dieses Bild? Die Hitze vermutlich. Und natürlich die Briefe.

Wenige Tage zuvor wollte sie in Marias Bibliothek ein Buch zurück in die Reihe schieben, aus der es auffällig herausstand. Es war eine Übersetzung der Briefe, die Plinius der Jüngere an den Historiker Tacitus schrieb. Kurz nachdem er den Ausbruch des Vesuvs miterlebt und überlebt und vom Tod des Onkels erfahren hatte. Seltsam berührt bat sie Maria darum, das Buch ausleihen zu dürfen. Sie fand eine interessante Parallele zwischen dem Vulkanausbruch und dem Nationalsozialismus. Jedenfalls was die Reaktion der Menschen betraf. Natürlich gab es erste Anzeichen. Aber niemand nahm sie ernst. Die Erde bebte ein bisschen. Na und. Daran war man in dieser Gegend gewöhnt. Man dachte an ein neuerliches kleines Erdbeben. Das letzte war noch nicht allzu lange her. Noch immer verdienten die Handwerker gut daran, diverse Schäden an den Häusern auszubessern. Dann eine Rauchsäule, auch sie beunruhigte nur wenige. Vulkane machen das manchmal. Dazu sind sie berechtigt. Erst als der Berg dann begann, glühende Brocken und Bimsstein zu speien, machte man sich ernsthafte Sorgen. Je nach Charakter und körperlicher Befindlichkeit verkroch man sich in der scheinbaren Sicherheit der Häuser oder begab sich in einen aussichtslosen Wettlauf mit dem Ascheregen, dem Lavastrom, dem glühenden Atem des Vulkans. Manche versuchten zu helfen, obwohl sie die Möglichkeit gehabt hätten, sich in Sicherheit zu bringen. Wie etwa Plinius der Ältere, der Onkel des Briefe schreibenden Neffen. Obwohl er mit seinem Schiff außerhalb der Gefahrenzone war, wollte er bedrohten Freunden zu Hilfe eilen. Und starb mit ihnen. Der Neffe fand Trost im Bewusstsein, ein wichtiger Zeitzeuge zu sein und dem Onkel durch seine Berichte an Tacitus zur Unsterblichkeit zu verhelfen. Was ihm ja auch gelang.

Ist sie selbst Zeitzeugin? Hat sie die Verpflichtung zu berichten? Bis jetzt war da nie ein derartiger Auftrag spürbar. Andererseits ist sie davon überzeugt, dass Bücher wie Botschafter sind. Sie werden vom Schicksal losgeschickt, um dann zum richtigen Zeitpunkt im Leben eines Menschen aufzutauchen. Nötigenfalls indem sie sich aus der Ordnung der benachbarten Bücherrücken herausbewegen.

Sie beschließt, ein Tagebuch zu führen. Ihren persönlichen Blick auf die große Katastrophe dieses Jahrhunderts zu beschreiben. Selbst wenn sie den Vesuv mittlerweile nur aus einer gewissen Distanz beobachtet. Aber die glühenden Brocken fliegen weit. Und könnten sie immer noch vernichten.

Auch die zähflüssigsten Lavastunden verrinnen. Es sind dann gute Nachrichten und schlechte, die sie erfährt, den Hörer fest ans Ohr gepresst, weil die Verbindung durch Geräusche gestört wird, die sie wieder an Pompeji im Jahr 79 erinnern. Geräuschbrocken, die hörbar zu Boden fallen und bersten.

3

Die immer etwas atemlose Stimme der Freundin aus Wien. So nahe, als wäre sie im Zimmer nebenan.

»Er lebt, dein Vater lebt. Es geht ihm gut – im Rahmen des Möglichen. Dachau ist nicht das schlimmste von diesen Lagern.«

»Woher weißt du das?«

»Jemand mit guten Informationen. Er hat nach der Vorstellung auf mich gewartet. Und mir erzählt, was dein Vater alles für die Leute im Lager tut.«

»Papa … er lebt!«

»Ja, er lebt. Mach dir nicht zu viele Sorgen, es kann ja nicht mehr lange dauern.«

»Das meint die BBC auch. Hoffentlich haben sie recht damit. Werden eigentlich noch immer Opern in Wien gespielt?«

»Ja, irgendwie unfassbar, nicht wahr? Ich singe die Dorabella in *Così fan tutte*. Demnächst ist Premiere.«

»Wer dirigiert? Karl Böhm?«

»Nein, Knappertsbusch. Ich mag ihn. Übrigens: Du kennst doch Robert Dorsay?«

»Ja, natürlich, sehr gut sogar.«

»Sie haben ihn verhaftet.«

»Oh nein! Wann wird dieser Irrsinn endlich aufhören?«

»Ziemlich genau das stand in dem Brief, den sie abgefangen haben. Sie haben nur darauf gewartet, etwas gegen ihn in der Hand zu haben. Jetzt haben sie diesen Brief.«

»Aber man bringt doch niemanden um, weil er so einen Satz niederschreibt?«

»Umbringen? Nein, so schlimm wird es wohl nicht werden.«

Die Freundin hat versucht, optimistisch zu klingen. Mit wenig Erfolg.

»Und dein Leben? Was machst du so? Venedig ist doch trotzdem schön, oder?«

Ja. Venedig ist trotzdem schön. Auch wenn man lebendig begraben ist unter Erinnerungen. Und darauf wartet, dass endlich das Leben, das richtige Leben weitergeht. Dass die Töne in ihr von vibrierenden Stimmbändern erzeugt werden und nicht von der Verzweiflung.

4

Mario, Mario, Mario! Liebesduett aus *Tosca*, erster Akt. Seltsame Namensgleichheit. Und auch noch Maler. Auch er. Die Musik halb Jubelruf, halb Angstschrei. Die Freude, ihn zu sehen, die Sorge, ihn zu verlieren. Schon verloren zu haben. An diese schöne andere, die er gemalt hat. Aber Puccinis Musik und Marios Worte besänftigen und überzeugen.

Dilla ancora la parola che consola … Dilla ancora! Sag das Wort noch einmal, das Wort, das tröstet.

Kann man sich am Rande eines Abgrunds verlieben? Man muss sogar, hat der andere Mario behauptet, als er sie an sich zog. Wie viele Hände dieser Mann hat! Und was für Hände …

Sie lächelt unwillkürlich. Eine ältere Frau, die ihr entgegenkommt, übernimmt dieses Lächeln, trägt es weiter, wirkt augenblicklich um ein halbes Leben jünger. Sie nicken einander zu. Freundinnen für wenige Sekunden.

Ein paar Tage sind es erst, seit sie zu der Ausstellungseröffnung im Kloster Madonna dell'Orto gegangen ist. Die Bogengänge ein perfekter Rahmen für seine Venezianischen Impressionen. Viel Licht, viel Lagune, wenig Architektur. Keine Uniformen. Kein Krieg.

Auf die Mailänder Scala fallen die Bomben der Alliierten, in Venedig geht man in Ausstellungen, wird Kunst gezeigt. Die Bilder von Mario de Silva, dem Maler, der in Wien das Bühnenbild zu *Don Giovanni* entworfen hat. Dem Mann mit den schönen Händen und den fiebrigen Augen. Da musste sie doch einfach hin, auch wenn Maria dagegen war.

»Zu gefährlich. Ganz Venedig kommt zu solchen Eröffnungen. Es könnten Leute da sein, die dich kennen.«

»Mich kennt hier keiner.«

»Du warst in Wien sehr bekannt.«

»Betonung auf WARST. Ich will seine Bilder sehen.«

»Die Bilder kannst du auch irgendwann später noch sehen. Nicht nur bei der Eröffnung.«

»Na schön, ich will IHN sehen. Er ist ein Stück Erinnerung aus einer anderen Zeit.«

»Gut, dann geh ich mit. Du brauchst die Stimme der Vernunft neben dir.«

Zu Marias Erleichterung sahen sie ihn aber nur von fern. Er war ständig umringt von Frauen, die alle so wirkten, als käme das Wort »Krieg« in ihrem Vokabular nicht vor. Frauen, die ihr Interesse an dem Maler nur unzureichend mit der Begeisterung für seine Kunst tarnten. Oder eine Tarnung erst gar nicht versuchten. Maria war trotzdem nervös.

»Komm, lass uns gehen. Ich habe kein gutes Gefühl. Du hast seine Bilder gesehen, du hast ihn gesehen. Was ist, wenn er dich entdeckt und erkennt?«

Die Stimme der Vernunft. Wer will sie schon hören?

»Wird er nicht. Wir haben in Wien nicht einmal miteinander gesprochen. Ich habe ihn nur bei der Arbeit beobachtet.«

»Aber wenn er dich doch erkennt? Wenn er laut deinen Namen sagt? Oder noch schlimmer: wenn er ihn leise sagt? Zu einem der Spitzel. Wer in Zeiten wie diesen als Künstler nicht nur ungestört arbeiten kann, sondern sogar ausstellen darf, der hat sich mit denen arrangiert, die jetzt das Sagen haben.«

»Ja. Vielleicht. Aber es muss nicht so sein.«

Dann wurde Maria wortreich von einigen Bekannten begrüßt, war plötzlich verschwunden zwischen Hüten, Kleidern, Umarmungen. Halbherzig suchte sie nach ihr, verließ dann den Bogengang mit den Bildern, ging durch die unauffällige Tür in den Klostergarten. Kohl, Bohnen, Tomaten im Gemüsegarten für die Klosterküche. Beneidenswerte Ordensbrüder. An der Südwand der Klostermauer die Kräuter. Alles da – sogar Schnittlauch, *erba cipollina*, hier in Italien nur wenig verwendet. Ein blühender Rosmarinstrauch versuchte vergeblich, sich duftmäßig gegen wuchernden Lavendel durchzusetzen. Und dann die Rosen. Einer der Padri Giuseppini hatte wohl höhere Ambitionen als die tägliche Minestrone. Ein Strauch voll Blüten genau in ihrer Lieblingsfarbe. Weiß mit einem Hauch von Blassrosa. Manche noch Knospen, viele im Aufblühen oder voll erblüht. Keine welken. Die wurden wohl von dem rosenkundigen Padre im Sinne der Ästhetik rechtzeitig entfernt. Sie stand da und hatte plötzlich das Gefühl, dass alles gut werden könnte. Dass dieser Krieg vorbei sein würde, noch ehe sie unter voll erblüht oder gar welk einzuordnen wäre. Ein Leben nach dem Krieg. Mit ihrem Vater, seiner Praxis. Mit einer Stimme, die wieder gehört werden durfte, mit Rollen in den Opernhäusern der Welt.

»Schön«, sagte eine Stimme wie als Antwort auf ihre Gedanken.

Diese Stimme. Sie hatte sie noch im Ohr von damals, als er seinen Assistenten Anweisungen gab.

Sie schaute auf. »Ja, wunderbare Rosen«, sagte sie.

»Das meinte ich nicht.«

Schmales Gesicht, dunkle lockige Haare, noch glanzäugiger, als sie ihn in Erinnerung hatte.

»Schön, Sie zu sehen, Donna Anna.« Er sagte es sehr leise.

Sie erstarrte. Nicht sicher, wie sie sich verhalten sollte. Behaupten, dass er sich irrte?

Wer in Zeiten wie diesen als Künstler arbeiten kann, der hat sich arrangiert.

Ein Mann, der malte wie er, war kein Verräter. Sie war so sicher gewesen, dass er sie nicht erkennen würde. Die Frau, die sie jetzt ist, die Frau, die nicht singt, nicht einmal unter der Dusche, hat wenig gemeinsam mit der Donna Anna aus der Vorstellung in Wien. Aber nun hatte er sie doch erkannt. In seinem Blick war alles Mögliche. Freude, Vorsicht, Besorgnis. Noch ehe sie antworten konnte, kam jemand mit raschen Schritten auf sie zu.

»Maestro de Silva! Man vermisst Sie. Warum verstecken Sie sich vor Ihren Bewunderern?«

Befehlsgewohnte Stimme, metallen, schneidfähig. Der zielgerichtete Habichtblick ließ unerwartet den Maler los, erfasste die Frau neben ihm, packte zu. Sie mutierte zum anvisierten Kaninchen. Sogar das Zucken ihrer Nase vermeinte sie zu spüren. Der Mann hätte ganz attraktiv sein können, wäre da nicht dieser leicht angewiderte Ausdruck um den Mund gewesen. So als hätte er von einer Speise gekostet, für deren Geschmack er den Küchenchef umgehend enthaupten lassen würde.

Dem Blick, der auf sie fiel, tatsächlich im schweren Sinn des Wortes wie ein Gewicht fiel, folgte ein Lächeln, das allerdings den anstrengenden weiten Weg bis zu den Augen nicht schaffte. Die Augen lächelten nicht, sondern begannen unverzüglich damit, sie prüfend abzutasten. Nicht begehrlich. Nein, das nicht. Eher waren es die Blicke eines Kunsthändlers, auf der Suche nach einem Fehler an dem fraglichen Objekt, aufgrund dessen man einen Preisnachlass erreichen konnte.

»Ich kann Sie ja verstehen! Wollen Sie mich der *bellissima Signorina* nicht vorstellen?«

»Conte Alvise Montanara«, begann Mario. Dann eine kurze Pause der Ratlosigkeit. Natürlich, er kannte ja ihren neuen Namen nicht.

»Teresa Padovan«, sagte sie schnell.

»Teresa«, wiederholte der Conte. In seinem Ton ein Vorwegnehmen späterer Vertrautheit.

Bilden Sie sich bloß nichts ein, Herr Graf. Se vuol ballare, Signor Contino, hört sie einen Bassbariton in spöttischem Tonfall. War es Hans Hotter als Figaro?

»Hat Ihnen schon jemand gesagt, dass Sie Bellinis Maria Magdalena ähnlich sehen?«

Nein, das hatte noch niemand. Sie nahm an, dass es als Kompliment gemeint war, hatte aber an Bellinis Maria Magdalena keinerlei Erinnerung. Mario sprang ein.

»Ah – ich weiß, was Sie meinen, Conte, die rotblonden

Locken, der Gesichtsschnitt vielleicht, aber sonst … Bellinis Magdalena hat auffallend dunkle Augen, nicht dieses helle Graugrün.«

Zwei Paar Männeraugen verloren sich im Graugrün. Ein Paar zu viel.

»Mag sein«, sagte er, ohne das Graugrün zu verlassen. »Ich hoffe, wir sehen uns öfter, Signorina Padovan.«

Bloß nicht!

Sie lächelte möglichst unverbindlich.

»Ich hole Ihnen ein Glas Wein. Ein ausgezeichneter Verduzzo von meinem Gut bei Treviso.«

»Vielen Dank, sehr freundlich.« *Hoffentlich holt er es in Treviso.*

Immer mehr Ausstellungsbesucher entzauberten durch ihre Anwesenheit den Klostergarten. Einer, der sich als Kunsthändler vorstellte, zog Mario zur Seite. Maria hatte recht gehabt, sie hätte nicht herkommen sollen. Aber diese Bilder. Und der Mann, der sie gemalt hat. *Mario, Mario, Mario! Es ist Vollmond und der Blütenduft der Nacht berauscht das Herz.*

Sie brauchte weder Vollmond noch Blütenduft, um sich berauscht zu fühlen. Wein schon gar nicht. Aber zu einem Liebesduett gehören bekanntlich zwei.

Der Kunsthändler redete auf de Silva ein. Sie stand da und hoffte, Maria in der Menge der Besucher zu entdecken.

Wo bleibt sie denn, die Stimme der Vernunft?

Dann war Mario de Silva wieder neben ihr, nahm ihre Hand. »Lassen Sie uns von hier verschwinden.«

Gemeinsam stahlen sie sich davon. Ließen Venedigs Kunstwelt einfach stehen. Und den Conte, der sich suchend nach ihr umschaute, ein Glas Verduzzo in der Hand. Von seinem Gut in Treviso.

5

Am nächsten Morgen nach nur wenigen Stunden Schlaf entschuldigt sie sich bei Maria für ihr Verschwinden. Die antwortet mit einer mariatypischen wegwerfenden Handbewegung. »Ich bin nicht das Problem, aber einen Conte Montanara kann man nicht einfach so stehen lassen.«

»Du hast doch gesehen: Man kann.« Sie lächelt unwillkürlich beim Gedanken an den Conte mit dem Weinglas in der Hand. »Er wird seinen Verduzzo einer anderen angeboten haben.«

Maria schüttelt den Kopf. »Du kennst Venedig nicht. Und schon gar nicht diese Sorte adeliger Venezianer. Eine Auffassung von Ehre, dagegen ist jeder gehörnte Sizilianer ein Vorbild an Toleranz. Dazu die Arroganz von Renaissancefürsten. Ius primae noctis und so, du weißt schon.«

»Zu spät.« Sie lacht.

Maria lacht nicht. »Außerdem verfügt jemand wie er über ein Spionagesystem in Gestapoqualität.«

»Eine ungemütliche Mischung. Aber ich habe nur ein paar Worte mit ihm geredet. Daraus kann doch auch ein venezianischer Adeliger keine Besitzansprüche ableiten. Du machst dir zu viele Sorgen.«

»Und du bist verliebt, daher unzurechnungsfähig.«

Ist sie verliebt? Jedenfalls unzurechnungsfähig. So viel ist sicher. Sie hat Mario alles erzählt. Ihm, den sie kaum kennt.

Warum hat sie ihre eigene und Marias Sicherheit aufs Spiel gesetzt? Weil er so unglaubliche Augen hat und so schöne Bilder malt? Idiotin! Ist das vielleicht eine Garantie für einen verlässlichen Charakter?

Ihr Verstand neigt zum Sarkasmus, also arbeitet er noch. Aber er ist auf verlorenem Posten gegen die Informationen, die in ihren Körperzellen abgespeichert sind. Es sind überwiegend Mario!Mario!Mario!-Zellen. Mit der dazu passenden Musik aus *Tosca*.

Dieser Abend …

Es war, als wäre ein Damm gebrochen, hinter dem sich ungesprochene Worte aus mehr als drei Jahren aufgestaut hatten. Eine unstoppbare Erzählflut. Von dem Abend, als der Anruf der Nachbarin kam, bis zu ihrer neuen Existenz in Venedig als Teresa Padovan, Marias Cousine aus dem Veneto. Er stellte keine Fragen, hörte nur zu.

»Der Wahnsinn ist bald vorbei«, sagte er dann. »Bis dahin bist du in Venedig sicher.«

Sie waren ziellos durch die dunklen Gassen Venedigs gegangen, einem zufälligen Mäandermuster folgend. Ziellos? Zufällig? Zumindest was sie selbst betraf. Irgendwann in der Nähe des Campo San Polo blieb Mario plötzlich vor einem Haus stehen. »Meine Dachterrasse hat einen schönen Blick zum Canal Grande.« Befangenheit stand zwischen ihnen wie eine gläserne Wand.

»Du klingst wie ein Immobilienmakler.«

»Na ja, das mit der Briefmarkensammlung kam mir zu banal vor.«

»Du sammelst Briefmarken?«

»Nein. Das ist ein weiteres Problem.«

Im Lachen zerfiel die gläserne Wand.

»Warum fragst du nicht einfach, ob ich mit dir schlafen will?«

Eine allererste Verabredung, weitere Treffen, ein langsames Kennenlernen, beginnende Vertrautheit, körperliches Verlangen – all das passte mühelos in einen einzigen Abend, eine einzige Nacht. Zeit ist ein Element, das sich fast unendlich dehnen und komprimieren lässt.

»Ich bin eine Schlampe.« Das war später dann auf der Dachterrasse. Unter dem diensteifrigen Gefunkel eines zum Greifen nahen Sternenhimmels.

»Warum sagst du so etwas?«

»Weil mich der umschwärmte Künstler gleich am ersten Abend in seinem Bett vorfindet.«

»Ich hoffe dich für den Rest meines Lebens in meiner Nähe vorzufinden.« Er klang ernst.

Sie wollte, dass der Augenblick seine Schwerelosigkeit behielt. »Sei vorsichtig mit deinen Wünschen. Manchmal kriegt man, was man sich wünscht.«

Er zog sie an sich.

6

Sie wehrt sich erfolgreich gegen unerklärliche Kräfte, die sie nach San Polo ziehen wollen, und geht ihre übliche Runde. Schließlich kann sie nicht vor seiner Tür warten so wie ihre Verehrer in einem anderen Leben, die vor dem Bühneneingang der Staatsoper standen und auf ein Autogramm hofften.

Es gibt keine Verabredung. Sehen wir uns morgen? Die Frage kam weder von ihr noch von Mario. Das Morgen schien weit weg zu sein. Aber jetzt ist es da und fühlt sich leer an. Ohne eine konkrete Erwartung, ohne Aussicht auf ein Wiedersehen. Er hat erwähnt, dass er arbeiten will. In seinem Studio am Lido. Sie ist nicht mehr auf dem Lido gewesen, seit die Deutschen dort ihre Platzkommandatur eingerichtet haben. Platzkommandatur. Allein das Wort klingt nach widerhallenden Schritten von Soldatenstiefeln.

Als sie nach Hause kommt, arbeiten Maler an der Fassade des Hauses. Ein neuer *intonaco* war dringend nötig. Venedigs Häuser werden nicht erst verputzt und dann bemalt, die Farbe wird in den Verputz gemischt. Gemeinsam mit Maria hat sie ein tiefes dunkles Rot ausgesucht. Sie hat noch den Geruch von Mörtel und Farbe in der Nase, daher kann sie diesen anderen, viel subtileren Geruch nicht sofort identifizieren, der ihr im Inneren des Hauses entgegenschlägt. Sie geht die Treppen hoch und steht vor einem Zinnkübel, der mit Rosen gefüllt ist. Fünfzig? Hundert? Jedenfalls sehr viele. Der blasseste aller Rosatöne leuchtet ihr in einem riesigen Strauß entgegen. Sie spürt einen kleinen spitzen Schmerz in der Zwerchfellgegend. Sie erkennt diese Art von Schmerz von früheren Gelegenheiten wieder. So fühlt sich Enttäuschung an.

Wie kann Mario annehmen, dass sie diesen wunderschönen Rosen beim Sterben zusehen will! Versteht er so wenig, wer sie ist, wie sie denkt? Hat sie nicht sogar erwähnt, dass sie Rosen dort liebt, wo sie hingehören? In Verbindung zu ihren Wurzeln. Wo jede einzelne Knospe Zeit hat, sich zu öffnen, ihre Blütezeit hat, langsam altern und verwelken darf. Sie spürt einen bitteren Geschmack im Mund. Enttäuschung nennt man den Weg aus der Täuschung. Sprache ist deutlich.

Maria steht plötzlich vor ihr. »Der Bote kam heute Vormittag. Willst du nicht wissen, was da drinsteht?« Sie deutet auf das weiße Kuvert zwischen den Blüten.

»Ich weiß auch so, von wem sie sind.«

»Wenn du dich nur nicht irrst.«

»Du hast die Karte gelesen?«

»Natürlich nicht. Aber Conte Montanara steckt seine Bediensteten in eine Livree, die leicht zu erkennen ist.«

»Der Verduzzo-Graf? Wie kann der Mann wissen, wo ich wohne?«

Maria verdreht die Augen nach oben. »Wenn er will, erfährt er alles über dich. Das Datum deiner ersten Menstruation inbegriffen.«

Sie setzt sich neben die Rosen auf den obersten Treppenabsatz. Erschrecken und Erleichterung lassen sich auf einen kurzen Kampf ein. Die Erleichterung gewinnt problemlos. Nicht Mario war der unwillkommene Rosenkavalier! Dem Grafen Montanara, ja, dem steht diese gefühllose Übertreibung.

»Die meisten Venezianerinnen wären begeistert«, sagt Maria. »Die Rosen sind traumhaft und der Graf gilt als begehrtester Junggeselle der Stadt.«

»Wie schön für ihn. Weißt du was? Wir bringen die Rosen zum Ausländerfriedhof von San Michele und verteilen sie auf den Gräbern. Die prominenten Toten werden sich freuen.«

»Möglicherweise freuen sich die toten Ausländer. Der Graf bestimmt nicht. Der würde es erfahren und als Affront empfinden. Wir verteilen sie nicht auf Gräbern, sondern in unseren Vasen, schicken dem Conte eine höfliche Dankeskarte und hoffen, dass er in nächster Zeit Dringenderes zu tun hat, als meiner Cousine Rosen zu schicken. Außerdem würde ich dir empfehlen, de Silva in nächster Zeit nicht zu treffen. Konkurrenz spornt einen Montanara erst so richtig an.«

Mario nicht treffen. Man kann der Erde empfehlen, sich nicht ständig um die Sonne zu drehen. Oder dem Meer nahelegen, die Sache mit den Gezeiten zu überdenken. Aber vielleicht folgt Marios Kosmos ganz anderen Naturgesetzen.

»Wir haben keine Verabredung, Mario und ich.« Jetzt, wo sie es ausspricht, klingt es erschreckend endgültig.

Maria wirkt erleichtert. »Umso besser.« Sie nimmt einen Arm voll Rosen aus dem Kübel. »Mein Anteil. Ich werde mich in den nächsten Tagen wie eine Primadonna fühlen.«

Und ich mich wie in einer Aufbahrungshalle.

Sie versucht den Gedanken zu verscheuchen, der wie ein aufdringlicher dunkler Vogel seine Kreise zieht.

»Nimm sie alle«, sagt sie zu Maria, mit Blick auf die übrig gebliebenen Rosen.

7

»Wollt ihr einen Blumenladen eröffnen?«

Ihr Körper freut sich zuerst. Die Stimme löst kleine Explosionen an genau den richtigen Stellen aus. Sie spürt die Röte in ihr Gesicht steigen. Dabei kann er unmöglich wissen, wo genau sich ihr Körper freut.

Mario steht in der offenen Haustür, von der venezianischen Mittagssonne mit einem großzügigen Ganzkörperheiligenschein ausgestattet.

Ich hoffe dich für den Rest meines Lebens in meiner Nähe vorzufinden.

Sie hat ihn gefragt, ob sie diesen Platz jemand wegnimmt. Da ist niemand. Die Antwort kam nach einem kaum merkbaren Zaudern. Seither fragt sie sich, wer es sein könnte, dieses kleine Zaudern.

Er kommt die steilen Treppen herauf, verteilt sein Lächeln. Ein ganz kleiner Anteil für Maria. Der Rest ist für sie. Ein Lächeln, das mühelos alle dunklen Vögel dieser Welt vertreibt. Das Lächeln verschwindet, als er die Karte des Grafen liest. »Montanara ist gefährlich. Wir müssen vorsichtig sein«, sagt er.

Marias Hände und Blick gehen erst himmelwärts, dann resigniert nach unten. Körpersprache, die alles sagt. Aber sie verbalisiert ihre Resignation auch noch. »Ich habe es ihr gesagt. Aber sie will es nicht glauben.«

Der dunkle Vogel ist zurück. Das Gefühl der Bedrohung. Ihr Gerechtigkeitssinn will es nicht begreifen. »Ich habe diesem Mann nicht den geringsten Anlass dafür gegeben.«

Mario greift mit einer weichen Bewegung nach dem Tuch, unter dem sie ihre rotblonde Haarpracht versteckt, zieht es weg, streicht ein paar Haarsträhnen aus ihrem Gesicht und sieht sie an mit diesem Blick, der einen Eisberg beliebiger Größe umgehend schmelzen ließe. »Keinen Anlass gegeben?«

Ein wenig genießt sie das Schmelzen unter dem bewundernden Blick des Malers, des Liebhabers. Dann setzt die Musik ein. *Vissi d'arte, vissi d'amore.* Das Gebet der Tosca. *Non feci mai male ad anima viva.* Man kann für die

Kunst leben wollen, für die Liebe, niemals jemandem Böses tun und trotzdem Scarpia begegnen.

Mario zieht sie an sich. Hört er die Musik? »Alles wird gut«, sagt er. »Wir müssen bloß ... diplomatisch sein.«

»Diplomatisch?«, wiederholt Maria. »Wie steigt man diplomatisch auf eine Sandviper?«

»Es könnte ja Maria sein, die mich hierherlockt.« Mario deutet auf die beiden gegenüberliegenden Wohnungstüren. »Keiner weiß, zu wem ich will.«

»Unsinn.« Maria bückt sich schnell, um die restlichen Rosen an sich zu nehmen.

Nicht schnell genug. Jetzt ist die Röte in ihrem Gesicht nicht zu übersehen.

8

Eine kleine nagende Neugierde lenkt ihre Schritte an diesem Morgen nicht zur Dogana, sondern in die entgegengesetzte Richtung, zu den Gallerie dell'Accademia. Der Himmel ist bleifarben, tief hängend, die drückende Schwüle der Luft kaum brauchbar zum Atmen. Im Museum die Temperatur, die den teuren Bildern zumutbar ist.

Sie fragt nach dem Bellini-Saal und findet nach einigem Suchen das Bild der Jungfrau Maria mit den Heiligen Katharina und Maria Magdalena. Prüfend steht sie davor und stellt fest, dass Mario zu Recht protestiert hat gegen die angebliche Ähnlichkeit. Rotblonde Haare und ein schmales Gesicht. Das ja. Aber die Augen der Heiligen sind viel zu dunkel und der schmachtende Blick wäre in ihrem eigenen Gesicht nicht denkbar.

Sie fragt sich, ob jemand sie tatsächlich so sieht. Diese heiligmäßige Bereitschaft, sich aufzuopfern. Solche Frauen spielt sie vielleicht auf der Bühne. Im Leben liegt ihr nichts ferner. Wie so oft setzt die musikalische Erinnerung in voller Lautstärke ein. Die Arie der Liù. *Tu che di gel sei cinta … Du, die von Eis umgeben ist*, beklagt sich Liù bei der Rivalin. Sie opfert sich für Calaf, der aber leider in die unerreichbar scheinende Prinzessin Turandot verliebt ist. Männer! – Erst im vorigen November hat sie hier in Venedig die großartige Clara Petrella in dieser Rolle gehört.

»Ein Irrtum. Ich bitte um Vergebung.« Im Kontrast zur Wortwahl bittet die Stimme nicht, sondern fordert und setzt sich mühelos gegen Liùs akustischen Opfertod durch. Sie weiß, wem die Stimme gehört, auch die vielen zarten Antennen auf ihren Unterarmen wissen es und stellen sich warnend auf. Sie dreht sich um, aber mit Verzögerung, weil sie nicht möchte, dass der Conte ihr Erschrecken bemerkt.

Wieso weiß er, dass sie hier ist? Hat Maria recht gehabt mit ihren Befürchtungen?

Der Conte verbeugt sich. »Sie müssen meine Bemerkung bezüglich der Ähnlichkeit als Beleidigung auffassen.«

»Es kann keine Beleidigung sein, einem Bellini-Bild zu gleichen.« Neutral genug? Sie versucht ein Lächeln.

»Immerhin schmeichelt es mir, dass Sie meinen Vergleich überprüfen.«

Was sie in Wirklichkeit neugierig gemacht hat, ist Marios Reaktion auf die Bemerkung des Conte. Seine Einwände. Seine Ansicht. Aber wenn sich der Conte geschmeichelt fühlen will, dann soll er.

»Ich gebe nächste Woche am Samstag eine kleine Gesellschaft – darf ich Sie erwarten?«

Eine Einladung. Mehr eine Drohung, wenn man nach Stimmlage und Tonfall geht. Mit stimmlichen Nuancen kennt sie sich aus.

Wie lehnt man eine Drohung höflich ab? Oder mit Marias Worten: Wie steigt man diplomatisch auf eine Sandviper? Sie hat das Gefühl, mit bloßen Worten eine Lawine aufhalten zu wollen, die schon talwärts unterwegs ist.

Wie komme ich bloß auf Lawine? Nicht gerade ein Vergleich, der sich hier in Venedig aufdrängt.

Sie sieht den Blick des Conte und der Vergleich ist nicht mehr so weit hergeholt.

»Tut mir leid. Meine Cousine und ich, wir leben sehr zurückgezogen«, sagt sie. Kein Satz, der Lawinen aufhalten könnte. Er klingt wie aus einem antiquierten Libretto.

»Ah, die charmante Cousine. Maria, nicht wahr?«

Sie nickt. Er weiß wirklich gut Bescheid. Und dann sagt er etwas, das ihren Atem stoppt. Etwas Eisiges zwischen den Schulterblättern bewegt sich langsam den Rücken abwärts.

9

»Er hat WAS gefragt?« Maria schaut sie ungläubig an.

»Gibt es nicht noch eine Cousine?«, wiederholt sie die Frage des Conte.

Maria holt tief Atem, wird die viele Luft in der Lunge in einem lang gedehnten Seufzer wieder los.

»Er weiß es.«

Es ist still in dem Zimmer zum Rio Terrà dei Catecumeni. Fast still. Eine Wanduhr tickt nervös die Sekunden weg.

»Was hast du ihm geantwortet?«

»Wir sind eine ziemlich große Familie.«

»Gut. Und er darauf?«

»Eine Einladung darf ich Ihnen trotzdem zusenden lassen.«

»Er will dich erpressen, ganz klar.«

»Soll ich jetzt mit ihm schlafen, ihn heiraten, ihm viele kleine schmallippige Grafen schenken?«

»Vergiss Punkt zwei und drei. Ein Montanara würde nie eine jüdische Sängerin heiraten.« Die Beurteilung wirkt seltsam brutal von der sonst immer sanftmütigen Maria.

Aber man kann nicht mehr sanftmütig sein, wenn man unglücklich verliebt ist. Mittlerweile ist sie sehr sicher, dass Maria im Geheimen in Mario verliebt ist. Sie hat in den letzten Wochen genau beobachtet, wie die Freundin auf Marios Blicke reagierte. Auf seine freundschaftlichen Komplimente. Und auf sein Geschenk zu ihrem Geburtstag. Eines seiner neuen Bilder, ein Sonnenaufgang über der südlichen Lagune. Mario hat ein paar vorsichtige Andeutungen weggelacht. »Unsinn, doch nicht die Jungfrau Maria.« Männer haben keine Ahnung.

Sie hört ein unangebrachtes Lachen und ist erstaunt, dass es von ihr selbst kommt. »Bleibt Punkt eins.« *Ha più forte sapore la conquista violenta che il mellifluo consenso*. Die Stimme Scarpias. *Man hat mehr Genuss an der gewaltsamen Eroberung als an der süßlichen Hingabe*. Diese Vorstellung – wann war das? 1936? Mit den beiden Alfreds? Jerger als Scarpia und Piccaver als Cavaradossi?

»Wo bist du mit deinen Gedanken?«, fragt Maria.

»Bei Punkt eins.«

Jetzt lächelt Maria ihr altes, zuwendungsreiches Vor-Mario-Lächeln. »Auch keine gute Idee.«

10

Der Blick streift über fett gedruckte Buchstaben, gibt das Gesehene pflichtschuldig an die zuständigen Stellen im Gehirn weiter, will sich dann lieber angenehmeren Dingen zuwenden. Den Sonnenreflexen auf der Lagune. Oder Baldassare Longhenas Licht- und Schattenspielen auf den Kuppeln der Salute-Kirche.

Das Erfassen des Gelesenen lässt sie mit einem Ruck stehen bleiben. Das kann nicht sein. Sie geht zurück zu dem Zeitungsstand, verlangt die *Gazzetta di Venezia*. Liest noch einmal. »Tutti gli Ebrei vanno portato in un campo di concentramento.« Ein automatischer Blick zum Datum. »Mercoledi 8 Settembre 1943.« Ein Datum, das sie sich merken wird. Alle Juden sollen in ein Konzentrationslager gebracht werden. Also auch hier. Auch in Venedig. Sie sucht den Blick des Zeitungshändlers, um zu sehen, ob er ihr Entsetzen teilt, aber er fächert mit gleichgültigem Blick einen Zeitungsstapel auf, um den Kunden die Entnahme zu erleichtern.

Sie geht ein paar Schritte weiter, versucht das Kleingedruckte unter der dicken Überschrift zu lesen, aber die Buchstaben verschwimmen und sie schaut überrascht auf, um zu überprüfen, ob der Himmel wenigstens einmal seine Regentränen zeitgerecht und inhaltlich passend abliefert, aber da oben ist keine Spur von Wolken, und die Sonne lacht zwar nicht gerade, löst aber routiniert mit rotgoldener Gleichgültigkeit den Morgendunst auf und denkt nicht daran, sich zu verfinstern.

Sie macht kehrt, geht nicht weiter zur Dogana, sondern zurück zum Campo di Barbaro, zu der kleinen Boutique, in der Maria ihren Glasperlenschmuck verkauft. Sie braucht jemanden, mit dem sie reden kann, jetzt sofort, auf der Stelle, aber Maria ist beschäftigt, bespricht mit einer Kundin den Entwurf für ein Collier.

»Ich habe so eine Vorstellung von fließenden goldenen Tautropfen«, sagt die Kundin im blumengemusterten Seidenkleid.

Die Welt geht unter, zumindest die Welt der jüdischen Bevölkerung in dieser Stadt – und hier redet man über fließende goldene Tautropfen aus Muranoglas.

Maria sieht die Zeitung in ihrer Hand, nickt kurz, um zu zeigen, dass sie den Inhalt bereits kennt, widmet sich dann aber sofort wieder dem Entwurf, den sie korrigiert. Maria hat natürlich recht. Nur nicht auffallen. Jetzt noch weniger als vorher. Sie bringt einen Gruß zustande, geht zu ihrem Arbeitstisch im Hintergrund des Lokals.

Die Tautropfen-Kundin ist endlich zufrieden, jetzt wird um den Lieferzeitpunkt verhandelt, dann verlässt sie das kleine Geschäftslokal. Maria kommt zu ihr nach hinten. »Gut, dass die Contessa Foscari so beschäftigt war mit ihrem Collier, sie hätte sich sonst gefragt, was ein leibhaftiges Gespenst bei mir will. Du bist so blass, als kämst du direkt von deiner eigenen Beerdigung.«

»Passendes Bild«, sagt sie.

Maria nimmt die Zeitung in die Hand, legt sie dann mit einem Gesichtsausdruck weg, als hätte sie etwas Unappetitliches gerochen. »Ich versteh es nicht. Mussolini hat zwar 38 die antijüdischen Rassengesetze eingeführt. Aber doch bloß, um Hitler eine kleine Freude zu machen. Ohne persönliche Überzeugung. Er war selbst viele Jahre mit einer Jüdin liiert. Eine geborene Venezianerin übrigens.«

»Margherita Sarfatti, ich weiß. Die hat sich sicherheitshalber dann doch lieber nach Argentinien abgesetzt. Aber ich bin hier, in Italien, wo sie ab heute damit beginnen werden, Juden einzusammeln.«

Maria zuckt mit den Schultern. »Wer weiß. Venedig ist anders. Und für dich ändert sich nichts. Du bist meine ganz und gar unjüdische Cousine Teresa.«

»Mit einem gefährlichen Verehrer, der zu viel weiß.«

»Ich erwähne jetzt nicht, dass ich dich gewarnt habe.«

»Ich weiß, Kassandra. Hoffentlich vergisst er das mit der Einladung wieder.«

11

Der Graf vergisst nicht.

Sie kommt nach Hause und da steht dieser hübsche Bursche mit deutschem Haarschnitt, aber italienischen Augen vor ihrer Tür. Elegante dunkelblaue Livree. Zweireihig glänzen Messingknöpfe in der Abendsonne.

»Signora Padovan? Teresa Padovan?«

Es bleibt ihr gar nichts anderes übrig, als stehen zu bleiben. Der Messinggeknöpfte verstellt ihr den Weg. Erfahrung als Zusteller unwillkommener Botschaften? Er hält ihr ein cremefarbenes Kuvert entgegen. Zögernd nimmt sie es. Persönliche Zustellung ist beim schlechten Ruf der italienischen Post vielleicht eine verständliche Maßnahme. Einen Brief aufzugeben hat hier die eher fatalistische Bedeutung. Die Situation könnte komisch sein. Nicht in ihrer Situation. Sie fühlt sich bedroht. Offenbar wusste der Graf genau, wann der Bote sie antreffen würde.

Du entgehst meiner Liebe nicht. Ein Satz, der ihr aus Ödön von Horváths *Geschichten aus dem Wiener Wald* in Erinnerung geblieben ist. Wann war das und wo? Deutsches Theater Berlin. Aber welches Jahr? 1931? Die Erinnerungen sind deutlich, die Jahre unscharf.

Der Bote steht noch immer da. Servile Haltung, aber unverschämter Blick. Vermutlich liefert er öfter Einladungen bei den Objekten der gräflichen Begierde ab.

Unhörbar für andere setzt Leporellos Register-Arie ein. *Madamina, il catalogo* è *questo* ... Die umfangreiche Aufzählung von Don Giovannis Eroberungen.

Sie wendet sich ab. Leporello bekommt kein Trinkgeld. Aber vielleicht wird sie langsam paranoid. Sie sperrt das Haustor auf, die Stufen zu ihrer Wohnung sind heute eindeutig steiler als sonst. Leporello singt weiter. *Ma in Ispagna son gia mille e tre, mille e tre.* Tausenddrei schon allein in Spanien. Und in Venedig? Er soll erobern wen er will, sofern er nur sie in Ruhe lässt.

Nervöse Finger öffnen das Kuvert. Aufatmen. Der Text der Einladung klingt beruhigend offiziell. Conte Alvise Montanara gibt sich die Ehre ... Eine musikalische Soiree in der *sala di ballo* des Palazzo Montanara. Fünf Musiker mit dem einfallsreichen Namen Quintetto Veneziano. Mozart, Klarinettenquintett in A-Dur, Haydn, Divertimento Nr. 1 in B-Dur, Brahms, Streichquartett Nr. 2 in G-Dur.

»Ich hab den Boten gesehen.« Marias Stimme, besorgt. Sie hat jeden Grund, um ihre eigene Sicherheit zu fürchten. Niemand wird ihr glauben, dass sie nicht wusste, wer da neben ihr wohnte. Wortlos gibt sie die Einladung an Maria weiter, die den büttengebetteten Text überfliegt.

»Eine musikalische Soiree. In fünf Tagen schon. Hm. Zumindest hat er kein intimes Essen vor, zu zweit bei Kerzenlicht.«

»Vielleicht hat er das Quintett für mich ganz allein engagiert.«

»Überschätz dich nicht.«

Da ist er wieder, dieser feindselige Ton. Den sie von Maria nie gehört hat, ehe Mario auftauchte. Aber vielleicht wird sie wirklich paranoid. Nicht langsam, sondern immer schneller.

12

Mario wollte nach Rom, um einen Galeristen zu besuchen. Merkwürdig. Um manche Menschen scheint der Krieg einen großen Bogen zu machen. Mario weit weg. Unerreichbar. Ausgerechnet jetzt. Jetzt, wo sie entscheiden muss, ob sie die Einladung des Grafen annimmt.

Und es vielleicht bereut.

Oder die Einladung ignoriert.

Und es vielleicht bereut.

»Du solltest hingehen«, meint Maria. »Zieh dich so unvorteilhaft an, wie es geht. Versteck das bisschen Figur. Und deine Locken. Jeder, der dich sieht, soll sich fragen, was er denn an dir findet. Übrigens spricht man davon, dass er sich verloben will. Mit einer Gräfin Franchetti, alte Familie, große Oberweite.« Maria unterstreicht die zweitgenannte Eigenschaft der Gräfin mit einer Geste, die Übertreibung vermuten lässt.

»Warum lässt er mich dann nicht in Ruhe?«

Maria zuckt mit den Schultern. »Das ist etwas anderes.«

Wieder glaubt sie etwas Geringschätziges in Marias Worten zu spüren. Bestimmt nur die Paranoia.

Maria holt Dunkles, Seidenes aus dem Schrank. Hochgeschlossen, lange Ärmel. Kaum tailliert. Irgendwann hat sie Maria darin gesehen. Vermutlich war der Anlass ein Begräbnis. Sie schlüpft in das dunkle Seidenkleid. Es hat schon an Maria wenig attraktiv gewirkt. An ihr selbst hängt es wie ein schwarzer Sack. Maria ist fülliger.

Sie dreht sich vor dem Spiegel. »Graue Maus. Grauer kann eine Maus nicht sein«, sagt sie.

»Hellschwarze Maus«, sagt Maria mit einem Lächeln. Wieder ganz die Alte. Die Vor-Mario-Maria. Sie gießt Rotwein in zwei Gläser. »Alles wird gut. Auf die Gräfin Franchetti!«

Sie trinken auf die Unbekannte, die hoffentlich Scarpias Aufmerksamkeit von ihr selbst ablenkt. Hat sie wirklich »Scarpia« gedacht?

»*Va, Tosca!*« Sie sagt es laut und heftig.

Maria zuckt zusammen. »*Per l'amor di Dio!* Deine Stimme!«

»Was ist mit meiner Stimme?«

»Sie trägt bis San Marco«, sagt Maria.

»Dafür wurde sie ausgebildet.«

»Woran dachtest du denn gerade?«

»Daran, dass dein Dio hoffentlich anderes zu tun hat, als Schicksal zu spielen und dabei Opern zu plagiieren.«

Sie streicht über die Seide, die locker über ihre Hüften fällt. Schön unkleidsam. »Hast du auch einen Schal, um mein sündiges Haupthaar zu verbergen?«

Maria bringt ein dunkles Tuch mit Fransen. Die rotblonde Haarfülle verschwindet darunter. Sie nickt sich zufrieden im Spiegel zu. Beruhigend unauffällig, die Person.

Maria schüttelt den Kopf. »Ich weiß nicht recht. Der Schal versteckt zwar die Haare, aber er betont dein Profil.«

»Und?«

Maria betrachtet sie kritisch von der Seite. Seufzt. »Gegen so ein Profil ist wenig zu machen. Es ist so … so … perfekt.«

War da wieder ein seltsamer Unterton? Ärger? Resignation? Unsinn.

»Ich habe Angst«, sagt sie.

Maria stellt einen Topf mit Wasser auf den Herd. »Spaghetti sind gut gegen Angst. Und gegen deine Figur. Vielleicht gelingt es mir, dich in fünf Tagen dick zu füttern.«

Gemeinsames Lachen. Auch gut gegen Angst. Maria ist ihre Freundin. Ihre einzige Freundin. Sie beginnt damit, eine Zwiebel zu schneiden. *Vissi d'arte, vissi d'amore …* Ganz leise summt sie die ersten Takte der Tosca-Arie. Ob es die Stimme noch gibt? Die Zwiebel lässt ihre Augen tränen. Vielleicht ist es aber auch der dunkle Flügelschlag einer Vorahnung.

13

Der Palazzo steht nicht am Canal Grande, wo die vornehmen Familien üblicherweise residieren, sondern versteckt seine Größe hinter einem unauffälligen Tor nahe dem Campo Santa Maria Formosa. Mit seiner düsteren Fassade passt er genau zu ihren Gefühlen.

Das Tor steht offen, ein livrierter Diener verbeugt sich. Niemand prüft ihre Einladungskarte. Aus vielen offenen Fenstern fällt Licht in den Innenhof, gemeinsam mit Stimmengemurmel. Sie fröstelt trotz der samtwarmen Abendluft. Lauter Feinde da oben. Die Feinde reden miteinander, lachen auch, aber nur gedämpft. Weg hier, und zwar schnell, befiehlt das Unterbewusstsein. Es hat leicht zu befehlen.

Eine Treppe unter üppigen Fresken führt in einen Empfangssaal. Helle Seidenkleider, dunkle Anzüge. Keine Uniformen. Falls der Feind hier ist, dann inkognito.

Noch mehr Diener in Livree. Weiße Handschuhe servieren Perlendes. Der Verduzzo aus Treviso? Oder doch Champagner? Sie nimmt ein Glas, geht zwischen plaudernden Menschen durch. Wird nicht beachtet. Ein wunderbares Kleid, das ihr Maria da geborgt hat. Kurz bleibt sie vor einer Bronzebüste stehen. Unverkennbar die Gesichtszüge des Hausherrn, Nase und hochmütiger Blick noch stärker ausgeprägt. Bronze macht das Ganze nicht sympathischer.

»Die typische Montanara-Nase. Ein Vorfahre unseres verehrten Gastgebers.« Ein etwa fünfzigjähriger Mann mit fröhlich blitzenden, sehr dunklen Knopfaugen steht plötzlich neben ihr. »Kennen Sie ihn gut? Unseren Hausherrn meine ich.«

Er wartet ihre Antwort nicht ab. »Er wirkt auf den ersten Blick unsympathisch, verliert aber bei näherer Bekanntschaft.«

Ein leises, amüsiertes Lachen folgt.

Sie schaut sich unwillkürlich um, ob jemand die Bemerkung mitgehört hat. Wie damals in Wien, wenn ein Hitlerwitz erzählt wurde.

»Keine Sorge, ich darf hier alles sagen. Ich bin so etwas wie der Hofnarr. Wie Yorick, der berühmte Schädel in Hamlets Hand. Woran man sieht, dass auch Hofnarren sterblich sind. Aber – ich rede schon wieder zu viel.« Er deutet eine Verbeugung an. »Alessandro Marcello. Wie der Komponist. Der weniger bekannte.«

»Ich finde ihn seinem Bruder Benedetto durchaus ebenbürtig«, sagt sie.

Er scheint überrascht zu sein von der Bemerkung. »Sind Sie Musikerin, Signora …?«

»Padovan. Nein, nein, aber ich liebe Barockmusik.«

»Dann sind Sie heute hier genau richtig. Die Musiker sollen sehr gut sein. Handverlesen – wie man es vom Hausherrn gewohnt ist. Musikverstand hat er, das muss man ihm lassen. Kommen Sie, ich zeige Ihnen die Hauskapelle.«

Die Hand an ihrem Ellbogen steuert er sie durch den Raum in einen schmalen Gang. Sein Blick geht hinauf zum Spruchband über dem Eingang zur winzigen Kapelle. *Sub umbra alarum tuarum.*

»Unter dem Schatten deiner Flügel«, übersetzt der selbst ernannte Hofnarr. Sie vermeidet es, ihm zu sagen, dass sie Latein gelernt hat. Darin war ihr Vater sehr jüdisch: Das Beste, was du deinem Kind mitgeben kannst, ist Bildung.

»Ein Zitat aus der Bibel«, erklärt Alessandro Marcello.

Nun bibelfest ist sie aus ihm glücklicherweise unbekannten Gründen nicht.

»Im Schatten deiner Flügel will ich mich bergen, bis das Unheil vorübergeht.«

Sie sieht ihn überrascht an. Ahnt er, wie gut dieses Zitat zu ihrer Situation passt? Nichts in seinem Gesicht deutet darauf hin. Ein freundliches, offenes Lächeln.

»Gehen wir in den Musiksaal, da drüben werden schon die Instrumente gestimmt. Vermutlich plaudert unser verehrter Gastgeber lieber mit den Musikern, als seine Gäste zu begrüßen.«

Gut so. Je weniger er in Erscheinung tritt, umso lieber ist es ihr.

Nach dem Abendessen ein erstes inneres Aufatmen. Bald wird sie den Abend überstanden haben. Das Konzert war hinreißend, auch der *branzino* in Salzkruste auf seine Art ein Meisterwerk. Alessandro Marcello als ihr Tischherr fragt nicht, sondern erzählt. Und zwar amüsant. Sie sagt so wenig wie möglich. Nickt. Lächelt. Trotzdem stellt er plötzlich fest: »Sie sind keine Italienerin.« Ein Hofnarr, aber kein Narr.

Einen Augenblick bleibt ihr die Sprache weg. Dann erinnern sich die Stimmbänder wieder an die ihnen zugedachte Aufgabe. »Ich bin bei Verwandten in Udine aufgewachsen. Es wurde deutsch gesprochen.«

»Ah ja, das erklärt es«, sagt er, ohne mehr wissen zu wollen.

Seit einiger Zeit meldet sich ihre Blase. Sie hofft auf eine unauffällige schnelle Verabschiedung, dann würde sie es noch bis nach Hause schaffen, ohne hier irgendwen nach dem Klo fragen zu müssen.

Der Platz neben der vollbusigen, tief dekolletierten Gräfin Franchetti, der möglicherweise zukünftigen Gräfin Montanara, ist plötzlich leer. Jetzt, denkt sie, jetzt löst sich die Gesellschaft auf. Sie kann sich bei ihrem Tischnachbarn entschuldigen und unauffällig verschwinden.

»Der Graf erwartet Sie in der Bibliothek.« Ein geraunter Satz nahe an ihrem Ohr. Abgeliefert von dem würdevollen älteren Herrn, der den Ablauf des Abends dirigiert hat. Alessandro Marcello ist damit beschäftigt, aus dem Zigarrenangebot, das ihm in einer kleinen Kiste präsentiert wird, seine Wahl zu treffen.

Also doch kein unauffälliges Verschwinden. Während ihre Gedanken hastig Fluchtpläne prüfen und verwerfen, entscheidet sich ihr Körper für das Einfachste. Sie steht auf, folgt dem Würdevollen durch einen langen Gang, dann über einige Stufen bis zu einer mit unfreundlichen Schnitzereien bewehrten Holztür, die er für sie öffnet. Natürlich erst nach respektvollem Klopfen und dem gräflichen *avanti*.

Der Hausherr steht vor einem Bild. Farbgestöber im Himmel über der Salute-Kirche. Turner, einer ihrer Lieblingsmaler. Sie geht ein paar Schritte näher, hält aber Abstand zum Grafen. »Wunderschön«, sagt sie. Einen Augenblick lang vergisst sie ihre Umgebung. Genießt die verewigte Flüchtigkeit. Die Stimme des Grafen holt sie zurück. »Ich dachte mir, dass Ihnen das Bild gefallen würde.«

Sie nickt. Was will er? Mit Turner protzen? Wohl kaum. So viele bange Vorahnungen können nicht irren.

Er studiert ihr Gesicht mit einer Neugierde, die an Unhöflichkeit grenzt. »Aber eigentlich wollte ich Sie zur Musik etwas fragen. Die heutige Darbietung – waren Sie als Kennerin einverstanden?«

Was meint er damit: Sie als Kennerin?

»Ein sehr schönes Konzert«, sagt sie knapp und will die Unterhaltung schnell zu Ende bringen. Nicht nur wegen der drängenden Forderung ihrer Blase. »Wenn Sie mich jetzt bitte ...«

Er unterbricht sie mit scharfer Stimme. Die Grenze zur Unhöflichkeit ist damit überschritten. »Fast hätten wir das Programm auf Quartett umstellen müssen.«

»Warum das?«

»Der Klarinettist war ein gewisser David Sharansky. Er hat es vorgezogen, Venedig zu verlassen und seine Karriere in den Vereinigten Staaten fortzusetzen. Eine weise Entscheidung. Sie haben doch gehört von der neuen Verordnung?«

»Ach so, ja natürlich.« Ihr gleichgültiger Tonfall klingt sogar für sie selbst falsch.

»Ich hoffe sehr, Sie werden bleiben?« Tonnenschwere Betonung auf dem »Sie«. Unmöglich zu überhören.

»Warum nicht?« Dem ungeschriebenen Libretto ihrer Privatoper folgend. Immer noch eine ganz kleine Hoffnung, dass er nicht weiß, sondern allenfalls vermutet.

»Weil Sie hier nicht mehr sicher sind, Signorina Padovan. Oder soll ich lieber sagen: Lilly Salomon?«

Jetzt ist es gesagt. Das Stehaufmännchen Hoffnung kippt um, bleibt reglos liegen. Es hat keinen Sinn mehr, die Rolle weiterzuspielen.

14

Lilly Salomon hat er sie genannt. Der Kavalier der hundert blassrosa Rosen. Dieses Stehaufmännchen namens Hoffnung gibt schon wieder ein Lebenszeichen von sich. Vielleicht ist er das ja wirklich: ein Kavalier.

Sie schaut direkt in die kaltblauen Augen. »Woher wissen Sie es?«

»Durch David Sharansky, den fehlenden Klarinettisten im Quintetto Veneziano. Nein, nicht direkt durch ihn, durch einen der Umwege, wie sie der Zufall gerne nimmt. Ich habe mich mit dem Obersten der Platzkommandantur am Lido unterhalten. Er stammt aus Wien. Ein Gespräch zwischen Musikliebhabern. Wir bedauerten beide den Verlust dieses begabten Musikers.«

Sie versteht nicht. Redet der Graf wirr oder ist sie selbst es, die nicht mehr in der Lage ist, klar zu denken? Sie hat den Namen David Sharansky noch nie gehört.

»Ja – dieser Oberst … ein sehr kultivierter Mann. Ich habe mit ihm über die Schwierigkeit gesprochen, Ersatz aufzutreiben. Das erinnerte ihn an seine Lieblingssängerin in Wien. Als Salome einfach einzigartig. Schon einmal wegen ihrer optischen Erscheinung. Richtig schwärmerisch wurde er. Schlank, bildschön, wundervoll rotblondes Haar.« Mit einer schnellen, aber nicht groben Bewegung schiebt der Graf das Tuch zurück, das ihre Haare verbergen sollte. »Leider ist die Dame von bedenklicher Herkunft nach den geltenden Gesetzen. Daher war sie wohl plötzlich aus Wien verschwunden. Der Rest war – einfach.«

Sie schweigt.

»Selbstverständlich habe ich ihm gegenüber meinen Verdacht nicht geäußert.«

Erwartet er jetzt, dass sie sich ihm anbietet? Aus Dankbarkeit? Als Gegenleistung für sein Schweigen? So etwas kommt doch wohl nur in Schundromanen vor. Eventuell auch in einem Opernlibretto. Oder will er den großartigen Beschützer spielen und sie dadurch für ihn einnehmen?

Im nächsten Augenblick drückt die Schreibtischkante hart gegen ihren Bauch. Die Arme werden ihr auf den Rücken gedreht. Sein Knie drückt ihre Schenkel auseinander, eine grobe Hand schiebt den Rock hoch und greift zwischen ihre Beine. Spitze reißt. Das kann nicht sein, denkt sie. Das passiert jetzt nicht. Nicht mir.

Seltsamerweise sieht sie sich selbst plötzlich von oben, halb über dem Schreibtisch liegend, den Rock des dunklen Kleides hochgeschoben. Das Ganze ist weniger erschreckend als würdelos, peinlich. Vielleicht ist es die Wut darüber, die ihre Kräfte mobilisiert. Ihr Ellbogen trifft die familientypische Grafennase, ihr Knie im Umdrehen die geschlechtsspezifischen Weichteile. Ihre Hände sind frei. Sie stolpert auf den Gang, der Majordomus ist nicht mehr da, aber der Junge, der ihr die Einladung gebracht hat. Er winkt ihr zu, öffnet eine Tür, dann noch eine. Sein Blick ist immer noch unverschämt, aber auch mitleidig. Unverschämtes Mitleid. Das gibt es. Sie ist vermutlich nicht die Erste, die aus der Bibliothek stürzt und nach dem Ausgang sucht.

Sie steht auf der Straße. Beginnt zu gehen, erst langsam, dann schneller. Eine warme Flüssigkeit rinnt an ihren Beinen hinunter. Die Blase hat nicht durchgehalten. Marias Seidenkleid klebt an ihren Oberschenkeln. Die Straßen Venedigs sind um diese Zeit menschenleer. Zumindest dafür ist sie dankbar. Irgendwann hört sie schnelle Schritte hinter sich.

15

Kein Verfolger. Nur ein Gondoliere im gestreiften Pullover, der schnell an ihr vorbeigeht, die Frau im sackartigen schwarzen Gewand nicht beachtet. Die Holzbrücke vor der Accademia. Campo San Vio. Rio Terrà dei Catecumeni. Sie ist fast zu Hause. Ihre Schritte hallen viel zu laut auf den Steinen. Sie möchte leise sein, möglichst unhörbar und unsichtbar. Lieber wäre sie jetzt auch Maria nicht begegnet, aber die steht in der offenen Wohnungstür und schaut ihr entgegen. Ihre Augen weiten sich alarmiert. Maria nimmt sie an der Hand, zieht sie hinein, schließt die Tür. Sie lässt es geschehen. Was sie an Kraft hatte, ist verbraucht.

Sie beginnt zu zittern. »Erzähl!«, verlangt Maria.

Sie erzählt. Gleich im Stehen bei der Eingangstür. Mit Worten, die übereinanderstolpern.

»Dann ist das, was da mein Seidenkleid ruiniert hat, nicht … äh, von ihm?«

Sie schüttelt den Kopf. »Nein. Meine Blase. Tut mir leid.«

»Beh!«, sagt Maria. »Ich konnte das Kleid noch nie leiden. Zieh es aus. Der Boiler ist eingeschaltet. Ich lass dir ein Bad ein.«

Dann liegt sie in der Wanne zwischen weißen Schaumwolken, die das einlaufende Wasser aus einem Badezusatz produziert hat, der nach Lavendel duftet. Vorkriegsduft aus luftigen, wohlriechenden Vorkriegsschaumwolken. Als wäre sie in Wien und würde nach der Vorstellung das Adrenalin langsam ausklingen lassen. Illusion einer heilen Welt. Genauso haltbar.

»Ausgerechnet jetzt ist Mario in Rom«, sagt sie.

Maria sitzt auf einem Hocker neben der Wanne und kaut nachdenklich an einem Fingernagel. »Ja, ungünstig. Aber helfen könnte er dir auch nicht.«

»Er wird mich anzeigen. Nicht Mario natürlich. Der Graf.«

Maria betrachtet den angeknabberten Fingernagel. »Ich glaube es eigentlich nicht. Der Graf hat sich zwar mit den Deutschen arrangiert, das heißt aber nicht, dass er sie mag. Angeblich hat man ihm das Bürgermeisteramt angeboten. Er scheint eine plausible Ausrede gefunden zu haben. Grundlos ablehnen kann man ja schwer. Die meisten Venezianer würden die Deutschen lieber heute als morgen loswerden. Und er ist Venezianer. Sehr.«

»Er ist ein Schwein.«

»Ja, aber vielleicht nur ein männliches Durchschnittsschwein. Kein Nazi.«

»Und was macht so ein männliches Durchschnittsschwein mit blutiger Nase?«

»Bestimmt hat es kein Interesse, dieses kleine Intermezzo mit dir publik zu machen.«

Da ist es schon wieder, das Stehaufmännchen namens Hoffnung. Völlig aufrecht.

16

Die Nacht danach. Nächte sind grundsätzlich unfreundlich zu Hoffnungen. Und boshaft. Sie verstärken Ängste, Zahnschmerzen, Liebeskummer. Holen unerwünschte Gedanken aus der Dunkelheit. Spielen am liebsten schreckliche Szenen aus der Erinnerung in einer Endlosschleife.

Die Nacht danach wird zum Abend davor. Wieder und wieder ist dieses brutale Knie zwischen ihren Schenkeln, die Schreibtischkante drückt gegen ihren Magen, Hände schieben das Kleid hoch, reißen an ihrem Slip. Die Seide zeigt sich erstaunlich widerstandsfähig. Vorkriegsqualität.

Nessun dorma … Keiner schlafe. Überflüssige Aufforderung. Die Arie des Kalaf füllt ihren Kopf, ihren Körper, aber nur für kurze Zeit. Sie versucht sich zu erinnern, wessen Stimme sie da hört. Wer war das? Wann? Wo? Emmerich von Godin, Wiener Staatsoper, kommt die Antwort. Das Jahr? 1937? 38? *Tu pure, o Principessa, nella tua fredda stanza … Auch du, Prinzessin, schläfst nicht, in deinen kalten Räumen. Blickst auf die Sterne, die vor Liebe und Hoffnung flimmern.* Schon wieder das Thema Hoffnung. Ach Kalaf! Die Prinzessin schläft bestimmt bestens, um ihren Kopf geht es ja nicht. Sondern um deinen.

Kalaf verlässt ihren inneren Sender und macht Scarpia/Montanara Platz. Besitzt das Schicksal so viel Ironie, sie ihre Lieblingsrolle erleben zu lassen? Scarpias Text im zweiten Akt: *Ha più forte sapore la conquista violenta che il mellifluo consenso … Vergewaltigung ist viel mehr nach seinem Geschmack als honigsüße Hingabe.* Wie weit wird sich das Libretto noch als gelebtes Leben manifestieren?

Irgendwann in den Morgenstunden schläft sie dann doch. Traumlos.

17

Die Tage danach. Gestundete Zeit. Es ist der dritte Tag, als plötzlich ein deutscher Offizier in der Tür zu dem kleinen Laden steht. Trotz Gegenlicht ist die Uniform deutlich zu erkennen. Betonte Schultern, Reithosen, Stiefel. Schief aufgesetzte Schirmkappe.

Er kommt näher. Nimmt die Kappe ab. Die Schulterklappen sind silbern geflochten. Ihre Augen bleiben an dem Vogel hängen, der das Hakenkreuz in den Fängen trägt. Dem Adler hat man auch keine Wahl gelassen. Die Stiefel machen halt.

Gleich wird er es sagen. »Ich habe einen Haftbefehl für Teresa Padovan alias Lilly Salomon.« Oder vielleicht nur: »Lilly Salomon? Mitkommen, Sie sind verhaftet!«

Lernen sie das in ihrer Ausbildung, was zu sagen ist? Und wie? Den Kommandoton? Und die Worte, kommen die von selbst? Was haben sie in Wien zu ihrem Vater gesagt, als sie kamen, um ihn zu holen?

Der Mann in Uniform macht einen weiteren Schritt auf sie zu. Ihr Magen bewegt sich nach oben. Sie schmeckt Säure und Kaffee.

Gleich kotze ich ihm Espresso über die schwarz glänzenden Stiefel.

Was er dann tatsächlich sagt, ist in holprigem Italienisch: »Kwanta costa?« Er zeigt auf ein Collier in der Vitrine. Einer ihrer eigenen Entwürfe. Made by Lilly Salomon. Der Mann hat Geschmack. Sie möchte loslachen.

Sie kotzt nicht und sie lacht nicht. Aber sie ist froh, dass Maria das Reden übernimmt, die Geldscheine, die er ihr hinhält, in die Lade legt und die Halskette in türkisfarbenes Seidenpapier wickelt. Er grüßt höflich. Sehr deutsch, sein Italienisch. »Ariwedertschi.« Das Bimmeln der Türglocke begleitet ihn hinaus. Stiefelschritte auf dem kleinen Platz entfernen sich. Die Spannung löst sich. Sie lachen beide. Seit dem bewussten Abend können sie wieder unbefangen miteinander umgehen. So als würde die imminente Gefahr ihre Freundschaft festigen.

Mit jedem Tag wird das Gefühl der Hoffnung stärker. Gegen jede Vernunft. Er ist kein Nazifreund, hat Maria gesagt. Nur ein Nazifreund würde sie bei den Deutschen anzeigen. Er ist vor allem Venezianer.

18

Befehl ist Befehl, denkt der junge Polizist, als sein Vorgesetzter ihm erklärt, was er zu tun hat. Umgehend.

»Es sind besondere Zeiten«, sagt der Maresciallo. Als müsste er seinem Auftrag eine Rechtfertigung mit auf den Weg geben.

Der junge Polizist hat die Prüfung für den Polizeidienst erst vor ein paar Monaten bestanden. Zum Stolz seiner

Eltern. Die froh darüber sind, dass die Uniform, die ihr einziger Sohn trägt, nicht feldgrau ist.

Was könnte er gegen den Befehl vorbringen? *Nur weil sie Jüdin ist? Aber ich habe gar nichts gegen Juden. War im Liceo sogar mit einem befreundet. Genialer Mathematiker. Immer hilfsbereit. Keine der Eigenschaften, die man so allgemein den Juden nachsagt.*

Das könnte er einwenden. Aber natürlich tut er es nicht.

»Si, Maresciallo!« Die Stimme steht stramm, als er gefragt wird, ob er verstanden hat.

Teresa Padovan alias Lilly Salomon, jüdische Sängerin aus Wien. Der Name und die Adresse stehen auf einem ganz offiziellen Haftbefehl. Mit Stempel und Unterschrift des Polizeipräsidenten. Es hat alles seine Ordnung.

19

Als am Tag zehn nach dem Abend im Palazzo Montanara ein junger italienischer Polizist vor ihrer Tür steht, will sie nicht wahrhaben, worum es geht. Schließlich ist es ein italienischer Polizist, kein deutscher Soldat.

Es ist früh am Morgen, normalerweise schläft sie um diese Zeit noch. Aber etwas hat sie geweckt. Eine Vorahnung? Oder doch nur die Halsschmerzen, die den Beginn einer Erkältung anzeigen?

»Ja bitte?«, fragt sie. Auf eine harmlose Erklärung hoffend. Es kann viele Gründe geben, warum ein italienischer Polizist vor der Wohnungstür steht.

Ja – und welche zum Beispiel?

Er könnte sich nach jemandem erkundigen, der in der Nähe wohnt.

Er könnte …

Der Polizist ist jung, sehr höflich und sehr verlegen. »Signora«, sagt er, »das Boot wartet bei der Salute-Kirche. Wenn Sie die Güte hätten mitzukommen.«

Die Güte hätten mitzukommen. Und wenn ich die Güte nicht habe?

»Wo bringt mich das Boot hin?«, fragt sie.

Er schüttelt den Kopf. »Ich weiß nichts«, sagt er. Schon jetzt vorwegnehmend, dass er »damals« von nichts eine Ahnung hatte. Aber vielleicht weiß er wirklich nichts.

Es passt jetzt schlecht, könnte sie ihm sagen. Sie fühle sich krank, vermutlich eine Sommergrippe. Er solle lieber ein anderes Mal wiederkommen.

»Kann ich ein paar Sachen einpacken?«, fragt sie stattdessen.

»Ja, natürlich.«

Sie stopft wahllos Unterwäsche, eine warme Jacke, ein Paar Sportschuhe in die alte Reisetasche. Verwaschener, ehemals weinroter Stoff mit hellen Lederapplikationen. Ihr Tagebuch nimmt sie in die Hand, lässt es aber liegen. Das bleibt da. Es weiß zu viel. Vermutlich hat es keinen Sinn, den jungen Polizisten nach irgendetwas zu fragen. Nichts zu wissen ist Teil seines Auftrags. Der beste.

Vor Marias Tür zögert sie, klopft dann aber doch nicht. Maria soll nicht noch mehr Schwierigkeiten bekommen, als ohnehin schon zu erwarten sind. Immerhin hat Lilly Salomon mit der Identität ihrer Cousine gelebt. Sehr schwer für Maria, sich da rauszureden.

Das Motorboot, das bei der Salute-Kirche wartet, ist unauffällig, keines der blau-weißen Polizeiboote. Die wenigen Passanten haben anderes zu tun, als die blasse, rotblonde Frau zu beachten, die neben dem Polizisten in Uniform auf das Boot zugeht. Eine ältere Frau mit rot geweinten Augen hastet an ihnen vorbei. Es gibt so viel Unglück in diesen Zeiten. Ein Betrunkener liegt auf den Stufen zur Kirche. Vergisst sein spezielles Unglück auf eigene Weise.

Der Mann am Steuer trägt keine Uniform. Auch er ist Italiener, nicht Deutscher, wie sie nach den ersten paar

Worten hören kann. Und auch er ist sehr zuvorkommend. Er reicht ihr die Hand, um ihr an Bord zu helfen. Nimmt ihr die Reisetasche ab.

»*Si accommodi, Signora.*«

»*Grazie molte.*«

Alles sehr höflich. Ganz so, als würde man sie zu einem Picknick am Lido abholen. Aber der Mann am Steuer hält nicht auf die südliche Insel zu, sondern wendet in einem großen Bogen und fährt durch den Giudecca-Kanal, die Zattere entlang in die Lagune vor Mestre.

Mario. Er wird zurückkommen und nicht wissen, was geschehen ist. Mario, Mario, Mario.

Ganz leise beginnt sie, das Gebet der Tosca zu singen. *Vissi d'arte, vissi d'amore* … Die Stimme drängt. Will hinaus, will gehört werden nach den Jahren im Gefängnis der Stummheit. Sie darf. Und trägt die Töne weit über die Lagune.

Der Mann am Steuer dreht sich überrascht um. Er drosselt den Motor. Bringt das Störgeräusch zum Verstummen. Der junge Polizist vergisst, den Mund zuzumachen. Das gibt ihm einen unpassend erschrockenen Ausdruck. Das Boot liegt still. Bühne zu sein verpflichtet.

Nell'ora del dolor, perché, perché, Signore, ah, perché me ne rimuneri così?

Warum Gott sich auf diese Weise für ein tadelloses Leben revanchiert, will Tosca wissen. Ähnliches haben wohl schon viele gefragt. Die letzten Worte der Arie ertrinken im unbewegten Wasser der Lagune.

In einem Märchen würde der Mann am Steuer, bewegt von dieser Stimme, jetzt das Boot wenden und die schöne blasse Frau mit dem rotblonden Heiligenschein zu einem Versteck irgendwo in der unübersichtlichen Lagunenlandschaft bringen. Vielleicht zu einer Hütte auf einer der zahllosen kleinen Inseln. Eine Unterkunft, in der er manchmal übernachtet, wenn er auf Entenjagd geht.

Und der junge Polizist? Der würde froh sein, nicht mehr nichts wissen zu müssen. Er würde seinem Vorgesetzten berichten, dass er die Jüdin Lilly Salomon nicht an der bewussten Adresse angetroffen hat. Leider. Aber es ist Venedig im September 1943. Keine Chance auf Märchen.

Die vergessene Stimme

Venedig, etwa 75 Jahre später

1
Der Tag ist perfekt

Der Tag ist perfekt. Die Lagune in Bestform. Sie glitzert aquamarin, reflektiert unermüdlich Sonnenstrahlen, lässt morgendlichen Dunst aufsteigen, damit er weichzeichnend das südliche Ufer der Giudecca verklärt. Die gelegentlich treibende Plastikflasche wird gleich mitverklärt. Wenn Venedig beschließt, sich von seiner dekorativsten Seite zu zeigen, wird es unmäßig. Malt den Himmel in Turner-Farben, ballt den gesättigten Wasserdampf zu einigen wenigen Tiepolo-Wölkchen, der restliche Dunst wird zum zarten Schleier, der eventuelle harte Konturen verwischt. Auch die Inseln weiter im Süden profitieren optisch von ebendiesem Dunstschleier. Sie liegen da, als hätten sie Geheimnisse zu erzählen. Oder Märchen, in denen Elfen die Hauptrolle spielen.

Fabio Testa kennt einige dieser Geheimnisse, die wenig märchenhaft sind. Und natürlich nicht touristentauglich. Er steht am Steuer seines Bootes, lenkt es näher an die geheimnistragenden Inseln heran, verringert langsam die Geschwindigkeit. Ein Signal für die Ladys mit den blau getönten Dauerwellen, altersfleckigen Armen und überwiegend pastellfarbenen kurzen Hosen. Die Stimmen hinter ihm in der unmelodischen Sprache verstummen. Er dreht sich zu ihnen um.

Wie bei vielen Venezianern lässt sich seine Einstellung zu den Touristen am besten als begehrliche Verachtung definieren. Er braucht sie. Er will sie an Bord haben. Sie sollen sein neues Boot abzahlen, seine Miete finanzieren, den langen Urlaub in der Karibik. In der Zeit, in der die Lagune nicht Dunstschleier trägt, sondern winterlich schweres Tuch aus Kälte und Feuchtigkeit mit dem Geruch nach Dieselöl und toten Muscheln. In der Zeit, in der sein Boot wenig gefragt ist.

Das mit der Verachtung liegt vor allem an der Menge, in der Touristen auftreten. Wir lieben nichts, was in großen Massen auftritt. Ein einzelner Maikäfer mag ganz niedlich sein, wie er da auf der Hand krabbelt. Ein riesiger Schwarm von ihnen ist bedrohlich. Heuschrecken – ein ganz ähnliches Bild. Netter grüner Hüpfer oder biblische Plage. Ein einzelner Reisender ist ein Mensch mit seinem ganz besonderen Schicksal. Venedigs Touristen sind Masse. Unpassend gekleidet, unangenehm laut, Straßen und Brücken verstopfend. Sie sind der eigentliche Grund dafür, warum dort, wo Fabios Metzger war, jetzt noch ein weiterer Maskenverkäufer aufgesperrt hat. Und sein Lieblingsbäcker Platz machen musste für ein Lokal mit täglichem *menu turistico*.

Dass die meisten venezianischen Touristen alt sind, macht die Sache nicht erfreulicher. Fabio ist jung. Für das Konzept Alter hat er kein Verständnis. Körperliche Verfallserscheinungen haben nichts in der Öffentlichkeit zu suchen. Dass möglicherweise auch sein Körper irgendwann einem Alterungsprozess unterworfen sein könnte, ist kein Thema für ihn. So jung ist er.

Es gibt natürlich auch die altersmäßig passenden Touristinnen. Besonders diese selbstsicheren amerikanischen Blondinen, die alle so aussehen, als wären sie, zumindest entfernt, mit Lindsay Vonn verwandt. Sie kommen mit Rucksäcken, beziehen ihre Zimmer in der Jugendherberge auf der Giudecca und warten auf die Abenteuer, die Venedig zu bieten hat. Am besten ein schnelles Abenteuer mit einem echten Venezianer.

»I just slept with a gondolier!« Die aufgeregte Stimme der sommersprossigen Studentin – wie hieß sie doch? –, die sofort nach ihrem Handy griff und offenbar ihre beste Freundin anrief, während er im Badezimmer sein *preservativo* entsorgte. Er versuchte anschließend klarzustellen, dass er kein *gondolier* ist, weil er ein *motoscafo* fährt und keine *gondola*. »But gondolier sounds so much more exciting!«

Touristen!

Da ist sie wieder, die Verachtung. Zweifach. Touristin und auch noch leicht zu haben. Fabio ist zwar jung an Jahren, aber die alten Macho-Gene gehören zum sorgfältig gepflegten Erbgut in seiner Familie. Werden mit Stolz weitergegeben wie anderswo das Familiensilber, die ölgemalten Ahnenporträts oder Werkzeuge, die zum unbefugten Betreten fremder Wohnungen befähigen.

Entsprechend groß war seine Empörung, als seine Olivia ihn kürzlich zu einer Dichterlesung schleppte, um dann den Autor sehr offensichtlich anzuhimmeln. Und sich eine Widmung in das Buch schreiben zu lassen – eine unangemessen persönliche Widmung noch dazu!

Fabios Hände würgen das Steuerrad. Kollektives Räuspern. Altersblasse Augen blicken ihn fragend und erwartungsvoll an. Richtig – die Inseln.

Sein Englisch ist etwas holprig, aber sexy. Jedenfalls fand das zuletzt die amerikanische Studentin. Ihr Name fällt ihm noch immer nicht ein.

»Sacca Sessola, in nineteeneleven a hospital for people who had Cholera.«

Choleragemäßes gedämpftes Gemurmel.

»San Clemente. Very old church. New big hotel. San Clemente Palace. And the next one is San Servolo. Hospital for crazy people.«

Psychiatriegemäße Ohs.

»Not any more. Now it is Venice University International.«

Erleichtertes mehrstimmiges universitäres Aufatmen.

So viel zu den Inseln.

Fabio steuert das Boot Richtung San Giorgio, er will seinen Passagieren einen Blick auf den Cipriani Garten bieten, den man sonst nur als Gast in der teuren Luxusherberge zu sehen kriegt. Jetzt ist der Augenblick, um einen zugkräftigen Namen zu erwähnen. »Yes, that's George Clooney's favorite hotel. You see?« Dann durch den kleinen Kanal und als Höhepunkt, sofern nach George Clooney noch ein höherer Höhepunkt denkbar ist, – *ecco!* – San Marco.

Der aufgeregte Schrei kommt viel zu früh, Markuskirche und Dogenpalast sind noch gar nicht zu sehen. Noch nicht einmal ein VIP im Cipriani Garten.

»Oh my god!«

Was ist los? Fabios Blick folgt dem zeigenden Finger.

»*Porca miseria!*« Da treibt einer in der Lagune, Gesicht nach unten, Arme ausgebreitet. Helles Hemd, dunklere Hose. Gewohnheitsmäßig registriert Fabio die Schuhe. Bootstaugliche Gummisohlen. Die leichten Wellen schaukeln den Körper sanft. So treibt man nur, wenn man ausreichend tot ist.

Fotoapparate klicken. Viel zahlreicher als vorhin bei den Inseln. Keine der alten Ladys wirkt geschockt. Sie sind alle schon viel zu nahe am eigenen Ablaufdatum. Der Tod – ein aufdringlicher Gast, der im Freundeskreis immer häufiger auftaucht. Wie gut, wenn er sich gerade um jemand anderen kümmert. Ein Tag wie heute ist doch viel zu schön, um sich umzubringen, denkt Fabio. Dann fällt ihm ein, dass Selbstmörder angeblich gerade solche Tage bevorzugen. Der unerträgliche Kontrast einer gnadenlos heiteren Außenwelt zum finsteren Ausblick in die eigene Zukunft.

Aber vielleicht war es ja kein Selbstmord, sondern ein Unfall. Erst kürzlich ist ein Betrunkener mit seinem Motorboot frontal gegen die eher unnachgiebigen *briccole* gefahren, die dreifach gebündelten Pfähle, mit denen die

Fahrrinnen markiert sind. Manche Fehler kann man eben nur einmal machen. Irgendeinen Fehler hat auch der hier gemacht.

Es ist nicht so, dass Fabio während all dieser Gedanken untätig bleibt. Gedanken haben bekanntlich diese wieselartige Eigenschaft, im Zickzack zu laufen und sich nicht darum zu kümmern, was von diversen Körperteilen des Denkenden getan werden muss. Fabios Finger haben fast automatisch 113 gewählt. Er hält sein *cellulare* ans Ohr und lauscht dem Besetztzeichen. Mit Ärger natürlich. Weil seine Meldung garantiert vorrangig ist, aber das wissen die von Trivialmeldungen verstopften Verbindungssynapsen nicht.

Die Ladys fotografieren. Der Tote schaukelt.

In Gedanken ist Fabio mittlerweile bei der Frage, ob er seine nächste Gruppe pünktlich um zehn beim Hotel Gritti wird abholen können. Wohl kaum. Er seufzt. Was musste er auch so weit hinaus zu den Inseln fahren.

Und dann will endlich doch eine leicht gelangweilte Stimme wissen, womit man dem Anrufer helfen könne. Fabio sagt es der Stimme, die im Weiteren nicht weniger gelangweilt klingt. Ein Toter in der Lagune. Das kommt schon mal vor.

2

Der Mensch ist ein starrsinniges Wesen

Der Mensch ist ein starrsinniges Wesen. Und kaum lernfähig. Unverdrossen nimmt er immer wieder einen Kampf auf, den er schon unzählige Male verloren hat. Beziehungsunfähige stolpern unverdrossen in die nächste absurde Zweisamkeit. Untreue Ehepartner finden sich nach herzzerreißenden Reueattacken doch wieder in einem fremden Bett. Trickdiebe folgen fahrlässig verstauten Brieftaschen wie Disneyfilmbären dem Honigtopf.

Nicolao denkt an den Taschendieb mit dem treuherzigen Blick, den er kürzlich verhört hat. »Commissario, was soll ich machen? Was tut ein Opernsänger? Das, was er am besten kann: Er singt! *Va bene.* Was ich am besten kann, das ist nun mal das Aufspüren schlecht verwahrter Brieftaschen und ihre anschließende *dislocazione.* Und was mache ich mit dem Geld der Unachtsamen, Commissario? Ich kaufe Essen für meine vier Kinder.« Nicolao war fast schon gerührt, bis er dem Strafakt entnahm, dass die Zahl der Kinder von vier auf null korrigiert werden musste.

Ich selbst bin auch nicht anders, denkt Nicolao. Mit eher ungewohntem Taschendiebgefühl hebt er den durchsichtigen Schutzdeckel und will nach der zweiten *brioche* greifen. Hagelbezuckert, marmeladenbauchig, weißmehlgeneriert. Er weiß genau, wenn er nicht nach der ersten erlaubten Blätterteigpasta fluchtartig die Bar verlässt, sondern vor der Warmhaltevitrine stehen bleibt, dann verliert er unweigerlich den Kampf und glaubt dem Glücksversprechen. Wie so oft ist auch dieses Glück flüchtig. Kein Ausgleich von Lustgewinn und Schuldgefühl, von Endorphinen und Kalorien. Was bleibt, ist der Zugewinn auf der Waage. Aber vor allem ein schlechtes Gewissen seiner ernährungsbewussten Ehefrau gegenüber. Ernährungsfanatischen, korrigiert Nicolao frustriert seine Gedanken. Zucker, Mehl und Fett. Bei Laura klingt das wie Gift, Gift und Gift.

Frische Gegner werden in die Vitrine geschichtet. Goldblond und makellos. Verführung pur. Wo sind die Zeiten, in denen er frei von Schuldgefühlen nach ihnen greifen konnte? Nicolao schließt den Deckel und bringt mit einer Handbewegung die unerlaubte Versammlung von Briochekrümeln auf seiner Krawatte zum Absturz, ehe die bösen versteckten Transfette Flecken verursachen können. Was genau sind eigentlich Transfette? Die Vorsilbe *trans* bedeutet doch so etwas wie jenseits. Jenseits wovon?

Wann hat er damit begonnen, über solche Dinge nachzudenken? Über Zucker als Gift, Weißmehl als Bedrohung und Palmöl als versteckten Feind? Unterbricht er nicht jedes Mal Lauras Vorträge zu dem Thema? Ignoriert er nicht grundsätzlich die Artikel in den Gesundheitszeitschriften, die auf seinem Schreibtisch auftauchen? Ist seine Ehe so symbiotisch, dass sich Lauras Ansichten undercover unter seine privaten Gedanken mischen?

Zum Glück verwickelt ihn der taubstumme Felice in eine Unterhaltung. Ja, doch, es ist eine Unterhaltung. Nicolao ist einer der wenigen, die sich mit seiner Gebärdensprache auseinandersetzen und den gutturalen Lauten einen Sinn entnehmen können. Mithilfe des *Gazzettino* ist Felice problemlos imstande, nach Nicolaos Meinung über Poveglia zu fragen. Der Staat braucht Kleingeld und will die dem Lido vorgelagerte Insel verkaufen. Ein Investor hat sich bereits gefunden und plant ein Hotel der Superlative. Der Park von Poveglia soll ein Erholungsgebiet für die VIP-Hotelgäste werden. Inselmäßige *privacy* garantiert. Für die nächste Glamour-Hochzeit. Felice ist entschieden dagegen. Er schlägt mit der Faust auf die Theke, Tassen klirren, ungehört vom Verursacher. Nicolao setzt an, ihm zu erklären, dass taubstumme Schreiner noch selten den Lauf der Welt verändert haben. Andererseits …

Eine vage zeitgeschichtliche Erinnerung verdunkelt den Morgen. Wie war das nur? Dieses leider gescheiterte Attentat in einem Bierlokal in München, der mutige Bombenbastler, war das nicht auch ein Schreiner? Felice merkt Nicolaos gedankliche Entfernung vom Thema. So wie Kinder augenblicklich merken, wenn man ihnen nicht wirklich zuhört, sondern im Automatenton »Ja natürlich, mein Mäuschen« sagt. Felice wird auf kindmäßige Art ungehalten. Ein drängender Finger markiert den Zeitungsartikel. Nicolao nickt ein »Ja, ich weiß«. Er zeigt auf sich selbst und nickt wieder.

Es gibt die Initiative »Poveglia den Venezianern«, an der auch Nicolao sich beteiligt hat. Gemeinsam mit erstaunlich vielen anderen. Die Idee kam von Andrea, dem Betreiber einer Bar auf der Giudecca. Mit hundert Euro war man dabei. Vielleicht demnächst Miteigentümer von Poveglia. Die Beteiligung war so zahlreich, dass man in einer ersten Versteigerungsrunde den Investor überbieten konnte. Der hatte nicht mit Gegenwehr gerechnet. Aber er kann – und wird – sein Angebot nachbessern. Alles andere fiele in die Rubrik Märchen.

Nicolaos rechte Jackentasche gibt Laut. Das Diensthandy. Der private Nicolao überlegt, ob er die unauffälligen Töne überhören soll. Es ist ziemlich laut in der Bar. Der Commissario übernimmt.

Gobetti. Mondgesichtiger, kuhäugiger Gobetti. Diensteifrig, aber wattmäßig betrachtet nicht die hellste Birne im Kronleuchter. Sofern man sich die personelle Bestückung der venezianischen Questura als vielarmigen Luster aus Muranoglas vorstellen mag. Mit ausladenden Schnörkeln und unterschiedlich hellen Glühbirnen.

»Ja, Gobetti, was gibt's?«

Obwohl Nicolao ständig darum bemüht ist, seine Kommunikation an Gobettis kognitive Fähigkeiten anzupassen, scheitert er regelmäßig. Dabei ist Gobetti von unschätzbarem Wert, wenn es darum geht, mit Leuten zu reden, die keinesfalls reden wollen. Schon gar nicht mit der Polizei. Gobetti lässt seinen feucht-ratlosen Wiederkäuerblick auf ihnen ruhen, stellt seine Fragen dermaßen unbedarft, dass sich bei den Befragten ein sofortiges Gefühl der Überlegenheit einstellt. Durchtriebene Mafiosi kriegen etwas Väterliches, hartnäckige Schweiger gestehen aus purem Mitleid, verstockte Immigranten erzählen ihm heimwehkrank von dem Land, aus dem sie kommen, und erwähnen so nebenbei die Namen der Schlepper.

»Dottore, Dottore – da war ein Toter in der Lagune. Die *vigili* haben ihn vor einer Stunde herausgefischt.«

Nicolao hat längst aufgegeben, Gobetti zu erklären, dass sein Vorgesetzter zwar zweimal promoviert hat, dass der Titel aber trotzdem keiner Wiederholung bedarf. Dass ganz im Gegenteil ein schlichtes »Commissario« vollauf genügte. Seither versucht Gobetti, die direkte Anrede zu vermeiden. Aber es gelingt ihm nicht immer.

»Ein Toter in der Lagune. Das kommt vor, Gobetti. Schickt ihn in die Pathologie.«

»Dort ist er schon.«

»Einer von den ganz Schnellen«, sagt Nicolao.

Der Pause nach zu schließen muss Gobetti diese Bemerkung erst einmal auf ihre Bedeutung näher untersuchen. Sekunden später kommt die Antwort. »Ja.« Und nach einer weiteren Pause: »Er ist verdächtig.«

»Wer? Der Tote?«

»Nein, sein Tod.«

»Verdächtiger Todesfall? Sagt wer?«

»Sagt der Dottor Bonnino.«

Zum Glück ist Bonnino eindottorig, denkt Nicolao.

»Und er möchte, dass Sie kommen.«

Na fein. Wo würde der Mensch diesen herrlichen Hochsommermorgen am liebsten verbringen? Richtig. Im knochenfarben gekachelten Reich Bonninos. Mit einem nassen toten Herrn auf dem Nirosta-Tisch.

»Weiß man schon, wer der Tote ist?«, fragt Nicolao.

»Ja«, antwortet Gobetti.

Nicolao wartet.

Gobetti auch.

»Ja – und? Wer ist es?«, fragt Nicolao schließlich. Er versucht, nicht ungeduldig zu klingen. Ungeduld vonseiten seines Vorgesetzten lässt Gobetti üblicherweise vor Schreck verstummen.

»Es war nicht weiter schwierig. Das mit dem Draufkommen, wer er ist. Er hatte seine Carta Venezia bei sich. Aber der Name, der war schon schwierig. Ich habe ihn mir nicht gemerkt. Vielleicht hätte ich ihn aufschreiben sollen. Ein komplizierter Name. Nicht italienisch. Diese Ausländer heißen alle so …«

»Ausländisch?« Nicolao hilft.

Stille. Vermutlich nickt Gobetti heftig ins Telefon.

Ein Ausländer also. Tourist vermutlich. Scherereien ohne Ende mit seiner diplomatischen Vertretung.

»Danke, Gobetti«, sagt Nicolao.

»Bitte sehr Dott – Dottore.« Die Kurzfassung von Gobettis titelmäßiger Korrektheit. »Was soll ich dem Dottor Bonnino sagen?«

»Dass ich unterwegs zu ihm bin«, sagt Nicolao. Er wirft einen letzten Blick auf die Vitrine mit den Verführungen, legt einen Schein auf die Glasplatte, winkt ein adressatmäßig undefiniertes Winken und wendet sich zur nahen Vaporettostation. Nur in den Fernsehfilmen wartet immer schon ein Polizeiboot auf den *Capo Commissario.*

Wieder versucht er ohne Erfolg, sich an den Namen des Münchner Bombenattentäters zu erinnern. Eine Gedächtnisübung, so gut wie jede andere, wenn man auf dem Weg zu einem Toten ist, der irgendwie »so ausländisch« heißt.

3
Der Mann trägt

Der Mann trägt ein hellblaues Button-Down-Hemd und khakifarbene Leinenhosen. Er ist in Nicolaos Alter. Und er irrt, falls er annimmt, dass der Rauch seiner Zigarette den Alkoholgeruch neutralisiert. Sein »Ciao Nicolao!« wird von einer eindeutigen, nicht unangenehmen Grappa-Duftnote begleitet, die vermutlich dem morgendlichen *caffè corretto* entstammt. Die Korrektur des morgendlichen Espressos ist die perfekte Tarnung für den ersten Beitrag zur

Stabilisierung des absturzgefährdeten Alkoholspiegels. Also trinkt Enzo wieder. Nicolao denkt es urteilsfrei. Eine bloße Feststellung. Mehr als das: ein sympathisierendes Zurkenntnisnehmen.

Enzo Bonnino, der Chefpathologe, hat die kurze Phase der Nüchternheit bravourös überwunden und lässt den hochprozentigen Weichzeichner wieder in sein Leben. Natürlich wäre es abzulehnen, dass Bonnino im Dienst Alkohol konsumiert. Aber Nicolao hat tiefes Verständnis dafür. Seit er einmal bei der Autopsie eines Mannes anwesend sein musste, der nach seinem Ableben noch drei Wochen in einer Fischreuse verbracht hatte, versteht er nicht, wie jemand ohne seelische Lokalanästhesie dieses Leben führen kann: die tägliche Gesellschaft von Toten in verschiedenen Stadien der Verwesung.

Bonnino kann es ganz offensichtlich nicht. Schon gar nicht, seit seine Frau nach rekordverdächtig kurzer Ehe die Scheidung einreichte. Vernachlässigung war das Zauberwort. Wenn er könnte, würde er noch Arbeit mit nach Hause nehmen, so der angewiderte Kommentar der Gerade-noch-Signora-Bonnino. Statt ab und zu Blumen bringt er täglich Leichengeruch mit.

»Was soll ich sagen? Sie hätte einen Floristen heiraten sollen.« Der schon geschiedene Bonnino im Originalton. Ein sinnloser Versuch, Verletzung mit Ironie zu therapieren.

Seither unterbrechen immer kürzer werdende Trockenperioden die Phasen, in denen er dann wieder sehr konsequent seinen Pegel hält. Zum Glück vermeidet er es, scherzhaft zu vermerken, dass sich seine Patienten noch nie über ihn beschwert haben. Pathologen, die Pathologen-Witze erzählen, findet Nicolao unerträglich. Übrigens auch alle anderen Menschen, die solche Witze machen. Er findet es unanständig, sich zu allem Überfluss auch noch über die lustig zu machen, die das Unglück haben, eines

Todes zu sterben, der genauere Nachforschungen nötig macht.

In jedem Fall ist Bonnino ein ausgezeichneter Gerichtsmediziner. Mit Sensoren, die weit über den normalmedizinischen Horizont hinausgehen. Nicolao hat bisweilen das Gefühl, dass der Alkohol seine Intuition noch schärft.

»Das Ganze gefällt mir nicht«, sagt Bonnino.

Was glaubst du, wie es mir geht, denkt Nicolao. Er neigt an sich nicht dazu, den Gedanken an die eigene Endlichkeit zu verdrängen. Aber in dieser Nirosta-Welt ist der Tod auf eine Weise lebendig, die ihm nicht zusteht. Er lauert nicht düster in irgendeiner Ecke, sondern lädt mit der schauerlichen Herzlichkeit eines guten Gastgebers ein, doch bitte schön näherzutreten.

Nicolao fröstelt. Sozusagen stellvertretend für den Mann auf dem Stahltisch, der das nicht mehr kann. Er liegt noch genau so da, wie man ihn gebracht hat: tropfnass, aber vollständig bekleidet. Weißes Hemd, eine Leinenhose, die in trockenem Zustand vermutlich beige ist. Dunkelblaue Slipper mit weichen Sohlen, wie sie auf Booten gerne gesehen sind. Halblange Haare kleben an seinem Kopf. Blasse Gesichtshaut. Definitiv niemand, der viel Zeit an der Sonne verbracht hat. Nicolao schätzt ihn auf Mitte fünfzig.

»Ich habe ihn schon mal gesehen«, sagt er.

»Offenbar hat er eine venezianische Wohnadresse. Venedig ist klein. Wenn du nur lange genug hier wohnst, hast du alle irgendwann schon gesehen.«

»Todesursache?«

»Wie du siehst, war er noch nicht unterm Messer. Aber vermutlich ist er ertrunken. An der Kopfwunde ist er jedenfalls nicht gestorben.« Bonnino dreht den Kopf des Toten, schiebt behutsam Haare zur Seite, so als wollte er den ewigen Tiefschlaf nicht stören. Eine klaffende weiße Platzwunde. »Ich habe da so ein Bild: Der Knabe sitzt ahnungslos im Boot, jemand knallt ihm einen stumpfen Gegenstand auf den Schädel und schubst den Bewusstlosen über Bord. Wahrscheinlich ertrinkt er, ohne das Bewusstsein wiedererlangt zu haben. Keine Abwehrverletzungen, nichts unter den Fingernägeln. Der Angriff dürfte ihn überrascht haben. Vielleicht hatte er Glück und überhaupt nicht mitgekriegt, was mit ihm geschieht. Steht jetzt drüben im Jenseits – und kann nicht fassen, dass er tot ist.«

Nicolao unterdrückt die Bemerkung, dass sich Pathologen besser nicht in die Psyche ihrer Patienten versetzen sollten. Und weil er schon beim Unterdrücken ist, tut er dasselbe auch mit seinem Ärger. Er kann es nicht leiden, dieses Bildersehen. Gesehene Bilder haben die Tendenz, sich sozusagen breitbeinig vor die Wahrheit zu stellen. Er weiß es aus eigener Erfahrung. Er selbst sieht Bilder der besonderen Art und kämpft erfolglos dagegen an.

Sei nett, Bonnino, und bleib sachlich.

»Dieser stumpfe Gegenstand? Kannst du sagen, was es war?«

Bonnino ist nett und wird sachlich. »Es war jedenfalls nichts, was Rückstände hinterlässt. Keine Fasern, kein Rost, keine Holzsplitter, keine Farbe. So viel man mit freiem Auge sehen kann. Aber natürlich wurde die Wunde auch ordentlich ausgewaschen. Die Lagune ist da einigermaßen gründlich. Ich schau mir das noch genauer an. Aber eines kann ich sagen: Es war nichts Scharfkantiges. Die Haut ist durch die Wucht des Schlages geplatzt. Nicht durch eine Kante.«

»Und diese Verletzung kann auf keinen Fall beim Sturz aus dem Boot entstanden sein?«, fragt Nicolao. »Der Mann steht im Boot, eine plötzliche Welle, er verliert das Gleichgewicht, stößt mit dem Kopf gegen die Bordwand.«

»Verstehe, ein hübscher kleiner Unglücksfall wäre dir lieber. Nichts zu machen, mein Lieber. Im schriftlichen Bericht werde ich erklären, warum es so nicht gewesen sein kann. Jetzt habe ich Wichtigeres zu tun.« Bonnino greift nach einem hellgrünen Mantel. Wieso auch Pathologen beruhigendes Grün tragen, ist nicht ganz einzusehen, denkt Nicolao. Natürlich sagt er es nicht.

»Entschuldige.« Nicolao legt eine Hand auf Bonninos Arm. »Ich glaube, mir ist heute einfach nicht nach Mord.«

»Bisschen spät im Leben für eine Umschulung«, sagt Bonnino.

Nicolao zeigt auf die Jacke des Toten. »Tascheninhalt?«

»Er hatte eine Carta Venezia bei sich, etwas Geld, einen Schlüsselbund, ein paar nicht mehr sehr gut lesbare Kassenbons. Kein Handy, kein Notizbuch. Dürfte alles schon auf deinem Schreibtisch liegen. Einer aus dem Labor war vorhin da. So ein Blasser.«

Blass sind sie alle, die Mikroskop-Ermittler, denkt Nicolao. Wer beruflich eine gesunde Farbe haben will, muss Gärtner werden. Oder Bademeister.

»Und den Namen hast du dir nicht zufällig gemerkt?«

»Namen interessieren mich nicht«, sagt Bonnino. »Und jetzt lass mich arbeiten. Oder möchtest du dabei sein?«

Nein, das möchte Nicolao nicht. Das möchte er auf keinen Fall. Mit seinem Smartphone macht er rasch ein paar Fotos von dem Toten. Woher kennt er ihn bloß? Es will ihm nicht einfallen. Noch immer weiß er nicht, wie er heißt. Dafür ist ihm der andere Name eingefallen: Elser. Georg Elser.

4
Das Licht

TÖTE NICHT DEN BOTEN.

Sophokles

Das Licht. Venezianisches Licht. Ein gläserner Himmel, der die Sonnenstrahlen bricht und ihnen die Schärfe nimmt. Gotische Fenster, Brücken, dazu als Akzent der eher profanen Art ein Boot mit Obstkisten. Weit und breit kein Tourist, der fotografierend stört. Nicolao bleibt stehen und bewundert das Motiv, allerdings ohne die erstklassige Kamera in seinem Handy zu bemühen. Augen-Blick statt Objektiv-Klick. Das Gehirn als mittlerweile vielfach unterschätztes Speichermedium.

Dann schiebt sich ein ganz anderes Bild vor das Venedig mit Tiepolo-Himmel. Ein Toter in feuchter Kleidung mit einer Platzwunde am Kopf. Und bootstauglichen Schuhen an den Füßen.

Nicolao überquert den Platz, geht vorbei an Bartolomeo Colleoni, dessen gusseisernes Pferd unverdrossen vom Sockel springen möchte. Ohne dem berühmtesten Reiterstandbild der Welt Aufmerksamkeit zu schenken, steuert er im Autopilotmodus eine Seitengasse an, lässt seine Füße den bekannten Weg nehmen. Von der Prosektur zu Questura. Von der großen Frage zu den ersten kleinen Antworten.

Eine junge Frau kommt ihm entgegen. Glanzlichter in dunklen Augen und sonnengebräunte Samthaut gewinnen problemlos gegen das innere leichenblasse Bild. Sein Kopf tut, was Männerköpfe in solchen Fällen häufig tun, er folgt der Bewegung. Ihr Blick trifft ihn, geht durch ihn hindurch, als wäre er aus Glas. Oder nicht einmal das. Gläserner als Glas. Unsichtbar. Das passiert ihm in letzter Zeit öfter. Liegt es am Alter? Ab wann beginnt das Phänomen der Unsichtbarkeit? Oder sind es doch die tückischen Weißmehlbrioches? Er holt tief Luft und zieht den Bauch ein.

Donatellas Lächeln ist strikt dienstlich, trotzdem wohltuend. Oder gerade deswegen. Freundlichkeit und Kompetenz schließen einander nicht aus. Auch wenn noch so viele beamtete Menschen das Gegenteil beweisen wollen.

Wieder einmal denkt Nicolao daran, wie er sie, viele Dienstjahre früher, aus den Absolventen der Polizeischule aussuchte. Ein Glücksgriff! Noch kaum gedacht verbietet er sich das Wort. Glücksgriff! So ein Ausdruck kann heutzutage nicht korrekt sein. Faktum ist: Dass diese Dienststelle nicht nur über Augen, Arme, Beine, Gehirne verfügt, sondern auch über so etwas wie eine Seele, liegt an Donatella. Wobei diese Seele überdies alle Informationen zu den aktuellen Fällen sammelt, verwaltet und bei Bedarf parat hat. Die genau zur richtigen Zeit die Kaffeefrage stellt und nicht zu feministisch ist, um die Espressomaschine auch selbst zu bedienen. Während er selbst nicht einmal wüsste, welcher Knopf zu drücken ist. Traditioneller Macho eben, denkt er mit dieser bestimmten Art von Selbsterkenntnis, die nicht an Besserung interessiert ist.

»Nicolao?«, fragt sie. Zieht ihn an seinem Namen ins Hier und Jetzt. Auch das typisch für eine Männergesellschaft: Während sein Vorname in Vergessenheit geraten ist, wird Donatella hartnäckig von allen mit ihrem Vornamen angeredet.

»Ja also, was haben wir bis jetzt?«, hört er sich fragen.

»Gregor Heinisch, von Beruf Schriftsteller«, liest sie vom Bildschirm ihres Computers ab. »Ein gebürtiger Deutscher, der seit zwanzig Jahren auf der Giudecca lebt. Seit etwa acht Jahren italienischer Staatsbürger. Hatte offenbar keine Lust mehr, Deutscher zu sein. Lebt in der San-Giacomo-Gegend.«

Also das ist es. Nachbarn sozusagen. Ehemalige Nachbarn. Nicolao ist in San Giacomo aufgewachsen. Seine Eltern, die er häufig besucht, wohnen noch immer dort. Vermutlich ist er Gregor Heinisch ab und zu begegnet.

»Verheiratet? Familie?«

»Ledig. Wohnt aber mit einer Frau zusammen. Marina Amberg. Auch aus Deutschland. Auch schon lange mit Wohnsitz Giudecca. Gibt's eigentlich noch ein paar Venezianer auf dieser Insel?«

»Nicht viele.« Nicolao versteht die Vorliebe für den südlichen Stadtteil Venedigs, in dem er aufgewachsen ist.

Kaum Touristen, außer denen, die im noblen Hotel Cipriani gut versteckt sind. Er hätte ganz bestimmt seine kleine Wohnung mit Lagunenblick nicht verkauft, aber Laura bestand darauf, in einer »guten« Gegend Venedigs zu wohnen. Fernab von den Ratten und Junkies, die Laura an jeder Ecke vermutete. Nicolao hat sich noch immer nicht an San Polo gewöhnt. Genauso gut hätte er in eine andere Stadt ziehen können.

»Diese Marina Amberg hat ihn als vermisst gemeldet?«

»Das ist schon mal der erste interessante Punkt: Hat sie nicht.«

»Was sagt uns das?«

»Zunächst einmal gar nichts. Vielleicht ist sie verreist. Oder Signor Heinisch hatte die Gewohnheit, über Nacht wegzubleiben. Oder es gibt irgendeinen anderen guten Grund, warum sie ihn nicht vermisst hat.« Nicolao greift nach seiner Jacke. »Na, dann wollen wir mal.«

»Die alten Griechen haben die Überbringer schlechter Nachrichten umgebracht«, bemerkt Donatella.

»Ich habe meine Dienstwaffe dabei.« Nicolao klopft auf die leicht ausgebeulte Stelle an seiner leichten Leinenjacke.

»Diensttaschentücher sind vermutlich wichtiger. Wir werden uns wieder einmal fühlen wie der selige Hiob.«

»Der war aber kein Grieche«, meint Nicolao.

»Was war er dann?«

»Jude«, sagt Nicolao.

Er sagt es und sofort liefert eine übereifrige Festplatte die erforderlichen Bilder. Die hohen Häuser im Ghetto, das koschere Restaurant, die Synagogen. Und überall in der Stadt immer wieder Hakenkreuzschmierereien, zuletzt auf dem jüdischen Friedhof. Die Schuldigen werden üblicherweise nicht gefunden. Rechtsextreme Touristen, ist jedes Mal die bequeme Vermutung.

Das Polizeiboot setzt sie am Gefängnis ab. Kürzeste Strecke zur angegebenen Adresse. Als Giudecca-Bewohner weiß man das. Ein Klingelknopf. Ein Messingschild mit kleinen Löchern signalisiert die Möglichkeit einer sprachlichen Kommunikation. Luxus der Anonymität. Auf dem *campo* in der Nähe spielen Kinder Fußball. Dem Lärm nach zu urteilen, ist soeben ein Tor gefallen

»Stimmt die Adresse?«, fragt Nicolao. Sie stehen vor einem steingefassten Holztor in einer Mauer, die einen der alten Giudecca-Gärten vor Blicken schützt. Das Haus dahinter ist vermutlich nur vom Boot aus sichtbar, wenn man in der südlichen Lagune vorbeifährt. Sofern nicht auch dort eine Mauer strikt dagegen ist.

»Den Garten wollte ich immer schon mal sehen«, sagt Donatella und drückt den Klingelknopf.

»Und schon haben wir den passenden Todesfall«, sagt Nicolao. »Höchst verdächtig. Wo warst du gestern am späten Abend?«

»Ich habe ein Alibi«, sagt Donatella und lächelt versonnen.

Er weiß so gut wie nichts über ihr Privatleben, denkt Nicolao. Ein Ehemann, ein Sohn. Beide im privaten Halbdunkel.

Aus den Löchern im Messing zischt ein knappes fragendes »Si?«

»Signora Amberg? Marina Amberg?«

»Ja und – wer will das wissen?« Eine selbstsichere weibliche Stimme transportiert Misstrauen. Perfektes Italienisch mit kaum merkbarem Akzent. So etwas kann Nicolao schon nach wenigen Wörtern feststellen.

»Polizei. Wir haben ein paar Fragen.« Er sagt nicht dazu, dass sie vom Morddezernat kommen.

Das Klicken des Türöffners. Dann das Grün des Gartens. Schon nach ein paar Schritten ein Gefühl wie unter Wasser. Mehr eintauchen als eintreten, mehr gleiten als gehen. Eine Parallelwelt zum feuchtheißen, verschwitzten Venedig. Kühler, dunkler, stiller. Hier wird nicht geschwitzt. Gelärmt auch nicht. Fußball spielende Kinder haben keinen Eintritt. Auch nicht geräuschmäßig. Uralte Bäume, wucherndes Gras, ein Kiesweg, der längst nicht mehr darauf beharrt, als solcher erkennbar zu sein. Eine Ahnung von Weg. So wie alles hier etwas Gewesenes hat. Sonnenlicht flirrt suchend zwischen Blättern, als würde es erwarten, auf Casanova zu treffen.

Es gibt sie also noch, diese Gärten der Giudecca mit ihren diskreten Villen, denkt Nicolao. Hier hat sich seit den Zeiten des weltberühmten Verführers nichts geändert. Optisch. Nur sind sie nicht mehr Treffpunkt für Liebespaare, die anonym bleiben wollen, sondern exklusives privates Domizil für Reiche. Leider. Sagt eine kleine, hellrote kommunistische Stimme in ihm.

Ja und – möchtest du mit dem Hauseigentümer in seiner derzeitigen Daseinsform tauschen? Na eben.

Eines ist jedenfalls klar: Gregor Heinisch, der Deutsche, der keiner mehr sein wollte, war wohlhabend.

Auf den Stufen zum Haus steht eine Frau so regungslos, als wäre sie durch irgendeinen bösen Zauber zur Statue geworden. Allerdings folgen Statuen üblicherweise einem anderen Dresscode. Die Regungslose trägt schmale knöchellange Hosen, darüber ein weites Herrenhemd. Kurz geschnittene dunkelrote Haare, Lippenstift im Farbton der Haare. Sonst kein sichtbares Make-up, aber Nicolao hat gelernt, dass manchmal das aufwendigste Make-up eines ist, das aussieht, als wäre es nicht vorhanden. Alter schwer zu schätzen, vermutlich Mitte vierzig.

Nicolao versucht für sich zu definieren, was ihm zu der Frau einfällt. Sie ist auf diese schicke Art androgyn, die man aus Societyseiten in Hochglanzmagazinen kennt. Exmodel vielleicht?

Sie wartet, bis die beiden Besucher nahe genug sind für ihre Frage: »Wer hat uns angezeigt?« Scharfer Ton.

»Angezeigt?«, wiederholt Nicolao.

»Wir haben das Bootshaus umgebaut. Da vermutet doch sicher wieder jemand, wir hätten keine Bewilligung. Haben wir aber. Die Venezianer sind Vernaderer aus Tradition.« Ihr Blick taxiert Nicolao und Donatella. »Oh pardon. Sie sind ja vermutlich auch Venezianer.«

»*Doc*«, sagen Nicolao und Donatella gleichzeitig. Wie ein altes Ehepaar, denkt Nicolao. Eine seltsame Situation. Sie sind hier, um eine Todesnachricht zu überbringen, und reden über die Charaktereigenschaften der Venezianer und umgebaute Bootshäuser.

»Wir sind nicht von der Stadtpolizei«, sagt er. »Mein Name ist Nicolao, das ist meine Kollegin –«

Die rothaarige Frau unterbricht ihn, noch ehe er in die Verlegenheit kommt, Donatellas Familiennamen nennen zu müssen, den er natürlich kennt, aber nicht immer präsent hat.

»Nicht von der Stadtpolizei? Was dann?«

»Sie sind Signora Amberg?«

»Richtig.«

»Wir kommen wegen Gregor Heinisch. Er wohnt doch hier?«

»Ja, aber er ist nicht zu Hause.«

»Wir würden gerne mit Ihnen sprechen, Signora Amberg«, sagt Donatella. »Können wir …?« Sie deutet auf den Eingang zum Haus.

»Bitte.«

Es klingt wenig einladend. Mehr als würde sie die zwei Silben ausspucken. Immerhin – sie geht voraus und schlägt die Tür nicht hinter sich zu. »*Permesso*«, sagen Nicolao und Donatella im Duett, ehe sie das Haus betreten. Jeder Venezianer fragt um Erlaubnis, ehe er das Haus fremder Menschen betritt. Vielleicht tun das sogar die venezianischen Diebe, wenn sie in Abwesenheit der Bewohner in deren Häuser eindringen. Aus Gewohnheit. Aber darüber gibt es keine Berichte.

Eine Halle mit Schachbrettboden aus Marmor in den Farben Sanftrosa und Elfenbein. Schwarzweißfotos eines genialen Fotografen an den Wänden. Ein Thonetständer mit einer Sammlung von Hüten, mehr Werbefoto für Borsalino als Zweckgegenstand. Strohgeflecht und weicher Filz in verschiedenen Farbtönen. Humphrey Bogart lässt grüßen. Ein Bild taucht kurz in Nicolaos Erinnerung auf. *Casablanca*, letzte Szene. Gemeinsam mit Claude Rains verschwindet Bogey samt Borsalino im Nebel.

Flügeltüren führen in den Salon mit Blick auf die südliche Lagune. Filmreife Ausstattung auch hier. Eher *Tod in Venedig* als *Casablanca*. Der alte venezianische Terrazzoboden demonstriert eine Handwerkskunst, die es nicht mehr gibt. Eine Bücherwand, einzelne alte Möbel, irgendwie chinesisch. Vermutlich von Marco Polo importiert. Zwei Sofas, offwhite, die nicht nur edel herumstehen, sondern sogar gemütlich wirken. So etwas gibt es. Einer dieser Räume, die man aus einschlägigen Zeitschriften kennt, aber nie selbst bewohnt. Auf dem niedrigen Glastisch steht eine Karaffe mit Wasser und Eiswürfeln. Ein halb gefülltes Glas mit einer Spur von Lippenstift. Ein Mobiltelefon.

Sie warten auf ein zweites »Bitte« und setzen sich. Genau. Das Sofa ist tatsächlich gemütlich. Vielleicht ein wenig zu besitzergreifend. Wenn man sehr kritisch ist.

Nicolao sucht nach einem Anfang. »Sind Sie die Lebensgefährtin von Gregor Heinisch?«

Marina Amberg lacht. »Auf eine Art.«

Geht's etwas genauer?

Das alte Ehepaar weiß, wann man durch Schweigen am besten zu Informationen kommt.

»Gregor und ich, wir sind nicht im üblichen Sinn – zusammen.«

Was ist der übliche Sinn des Zusammenseins? Was will sie andeuten?

Marina Amberg lacht nervös. »Das strapazierte Wort Lebensmensch trifft es vermutlich am besten.«

Das alte Ehepaar schweigt einvernehmlich.

An dieser Stelle müsste sie fragen, warum wir uns für die Details ihres Zusammenlebens mit Gregor Heinisch interessieren. Warum fragt sie nicht?

Marina Amberg seufzt. »Vereinfacht gesagt: Ich bin für ihn da und er für mich. Wir leben zusammen, verreisen miteinander, gehen aber bisweilen getrennte Wege.«

Getrennte Wege – gutes Stichwort. In Zukunft werden die Wege noch getrennter sein.

»Aber warum wollen Sie das alles wissen?«

Da ist sie, die Frage. War aber auch höchste Zeit.

Jetzt hat er ihn wieder in unangenehmer Deutlichkeit vor sich, den nassen Toten auf dem Nirosta-Tisch. Dieses Bild muss er jetzt möglichst schonend in Worte übersetzen. Wieder einmal weiß Nicolao nicht, wie man einen Satz beginnt, nach dem nichts mehr sein wird wie zuvor.

5
Die Reaktion ist

Die Reaktion ist anders als erwartet. Die Frau schüttelt bloß den Kopf. »Tot? Gregor? Das muss ein Irrtum sein. Wo? In der Lagune vor San Giorgio? Wie soll er da hingekommen sein?«

Ja wie schon, könnte Nicolao darauf sagen. Aber er sagt nur, was unbedingt sein muss. Knapp, sachlich. Es gibt keine Worte, die dergleichen Inhalte wirksam verschönern könnten. Tot ist tot.

Nicht für Marina Amberg. »Das glaube ich nicht. Warten Sie, ich ruf ihn an, dann wird sich alles aufklären.«

Sie entsperrt mit hastigen Fingern ihr Mobiltelefon und tippt auf einen Namen. Lange Fingernägel in kräftigem Rot schwirren wie grelle Insekten. Nicolao unternimmt keinen Versuch, der Frau mit den nervösen Fingern die Sache mit dem Telefonieren auszureden. Sie hat ein Recht auf einen gewissen Zeitraum der Verweigerung. Er wird früh genug vorbei sein.

Die Fenster zur Lagune sind geöffnet. Ruhige, meditative Bilder in Hellgrün. Mit der Insel La Grazia am Horizont. Ein Boot mit Außenbordmotor bringt Bewegung in das Stillleben. Über die hoch aufgetürmte Fracht ist eine Plane gespannt. Neben dem Mann an der Ruderpinne sitzt ein wachsamer Hund im Vollgefühl seiner Wichtigkeit.

Wir brauchen eine Gezeitenstudie. Wo hat alles begonnen? Wer sagt uns, dass Heinisch wirklich in einem Boot war, als ihn der stumpfe Gegenstand traf? Nur seine Schuhe. Aber man kann in bootstauglichen Schuhen auch zu Fuß unterwegs sein. In Venedig gibt es eine Vielfalt an Möglichkeiten, ins Wasser befördert zu werden.

Donatella sitzt da, zurückgelehnt in weiche Sofakissen, streicht wiederholt ihren Rock glatt und schaut dem Boot nach. Wahrscheinlich blendet sie in diesem Augenblick den unerfreulichen Anlass aus und genießt wie von Lebenskünstlern propagiert den Augenblick. Ihre Anwesenheit in diesem schönen Raum, aber vor allem den grandiosen Blick auf Himmel, Wasser und gelegentlich Boote mit wachsamen Hunden.

Marina Amberg horcht auf das Freizeichen. Die roten Insekten trommeln auf der Glasplatte des niedrigen Tisches. Nicolao sieht das Mobiltelefon vor sich, wie es im Schlamm der Lagune klingelt. Manche sind ja wasserfest. Fische schwimmen unbeeindruckt vorbei.

»Er meldet sich nicht.«

Marina Amberg tippt wieder. »Warten Sie, ich ruf Manuel an. Er wird wissen, wo Gregor ist.«

Lassen Sie das, es hat keinen Sinn, müsste man jetzt sagen. Aber weder Nicolao noch Donatella sagen es. Zeit der Verweigerung vom alten Ehepaar einvernehmlich verlängert.

Diesmal meldet sich der Teilnehmer nach wenigen Sekunden.

»Ist Gregor bei dir? Nein? Er wollte doch … Die Polizei ist da. Sie sagen, man hat Gregor gefunden. Tot. In der Lagune ertrunken.«

Eine Männerstimme antwortet, stellt offenbar Fragen.

»Gut, bis gleich«, sagt Marina Amberg und legt auf.

»Das war Manuel. Manuel Cranz. Seine Wohnung ist drüben bei den Magazzini del Sale. Er kommt sofort.«

Sie sagt es in einem Ton, als würde das Eintreffen von Manuel Cranz die Todesnachricht ad absurdum führen. Die Körpersprache sagt etwas anderes. Sie weiß es schon, denkt Nicolao. Marina Amberg sieht ihn an, ohne ihn zu sehen.

Kommt jetzt der Zusammenbruch?

Die Lider beginnen zu flattern.

Wird sie ohnmächtig? Was genau macht man in solchen Fällen? Der Amtsarzt im letzten Kurs hat das doch genau erklärt.

Mit einem Ruck setzt sie sich gerade hin. »Sind Sie sicher, dass es Gregor ist?«

Grazie Dio. Keine Erste Hilfe nötig.

Nicolao nickt.

»Ein Unfall? Selbstmord ist nicht denkbar. Nicht Gregor. Vor allem nicht, wenn er an einer Story dran ist.«

»Wir gehen von Fremdverschulden aus.«

»Fremdverschulden«, wiederholt sie. »Euphemistisch für Mord?«

»Polizeiliche Sprachregelung, wenn wir ganz am Anfang stehen«, sagt Nicolao. »Wer ist Manuel Cranz?«

»Manuel ist Schauspieler. Gregor übernachtet manchmal bei ihm. So wie auch letzte Nacht.«

»Die beiden hatten also eine Beziehung?«

Sie zuckt mit den Schultern. »Beziehung würde ich das nicht nennen. Gregor ist schwul. Aber nicht sehr.«

»Das ist wie genau zu verstehen?«

»Die Sache mit Manuel ist nicht mehr als gelegentlicher Sex. Die beiden sind kein Liebespaar.«

»Keine Lebensmenschen?« Nicolao hofft, dass seine Frage nicht ironisch klingt.

»Natürlich nicht. Manuel ist nicht wirklich wichtig für Gregor.«

»Und umgekehrt?«

Marina Amberg zuckt wieder mit den Schultern. »Das können Sie ihn ja gleich fragen.«

Werden wir. Aber im Augenblick möchte ich herausfinden, wo eine gewisse Signora Amberg ihren Platz in dem Dreieck verortet.

»Können Sie Ihre Beziehung zu Gregor Heinisch etwas genauer definieren?«

Ihr Blick wird wachsam.

»Abgesehen vom Sex, den wir nicht haben? Wir leben zusammen, ich kümmere mich um seine Buchhaltung, organisiere seine Lesereisen, nehme ihm all den Kleinkram ab, der beim Schreiben nur hinderlich wäre.«

Nicolao formuliert es vorsichtig. »Und Sie – Sie haben doch sicher auch ein Privatleben?«

»Derzeit nicht. Gregor und ich bereiten eine Reise nach New York vor. Ein amerikanischer Verleger interessiert sich für Gregors nächstes Buch.«

Derzeit nicht… Und wenn derzeit vorüber ist?

Nicolao beschließt, für den Augenblick die ausweichende Antwort zu akzeptieren.

Donatella löst ihren Blick von der Lagune und klappt ein Notizbuch auf. Wie immer ist sie die perfekte Besetzung für die Rolle der Assistentin. »Wir brauchen Namen. Sie haben doch sicher gemeinsame Freunde, Bekannte?«

»Nicht allzu viele. Gregor liebte seine Arbeit und dieses Haus. Er hasste Smalltalk und die venezianische Schickeria. Auch die ausländische Schickeria. Die besonders. Aber ein paar Leute gibt es, die ihn einladen durften.« Marina Amberg greift nach ihrem Handy, diktiert Namen und Telefonnummern. Donatella schreibt. Nicolao ist aufgestanden und steht vor dem Bücherregal. Deutsche Ordnung trotz italienischer Staatsbürgerschaft.

Die Bücher in italienischer Sprache. Einige Namen fallen auf, weil sie mehrfach vertreten sind: Dino Buzzati, Bernard-Henri Lévy, Dacia Maraini, Alberto Moravia, Elsa Morante, Pier Paolo Pasolini, Italo Svevo. Dann eine Kriminalroman-Abteilung, beherrscht von Großmeister Andrea Camilleri. Eine deutschsprachige Abteilung mit vielen Namen, die Nicolao unbekannt sind. Und einem Namen, den er bestens kennt: Ingeborg Bachmann. Er streicht mit dem Finger über die Buchrücken wie ein Liebhaber, der er ja ist.

Ingeborg Bachmann. Noch eine Verbindung zwischen ihm und dem Mordopfer. Einige Buchrücken tragen den Namen Gregor Heinisch.

Marina Amberg steht plötzlich neben ihm, als fürchtete sie, das eine oder andere Buch könnte in Nicolaos Taschen verschwinden.

»Was genau schreibt Signor Heinisch? Venezianische Kriminalromane?«

Marina Amberg verzieht das Gesicht, als hätte ihr jemand ein verdorbenes Muschelgericht angeboten.

»Ich bitte Sie. Gregor ist ein anerkannter Schriftsteller. Literarische Biografien. Sehr provokante Biografien. Er rüttelt an Denkmälern. Ein paar sind schon eingestürzt aufgrund seiner Recherchen.«

»Wer zum Beispiel?« Nicolao kennt dieses Gefühl. Ein Kribbeln in der Nackengegend, das sich über den Rücken ausbreitet.

»Sehen Sie selbst. Die meisten seiner Bücher sind auf Italienisch übersetzt.« Sie reicht Nicolao einige Bände. Ein Schauspielerehepaar, ein Komponist, ein Dirigent, ein Schriftsteller. Durchwegs berühmte Namen.

»Er hat es vor allem auf Künstler abgesehen, die sich damals mit dem Naziregime arrangiert haben.«

»Damit macht man sich nicht gerade Freunde.«

»Wer schreibt, um sich beliebt zu machen, hat den Beruf verfehlt. Außerdem sind die Leute, um die es geht, alle längst tot.«

»Verwandte, Nachkommen, fanatische Fans, die ihm diese Enthüllungen übelnehmen könnten? Oder die ewig Gestrigen ganz allgemein?«

»Warum jetzt?«, fragt Marina Amberg. »Das letzte seiner Bücher ist vor drei Jahren erschienen.«

Nicolao blättert in den Büchern, sieht Fotos und Faksimile-Dokumente, überfliegt Kapitelüberschriften. Auf der Rückseite eines der Bücher eine Porträtaufnahme des Autors. Attraktiv, auf eine ruhige, nachdenkliche Art. Erinnert nur entfernt an den toten Mann in der Pathologie.

»Vor drei Jahren? Und derzeit? Sie erwähnten eine Story, an der er dran war.«

»Ja, etwas sehr Brisantes. Er ist ziemlich weit mit seinen Nachforschungen. Erscheinungstermin wahrscheinlich im nächsten Herbst. Wenn er einmal mit seinen Vorarbeiten fertig ist, schreibt er sehr schnell.« Ihre Stimme ist sachlich und ruhig. Was Gregor Heinisch betrifft, bleibt sie hartnäckig in der Gegenwart.

»Um wen geht es diesmal?«

Marina Amberg schüttelt den Kopf. »Ich weiß es nicht.«

»Sie lesen nicht, was er schreibt?«

»Natürlich. Aber erst, wenn es veröffentlicht ist.«

»Vorher nicht?«

»Nein. Er zeigt niemandem, was er schreibt, ehe es nicht druckfertig ist.«

»Wird es wieder eine Enthüllungsbiografie?«

»Das habe ich ihn auch gefragt.«

»Und? Was hat er gesagt?«, drängt Donatella.

»Ja und nein.«

Zwei Möwen schreien einander an. Entweder eine territoriale Streitigkeit oder vielleicht auch Liebeswerben. Zwar klingen die Möwenrufe heiser und unfreundlich – aber was weiß man schon darüber, wie Möwen um Liebe werben.

»Es gibt sicher Notizen zu dem neuen Buch. Ich würde sie gerne lesen.«

»Warum nicht«, sagt Marina Amberg mit boshaftem Lächeln. »Lernen Sie Deutsch. Und hacken Sie Gregors Computer.«

Sie wirkt sofort deutlich weniger attraktiv. Aber wem steht schon boshaftes Lächeln. Wie alles Boshafte, ist auch dieses Lächeln kurzlebig. Es wird im nächsten Augenblick aus ihrem Gesicht gelöscht. So schnell und effektiv, wie man Kreideschrift von der Schultafel mit einem nassen Schwamm entfernt. Der nasse Schwamm ist eine Stimme.

6

»Was ist mit Gregor?«

»Was ist mit Gregor?« Die Frage weht in den Raum, bleibt wohltönend irgendwo auf Ohrenhöhe stehen, ehe der Frager zu sehen ist. Er hat das Haus unhörbar betreten, auf weichen Turnschuhsohlen, möglicherweise auch übertönt von den beiden Möwen, die mittlerweile irgendein physikalisches Auftriebsgesetz nützen und sich ohne Flügelschlag höher tragen lassen. Aber sie streiten noch immer. Vielleicht doch kein Liebespaar.

Er hat einen Schlüssel zum Haus, registriert Nicolao, noch ehe er sich nach dem Fragenden umdreht. Sieht nicht nach einer unbedeutenden Sache aus, wie von Marina Amberg dargestellt.

Das also ist der Mann, mit dem Heinisch gelegentlichen Sex hat. Ein schöner Mann, denkt er unwillkürlich, obwohl ihm die Schönheit von Männern üblicherweise eher gleichgültig ist. Wenn nicht suspekt. Kinnlange Haare, schon grau an den Schläfen, volle Lippen, ausgeprägtes Kinn, intensive helle Augen. Ein Anzug aus naturfarbenem Knitterleinen. Edelknitter natürlich. Eine Hand hält Feingeflochtenes, vermutlich aus der Familie Borsalino.

»Manuel Cranz«, sagt der Mann. »Ich bin Gregors Lebenspartner. Aber bitte setzen Sie sich doch.«

Lebenspartner. Nicolao wiederholt das Wort in Gedanken. Spielt er die Rolle des Hausherrn? Oder ist er es?

»Was ist geschehen? Was weiß man?«

Nicolao sagt es ihm. Manuel Cranz hört zu und schüttelt immer wieder den Kopf. »Und Sie sind sicher, dass der Tote … dass es Gregor ist?«

Nicolao holt sein Diensthandy aus der Tasche, tippt die letzten Fotos an. Die Fotos, die er Marina Amberg nicht zumuten wollte. Er hält Manuel Cranz eines davon entgegen.

»Gregor«, sagt Cranz, sinkt ins Offwhite und schirmt mit einer Hand seine Augen ab.

Gute Vorstellung, denkt Nicolao und ärgert sich über sich selbst. Nur weil er Schauspieler ist, kann er ja trotzdem echte Gefühle haben. Unter der Hand quellen Tränen. Sie bahnen sich einen Weg auf gebräunter, nicht mehr jugendlicher Haut. Schauspieler können das angeblich auf Kommando, denkt Nicolao. Und wieder ruft er sich selbst zur Ordnung. Auch Schauspieler können echte Tränen weinen.

Ganz plötzlich ist der rote Kater da. Nicolao ist sicher, dass es ein Kater ist und keine Katze. Dicker Kopf, breiter Nacken, ein Ohr zerfranst. Bravourös geschlagene Revierkämpfe haben ihre Spuren hinterlassen. Er betritt die Bühne und degradiert den anwesenden Schauspieler auf der Stelle zum Statisten. Die beiden Fremdlinge ignoriert er gänzlich. Aber die seelische Verfassung der beiden ihm bekannten Menschen interessiert ihn. In einer Ecke des Sofas sitzt Manuel Cranz, die Augen noch immer hinter einer Hand verborgen.

Auf demselben Sofa, so weit wie möglich von Cranz entfernt, Marina Amberg. Das Sofa ist groß genug für reichlich Abstand. Platz für einen Abgrund ist überall.

Der Rote betrachtet aufmerksam diese Anordnung, trifft eine offensichtlich wohlüberlegte Entscheidung. Springt mit unnachahmlicher Beiläufigkeit auf das Sofa dicht neben Cranz und stellt beide Vorderpfoten auf seinen Oberschenkel, beginnt zu treten. Cranz lässt die Hand sinken und gerötete Augen sehen.

»Vincent«, sagt er sanft und erwirbt damit augenblicklich einen Pluspunkt bei Nicolao. Der weiß zwar aus Erfahrung, dass auch Katzenliebhaber verbrechensfähig sind, aber was ist schon Erfahrung gegen das Gefühl der Verbundenheit zwischen Felinophilen.

Wenn Vincent reden könnte, denkt Nicolao. Der Kater war zwar kaum dabei, als der bewusste Gegenstand Kopfhaut zum Platzen und Bewusstsein zum Schwinden brachte. Aber Katzen sind hervorragende seelische Seismografen und haben die Fähigkeit, Stimmungen zu orten, Schwingungen aufzufangen, Gefühlsbeben wahrzunehmen, noch ehe der Fühlende sie sich bewusst gemacht hat. So etwas gehört zur felinen Grundausstattung und wird egoistisch eingesetzt, um emotionalen Erdbeben großräumig auszuweichen. Katzen hassen Streit.

Er könnte uns sagen, wer wo stand in diesem Dreieck, das jetzt keines mehr ist. Nur mehr eine trennende Linie zwischen zwei Punkten. Menschenpunkten.

»Besitzt – besaß – Signor Heinisch ein Boot?«

Der Kater ist der Einzige, der auf die Frage reagiert. Seit Blick geht zu Nicolao, wird schmal und signalisiert ungeduldige Zustimmung. So eine Art kätzisches »Na endlich!« Vielleicht ist dem Kater ja doch daran gelegen, die Ermittlungen voranzutreiben. Er liegt jetzt auf dem Schoß des nicht mehr weinenden Schauspielers wie eine Felldecke, die vor Kälte schützen soll. Aber eine Felldecke mit wachen Augen.

Die Frage nach dem Boot bleibt unbeantwortet. Marina Amberg starrt durch das Panoramafenster auf die Lagune, als würde sie so einem Blick die Qualität eines Gummiseils zutrauen, das sie irgendwohin befördert, wo sie jetzt lieber wäre. Manuel Cranz scheint bis über beide Ohren in seine eigenen Gedanken versunken zu sein, was das Hörvermögen offensichtlich beeinträchtigt. Nicolao und Donatella tauschen einen Blick.

»Ein Boot?«, erinnert Donatella an ihre Frage.

Manuel Cranz taucht auf und schüttelt die Reste von Gedanken aus den Ohren. »Ja natürlich. Eine alte Gondel und einen kleinen Topo mit Außenbordmotor. Beide liegen im Bootshaus. Gregor hat den Topo selten und die Gondel so gut wie nie benutzt.«

Warum überrascht mich das nicht? Als Gondoliere wird man geboren. Und zwar ausschließlich in Venedig.

Trotzdem. Nicolao macht eine mentale Notiz. Er wird die Leute von der Spurensicherung auf beide Boote schicken, man weiß ja nie.

Donatella greift nach einem der Bücher des toten Autors, blättert wie zerstreut darin und legt es dann zur Seite, als wäre sie enttäuscht, die Visitenkarte des Mörders nicht zwischen den Seiten zu finden. Sie scheint im Augenblick nicht viel mehr als eine Statistin in diesem Kammerspiel zu sein. Aber Nicolao weiß aus Erfahrung, dass sie in dieser Nebenrolle unentbehrlich ist. Mit ihrem Gespür für die kleinen Unstimmigkeiten, die immer schon perfekte Mordpläne ruiniert haben.

Nicolao fängt einen Blick auf, den Manuel Cranz auf Marina Amberg abfeuert. Dass an ihrer Schläfe kein blutendes Loch entsteht, liegt nur daran, dass Gedanken als Munition denkbar ungeeignet sind. Der Blick kommt zu den Akten.

»Signor Cranz, Sie wissen auch nicht, an welcher Geschichte Signor Heinisch gearbeitet hat?«

»Ich weiß nur, wo die Geschichte spielt. Und in welchem Jahr.«

Nicolao nickt ermutigend.

»In Venedig. Im Jahr 1943. Einem Schicksalsjahr für die Juden dieser Stadt.«

7
Die Juden dieser Stadt

DIE GESCHICHTE LEHRT DAUERND,
ABER SIE FINDET KEINE SCHÜLER.

Ingeborg Bachmann

Die Juden dieser Stadt. Vier Wörter hängen im Raum, fast so greifbar wie venezianischer Novembernebel. Also wieder eine Enthüllungsgeschichte aus der Zeit, an die man sich nicht gerne erinnert. Ein Prominenter, der sich mit dem Regime arrangiert hat? Aber in Venedig? Nazigeschichten haben in Venedig nichts verloren. Wenn man sie schon erzählen muss, dann sind sie in Deutschland anzusiedeln. Aber am besten erzählt man sie gar nicht. Das jedenfalls ist Nicolaos Meinung zu dem Thema. Aber so etwas darf man nicht laut sagen. Nicht öffentlich, auch nicht in Gesprächen mit seiner Frau. Und schon gar nicht hier, im Haus des Schriftstellers Gregor Heinisch, der möglicherweise am Fertigstellen einer Holocaustgeschichte gehindert wurde.

Nicolao hat nicht die geringste Sympathie für die Nationalsozialisten. Für die Ideologie von Menschen, die sich –

mangels Intelligenz oder Spiegel – für genetisch überlegen hielten. Aber das Geschehene findet er unbeschreiblich im direkten Sinn des Wortes.

Er glaubt nämlich bei allem Mitgefühl für ethnisch oder religiös Verfolgte, dass das Thema Holocaust ausreichend recherchiert, dokumentiert und bearbeitet ist. Statistisch, filmisch, literarisch. Er glaubt an ein Recht der Leidenden auf Privatheit. Auch posthum. Gerade posthum. Weil nichts mehr änderbar ist. Die Toten sind tot, die Leiden sind gelitten, die Ewiggestrigen bleiben, was sie sind. Die anderen fühlen sich im besten Fall schuldig. Und wozu das alles? Die Geschichte als Fachlehrerin für nachfolgende Generationen hat bis jetzt noch immer versagt.

Nicolao hat den Verdacht, dass Holocaustliteraten die Leidensgeschichte eines Volkes als Selbstbedienungsladen für ergiebige Motive betrachten. Selbst schlechten Schriftstellern billigt man wenigstens eine gute Absicht zu. Irgendwann hat er diese Meinung Laura gegenüber angedeutet. Sie war empört.

»Willst du, dass man vergisst? Dass unsere Kinder nicht mehr wissen, was geschehen ist?«

Unsere Kinder. Nur im globalen Sinn selbstverständlich. Nicht im privaten, persönlichen. Laura fand die rein berufliche Beschäftigung mit Heranwachsenden immer durchaus ausreichend.

»Ich jedenfalls würde wollen, dass man mich vergisst«, verteidigte er damals in dem Gespräch mit Laura seine Ansicht. Wie zu erwarten war, ohne Erfolg.

»Ich glaube nicht, dass du als kompetenter Leidender zu betrachten bist«, war Lauras Antwort. Ebenso spitz wie unwiderlegbar.

Nicolao fasst seine ein wenig abgeirrten Gedanken in eine Frage: »Also wieder sein Thema? Jemand, der sich mit den Nazis arrangiert hat?«

Die Antwort kommt mit einem Schulterzucken. »Ich nehme es an. Aber ich weiß nicht, wessen Leben er diesmal …«, er zögert kurz, »… demontieren wollte.«

Ein seltsamer Unterton. War Manuel Cranz etwa nicht einverstanden mit dem schriftstellerischen Schwerpunkt seines Lebenspartners? Oder was immer er für Heinisch gewesen war.

Von der Lagune kommt der Sirenenton einer *ambulanza*. Der Kater fixiert Nicolao mit einem vorwurfsvollen Blick. Er hat recht, denkt Nicolao. Noch keine der unumgänglichen Fragen wurde bis jetzt gestellt.

»Signora Amberg, wann haben Sie Gregor Heinisch zuletzt gesehen?«

»Gesehen? Gestern, gegen Abend. Später am Abend hat er noch angerufen, um mir zu sagen, dass er nicht nach Hause kommt. Ich dachte natürlich, er würde bei Manuel übernachten.«

»Das hatte er nicht vor«, sagte Cranz ruhig. »Er erwähnte eine abendliche Verabredung. Ein sehr wichtiges Treffen. Es könne spät werden, zu spät, um nachher noch zu mir zu kommen, sagt er. Offensichtlich ging es um das aktuelle Projekt.«

»Sie haben Signor Heinisch also gestern nicht getroffen?«

»Nein. Wir haben nur telefoniert. Am frühen Nachmittag.«

»Und bei der Gelegenheit erwähnte er diese wichtige Verabredung?«

»Richtig.«

»Und Sie wissen nicht, wen er treffen wollte?«

»Ich habe ihn gefragt. Seine Antwort war ungefähr: ›Lass mich erst mal dieses letzte Detail klären, dann erzähl ich dir die ganze Story.‹«

»Und wann haben Sie ihn zuletzt gesehen?«

»Vorgestern, Mittwoch. Wir waren gemeinsam abendessen. Bei Harry's Dolci. Danach wollte Gregor noch arbeiten.«

»Wirkte er beunruhigt?«

»Nein, nein, das würde ich so nicht sagen, er wirkte … ein wenig abwesend, war wohl in dieser kreativen Phase, wo man nicht mehr abschalten kann. Die Gedanken machen sich selbstständig und das Alltagsleben wird nebensächlich. Ich kenne das vom Theater, wenn wir knapp vor einer Premiere stehen.«

»Abgesehen von diesen Leuten, die er in seinen Büchern an den Pranger stellte – gibt es noch andere Feinde?«

»Es waren nicht nur die alten Nazigeschichten, für die er sich interessierte. Gregor war ein Gerechtigkeitsfanatiker. Er recherchierte auch in Sachen Mose. Wobei er grundsätzlich gegen das Projekt war, weil es seiner Meinung nach das Ökosystem der Lagune kippen könnte.«

Die alte Debatte. Ob die mobile Deichanlage Venedig vor Hochwasser schützen wird oder die Lagune zur Kloake verkommen lässt.

»Außerdem stocherte er im Sumpf herum. Ich meine den Sumpf, in dem die internationalen Fördergelder versickern. Er war davon überzeugt, dass allerhöchste Stellen involviert sind.«

Noch ein Mordmotiv. Vielleicht hatte er auch noch ein Enthüllungsbuch über die Mafia in Vorbereitung. War der Mann lebensmüde?

Nicolao steht auf. »Ich würde gerne sein Arbeitszimmer sehen.«

Mit großer Selbstverständlichkeit springt Vincent auf den Boden und läuft ein paar ungeduldige Schritte voraus.

»Er versteht alles«, sagt Cranz und folgt dem Kater. Nicolao schließt sich an. Donatella bleibt, wo sie ist. Bei Marina Amberg. Nicolao weiß, warum. Weibliche Zweisamkeit macht gesprächig. Manchmal.

Cranz geht auf lautlosen Sohlen den Gang entlang voraus, öffnet eine in Schönheit gealterte Holztür. Und dann passiert, was Nicolao befürchtet hat.

8
An sich ein ganz normales

ALLES, WORAN MAN GLAUBT,
BEGINNT ZU EXISTIEREN.
Ilse Aichinger

An sich ein ganz normales Arbeitszimmer. Der Schreibtisch steht seitlich vor einem doppelten Bogenfenster mit Blick auf den Garten. Schon wieder Garten. Schon wieder dichtes Grün. Nur für Touristen ist Venedig eine Stadt aus Stein und bedenklich riechenden Kanälen. Im Verborgenen ist Venedig eine Stadt der Gärten. Gemüse-, Lust-, Kloster-, sogar Weingärten. Ja, auch Wein wird auf der Giudecca angebaut. Kein Wein für die Kenner, die in Nase, Körper und Abgang denken, aber immerhin aus Trauben.

Dieser Schreibtisch jedenfalls steht in grünem Venedig-Dschungellicht, gegen das der rötliche Holzton – Kirsche? – gefällig kontrastiert. Auf der Schreibtischplatte liegen Dinge, die man an diesem Ort erwartet. Bücher, Notizzettel, ein Laptop, der mit seinem angebissenen Apfel auf ein oberes Preissegment verweist. Die dünne Variante, die man auch auf Flugreisen bequem mitnehmen kann. Das alles ist nicht weiter überraschend.

Das nicht.

Was einen weniger gefestigten Menschen – milde ausgedrückt – irritieren könnte, ist der Mann, der in völlig durchnässten Kleidern an diesem Schreibtisch sitzt. Der Mann, der eigentlich auf dem Nirosta-Tisch in Bonninos knochenfarbenem Reich liegen sollte und es vermutlich auch tut. Nur sitzt er zeitgleich hier an seinem Arbeitsplatz und wirft Nicolao einen strengen Blick zu. Du kümmerst dich doch darum – oder?, sagt dieser Blick. Ich hoffe sehr, ich kann mich auf dich verlassen. Auf keinen Fall will ich von da, wo ich jetzt bin, zuschauen müssen, wie bei der Ermittlung geschlampt wird.

Nicolao nickt. Was soll er sonst tun? Mit einem Verstorbenen argumentieren? Ihm nahelegen, dass er freundlicherweise ein paar deutliche Hinweise geben könnte, statt bloß streng zu schauen? Das ist schon einmal schwer möglich, weil Manuel Cranz neben ihm steht und ihn aufmerksam beobachtet. Vermutlich weiß er aus zahllosen Fernsehfilmen, was ermittelnde Kommissare im Allgemeinen tun. Mit Geistern zu reden gehört bestimmt nicht dazu. Die meisten Fernsehkommissare haben zwar auch ihre Probleme. Mit ignoranten Vorgesetzten, korrupten Kollegen, Alkohol. Aber nicht mit Geistern.

Also nickt Nicolao der Erscheinung am Schreibtisch zu. Unverbindlich. Die Antwort genügt, der tote Schriftsteller löst sich vor Nicolaos Augen ohne weitere verbale oder nonverbale Kommunikation auf. Selbstverständlich auch ohne irgendwo feuchte Flecken zu hinterlassen.

Es ist nicht das erste Mal, dass Nicolao »seinen« Mordopfern begegnet, genau dann, wenn er zum ersten Mal ihre Privatsphäre verletzt. Verletzt – so nennt er es selbst, so fühlt es sich für ihn an. Obwohl er natürlich weiß, dass er es tun muss, wenn er herausfinden will, wem der Betreffende so gründlich im Weg war, dass es für einen Mord reichte. Diese Begegnungen gehören mit zu den Dingen, über die er mit niemandem reden kann. Laura wäre verständnisvoll, vielleicht sogar begeistert – im wortwörtlichen Sinn. Sie würde lange esoterische Gespräche mit ihm führen wollen und Beispiele für unerklärbare Phänomene im Freundeskreis aufzählen.

Der Polizeipsychologe würde von Burnout reden, Vertrottelung meinen und zur Frühpension raten. All das möchte Nicolao vermeiden.

Für ihn sind diese Erscheinungen zwar jedes Mal wieder irritierend, aber letzten Endes nichts anderes als Ausdruck dieses ausgeprägten Bildersehens, das er aus ermittlungstechnischen Gründen entschieden ablehnt. Da noch keines der Geistwesen jemals irgendeinen Hinweis auf den Täter abgeliefert hat, hält Nicolao es für ausgeschlossen, dass wirklich Restenergien aus dem Jenseits aktiv werden, um in ihrem gewaltsam beendeten Leben mitzumischen. Denn dann würden die Erscheinungen nicht bloß streng schauen, sondern ganz einfach sagen: Der oder der wars! Somit das Verfahren erheblich abkürzen und außerdem in den Genuss des Gefühls kommen, dass an ihnen begangenes Unrecht bestraft wird. Wie in dem Film *Nachricht von Sam*, den Nicolao durchaus erfreulich fand, schon wegen Demi Moore.

Unter dem wachsamen Blick von Manuel Cranz holt Nicolao jetzt die Latex-Handschuhe aus der Jackentasche und streift sie über. Wie immer fühlt er sich wie jemand, dem die Schauspieler aus Kriminalfilmen vorgeäfft haben, was zu tun ist. Aber es ist nun mal Vorschrift, auch wenn das hier ganz bestimmt nicht der Tatort ist.

Er nimmt ein paar Notizzettel zur Hand, stellt fest, dass sie genauso gut in der Sprache eines fernen tropischen Eilandes verfasst sein könnten. So wenig Deutsch kann Nicolao. Nichts, was auch nur entfernt nach Terminkalender aussieht. Einige Klebezettel mit hingekritzelten Ziffern. Telefonnummern? Oder Kontonummern? Man wird sehen. Nicolao will den Stapel kleiner Zettel eben in ein Kuvert aus durchsichtigem Kunststoff packen, da lässt ihn die Zahlenkombination auf dem obersten Zettel stutzen.

»Haben Sie etwas Auffälliges gefunden?«, fragt Cranz, der in Mimik Erfahrene.

Nicolao versucht, seinen Gesichtsausdruck zu neutralisieren.

»Wahrscheinlich nicht wichtig«, sagt er. Aber natürlich ist es wichtig, denn die Telefonnummer, die da steht, ist

Nicolao bestens bekannt. Die erste große Überraschung in diesem Fall. Einer der ersten Puzzlesteine im großen Bild.

Der Kater springt auf den Schreibtisch und schaut in den Garten. Vielleicht auch in die Wirklichkeit nebenan. Nicolao nähert seine Hand zögernd dem dicken zerzausten schnurrbärtigen Katerkopf. Es ist der Kater selbst, der die Entscheidung trifft, sich dieser Hand zu nähern. Dann erst streichelt die Hand.

»Sie kennen sich mit Katzen aus«, sagt Manuel Cranz.

Da ist sie wieder, diese Gemeinsamkeit der Katzenliebhaber. Eine unwillkommene Gemeinsamkeit für Nicolao. Auch Manuel Cranz gehört zum Kreis der Verdächtigen.

»Den Computer und alle Dokumente hier müssen wir beschlagnahmen«, sagt er dienstlich.

Der Kater zieht den Kopf zurück und entlässt Nicolao verständnisvoll in die Dienstlichkeit. Es gibt eine Zeit für Zärtlichkeit und eine Zeit für die Dinge, die getan werden müssen. Niemand weiß das besser als ein Kater.

9
Kaffeekränzchen

Kaffeekränzchen, denkt Nicolao. Gemeinsam mit dem Schauspieler und dem Kater ist er zurück im Wohnzimmer mit Lagunenblick. Donatella nippt an einer weißen dickwandigen Tasse und macht dieses Gesicht, das süchtige Kaffeetrinker bekommen, wenn man ihnen guten Stoff serviert.

Irgendwie verkommt diese erste Befragung zur belanglosen Plauderei. Ich streichle den Kater des Ermordeten, sehe Geister und bewundere dazwischen die Aussicht, die dieses fantastische Haus bietet. Währenddessen trinkt Donatella Espresso.

»Möchten Sie auch einen *ristretto*?«, fragt Marina Amberg in diesem Augenblick. So als hätte sie Nicolaos kaffeelastige Gedanken gelesen.

»Es wäre mir lieb, wenn du hier nicht die Gastgeberin spielen würdest.« Das Wohltönende der Stimme des Schauspielers stellt sich vor den unfreundlichen Inhalt. Marina Amberg zieht die Luft hörbar ein. »Ich bin hier zu Hause«, antwortet sie.

Cranz hebt dekorativ beide Augenbrauen. »Du bist hier geduldet. Dein Bereich ist die Gästewohnung.«

Er dreht sich zu Nicolao, wobei die Augenbrauen wieder an ihren angestammten Platz zurückdürfen. »Frau Amberg ist seine Sekretärin, wenn Sie so wollen auch Assistentin, Gregor hat gerne lästige Reisevorbereitungen delegiert. Manchmal durfte sie auch als Alibifrau auftreten. Dort, wo Gregor es für nötig hielt. Er hatte bis vor Kurzem Probleme damit, seine Homosexualität offen zu leben.«

»Bis vor Kurzem?«, fragt Nicolao. »Das hat sich geändert?«

»Allerdings. Wir hatten vor zu heiraten.«

Von Marina Amberg kommt ein Laut, der Nicolao daran erinnert, wie sein Kater Haarballen auskotzte.

Nicolao ignoriert den akustischen Haarballen. »Signor Heinisch ist seit längerer Zeit italienischer Staatsbürger. Es gibt nach italienischem Recht noch keine Ehe für Homosexuelle, soviel ich weiß.«

»Das stimmt«, nickt Cranz. »Aber ein Gericht in Grosseto hat vor wenigen Monaten die in den USA geschlossene Ehe eines schwulen Paares für gültig erklärt. Genau deswegen wollten wir demnächst gemeinsam nach New York.«

Neuerlich kommt ein Geräusch von Marina Amberg. Diesmal erinnert es mehr an ein verdrossenes Fauchen. Ebenfalls aus der Katersprache. Vincents Einfluss auf die Kommunikation in diesem Haus ist unverkennbar.

Nicolao wendet sich dem Fauchen zu. »Sie wollten zu dritt nach New York?«

»Natürlich nicht.« Das kommt gleichzeitig von Amberg und Cranz. Nicolao hat keine Lust, diesem Widerspruch hier und jetzt auf den Grund zu gehen. Wo gemordet wird, wird auch gelogen. Meistens.

»Fragen Sie ihn doch, wie lange er schon mit Gregor zusammen ist.« Marina Ambergs Stimme kann es an Schärfe mit den besten Damaszenerklingen aufnehmen. »Und was sein sizilianischer Ex-Lover von Gregor hält.«

Wortlos richtet sich Nicolao an Cranz. Man kann auch wortlos Antworten einfordern. Cranz schließt einen Augenblick die Augen. Mit dem Ausdruck dessen, der irgendwelche Heilige um ein ausreichendes Quantum Geduld bittet.

»Das musste ja kommen. Gregor und ich sind etwas weniger als ein Jahr zusammen.«

»Keine zehn Monate.« Drei Worte wie geworfene Messer. Ping, ping und ping.

Cranz ignoriert die Messer. »Aber die Zeit hat uns genügt, um zu wissen, dass wir zusammengehören. Und das Zweite, worauf Marina anspielt: Ja, ich habe für Gregor eine Beziehung beendet. Mein damaliger Partner hat das nicht so gut aufgenommen. So etwas kommt vor.«

Noch einer mit einem Mordmotiv.

»Name, Adresse, Telefonnummer«, sagt Nicolao knapp.

Cranz greift nach einem Zettel und schreibt. »Mariano würde nie ...«, sagt er dazu.

Er braucht nicht zu ergänzen, was Mariano nie würde. Nicolao denkt kurz darüber nach, wie oft er dieses »würde nie« bei Befragungen von Angehörigen und Freunden gehört hat.

»Hat Signor Heinisch Familie?«, fragt Donatella. Sie ist gut darin, genau zum richtigen Zeitpunkt in eine Befragung einzusteigen. »Geschwister, Eltern ... Kinder wird es ja wohl kaum geben.«

»In diesem Punkt irren Sie«, antwortet Cranz. »Es gibt eine Tochter aus einer sehr frühen Ehe. Wie ich schon gesagt habe – Gregor wollte seine Homosexualität lange nicht akzeptieren. Da kommt es schon vor, dass man sich heteromäßig bestätigen möchte. Fiona, die Tochter, lebt in Hamburg. Gregor hat – hatte – kaum Kontakt zu ihr. Sonst gibt es niemanden. Keine Geschwister, die Eltern sind beide tot.«

»Einer muss die Tochter trotzdem benachrichtigen«, sagt Donatella.

»Darin haben Sie sicher mehr Übung als wir.« Marina Amberg greift nach ihrem Handy, sucht und findet eine Telefonnummer, schreibt sie auf einen Zettel.

Noch jemand mit einem Motiv?

»Wissen Sie, ob ein Testament vorhanden ist?« Nicolao schaut von Manuel Cranz zu Marina Amberg. Und fühlt sich im nächsten Augenblick wie ein Chirurg, der die offene Wunde eines Patienten ungeschickt berührt hat. Ein Zusammenzucken bei Marina Amberg. Leidvoller Blick bei Manuel Cranz. Nicolao kann sich nicht um offene Wunden kümmern. »Allein dieses Haus stellt einen beträchtlichen Wert dar.«

»Gregor war mit dem Notar Veronese befreundet«, sagt Cranz. »Ich bin sicher, dass bei ihm ein Testament hinterlegt ist.«

Marina Amberg nickt und ist ausnahmsweise mit Manuel Cranz einer Meinung. »Gregor hat immer betont, dass ich mir in Bezug auf mein Wohnrecht keine Sorgen machen muss. Und damit meinte er nicht die Gästewohnung.«

Diesmal kommt das verächtliche Fauchen von Cranz.

Nicolao notiert den Namen des Notars. Dann stellt er die längst fällige Frage, erst mit Blick zu Marina Amberg, dann zu Manuel Cranz.

»Wo waren Sie letzte Nacht? Anders gefragt: Haben Sie

ein Alibi für die Zeit zwischen zehn am Abend und zwei Uhr früh?«

Umgekehrter Effekt. Auftauchen aus dem Unterwassergrün des schall- und hitzedämmenden Gartens, sich wiederfinden im heißfeuchten Venedig der Geräusch- und Geruchsmischungen. Stimmen spielender Kinder, Fußball gegen Mauern, gebratener Fisch, tuckernde Boote, schimmliger Seetang, jemand ruft schrill nach Aliiiiice.

Nicolao atmet mit Augen und Ohren. »Was für eine Stadt!« Es ist nicht ganz klar, ob er das liebevoll oder resignierend meint. Vermutlich liebevoll resignierend.

Donatellas Gedanken sind noch bei der Befragung. »Also beide kein Alibi für letzte Nacht«, fasst sie die letzten Antworten zusammen.

»Glaubst du denn, einer von beiden hätte ein Motiv? Cranz verliert den Partner, den er angeblich heiraten wollte, die Amberg so etwas wie einen Lebensjob beim Lebensmenschen. Plus Wohnrecht in einem der schönsten Häuser Venedigs. Für mich stellt sich eher die Frage, wem ist er mit seinen Recherchen auf die Nerven gegangen? Der Mann hat Feinde gesammelt, so wie andere alte Muranogläser.«

»Hm«, macht Donatella. »Das Privatleben aller Beteiligten war ja auch konfliktreich genug.«

»Es war ihm bewusst, dass er gefährlich lebt.« Nicolao klopft auf seine Jackentasche. »Ich habe einen Notizzettel mit einer ganz bestimmten Telefonnummer gefunden.«

»Quizstunde?«, fragt Donatella.

»Mit meiner.«

»Mit deiner Telefonnummer?«

»Ja. Questura plus Nebenstelle. Plus einem großen N. Mit Punkt dahinter. Er hatte offensichtlich vor, mich anzurufen. Keine Ahnung, woher er mich kannte.«

Donatella bleibt stehen. »DAS wundert mich nicht weiter. Die Berichterstattung in unserem letzten Fall war ziemlich schmeichelhaft. Aber: Ruft man die Mordkommission an, wenn man sich bedroht fühlt? Wir sind doch eher für die vollendeten Tatsachen zuständig.«

»Vielleicht hatte er Informationen? Über so eine vollendete Tatsache?«

»In der Gegenwart oder der Vergangenheit?«

»Gute Frage. Wir brauchen auf jeden Fall jemand, der Deutsch kann«, sagt Nicolao. »Und wir brauchen ein Team. Ich rede mit Malgara.«

10
Der Colonello sitzt

Der Colonello sitzt an seinem Schreibtisch, schaut Nicolao entgegen und hat dieses geschrumpfte, an Dörrpflaumen erinnernde Gesicht, das man von Trinkern kennt. Und von passionierten Golfern, die ein missgünstiges Schicksal an den Schreibtisch verbannt hat. Weit weg von grünen Grüns und Löchern, die mit kleinen weißen Bällen gefüllt werden wollen. Kurz: weit weg von einem Golfplatz. Tragische, dem eigentlichen Leben entfremdete Gesichter.

Der Colonello ist kein Alkoholiker. Er ist Golfer. Das ist besser für die Leber, macht aber in Bezug auf das Suchtverhalten wenig Unterschied. Mit Unbehagen denkt Nicolao an die Golfstunden, die er im Rahmen einer verdeckten Ermittlung nehmen musste. Wie er in albernen karierten Hosen, unbequemen Schuhen und einem Poloshirt mit dem Logo »Circolo Golf Venezia« längliche Geräte in die Hand bekam, die zur Beförderung eines Balles völlig ungeeignet sind. Der Colonello hingegen erfährt eine Verjüngung um gefühlte dreißig Jahre, sobald er sich den achtzehn Löchern nähert, die ein Greenkeeper in unschuldige Grünflächen gebohrt hat.

Trotz dieser für Nicolao nicht nachvollziehbaren Leidenschaft schätzt er seinen Vorgesetzten außerordentlich. Durch Fernsehfilme Geschulte müssen annehmen, dass der durchschnittliche Vorgesetzte verblödet, korrupt oder beides ist. Einer, der die sympathischen äußerst fähigen Ermittler beständig in ihrer Arbeit behindert, was diese hilflos augenrollend kommentieren.

Der Colonello passt in kein Fernsehschema. Er hat einen klaren analytischen Verstand, den er selbst auf jahrelange taktische Golfüberlegungen zurückführt. Und er ist immun gegen finanzielle oder karrieremäßige Verlockungen. Schon einmal, weil seine Familie wohlhabend ist und ihn eine Karriere abseits des Golfplatzes nur mäßig interessiert.

Der Colonello verzichtet auf eine Grußformel. »Was macht der tote Schriftsteller?«

»Wenig«, antwortet Nicolao und setzt sich, ohne dazu aufgefordert zu sein. »Wie bei Toten so üblich.«

Das tief gebräunte Gesicht bleibt unbewegt. Malgara ist an derartige Antworten gewöhnt. »Ich hatte seinetwegen soeben einen Anruf.« Der Colonello zeigt mit dem auch namentlich dafür vorgesehenen Finger Richtung Zimmerdecke.

»Von Gott?«

»So ähnlich.«

»Unser Mordopfer hatte mächtige Freunde?«

»Eher das Gegenteil. Ich wurde ersucht, die Sache schnell durchzuwinken.«

»Eine Weisung von oben? So schnell? Unser Toter ist ja noch kaum richtig tot. Mit welcher Begründung?«

»Dass ermordete Deutsche, die Schlagzeilen machen, schlecht für den Fremdenverkehr sind.«

Ein Witz.

»Gregor Heinisch war italienischer Staatsbürger und lebte seit zwanzig Jahren auf der Giudecca. Kaum der übliche deutsche Tourist. Und was den Fremdenverkehr betrifft: Höchstens ein epidemischer Ausbruch von Beulenpest kann den beeinträchtigen. Und selbst der geht vermutlich in Venedig noch als Folklore durch.«

»Beulenpest«, wiederholt Malgara und kratzt sich am Hals. »Die Stechmücken sind auf dem Golfplatz schon wieder voll aktiv. Angeblich können sie alle möglichen Krankheiten übertragen, die keiner braucht.«

Nicolao fragt sich kurz, welche denn die Krankheiten sind, die man braucht. Aber er möchte im Augenblick weder diese Frage noch die Mückenplage am Golfplatz in Alberoni diskutieren. »Wer steckt hinter diesem telefonischen Beschleunigungsversuch?«

Der Colonello schüttelt den Kopf. »So etwas geht nie den direkten Weg. Angerufen hat Staatsanwalt Cerutti. Irgendwem an sehr hoher Stelle gefällt offenbar die Idee eines Unfalls.«

»Ein verständlicher Wunsch. Würde auch uns eine Menge Arbeit ersparen. Aber Dottor Bonnino ist dagegen. Außerdem – als Staatsanwalt sollte dieser Cerutti doch die Interessen des Ermordeten vertreten. So ist es jedenfalls in der Jobbeschreibung vorgesehen.«

»Cerutti wollte sich nur informieren, wie er mir versichert hat. Alles andere war Subtext. Wie du weißt, machen mich Winke von oben sehr störrisch.«

Nicolao weiß es. Auch das schätzt er an seinem Vorgesetzten.

Malgara schaut auf die Uhr. »Also lass hören. Was haben wir bis jetzt?«

»Einen toten Schriftsteller mit Gerechtigkeitstick. Vor allem auf deutsche Künstler mit bedenklicher Nazivergangenheit hatte er es abgesehen. Die Karriere machten, während ihre Kollegen Berufsverbot hatten oder emigrierten oder umgebracht wurden.«

»Verdienstvoll – aber interessiert das heute noch wen?«

»Scheint so. Die Leute mögen es, wenn berühmte Namen entzaubert werden. Nicht dass es irgendetwas ändert. Ich meine: daran, dass die Betreffenden reich und berühmt sind. Oder waren.«

»Siehst du da ein Motiv? Rache oder so etwas Ähnliches?«

»Möglich. Aber auch der Sumpf, in dem die Mose-Gelder versickern, interessierte ihn.«

»Ein vielseitiger Mann.«

»In jeder Hinsicht. Er war schwul, hat aber eine Tochter aus einer schon länger zurückliegenden Ehe. Bis zu seinem Tod lebte er in einer nicht sexuellen Interessensgemeinschaft mit einer Frau zusammen, gleichzeitig aber auch in einer durchaus sexuellen Beziehung mit einem Schauspieler, den er angeblich in New York heiraten wollte. Der wiederum hat für Heinisch seinen sizilianischen Lover verlassen, was vermutlich heißblütigen Unmut auslöste.«

Der Colonello bläht die Wangen und bläst Luft aus. Sein unfokussierter Blick folgt möglicherweise den unsichtbaren Fäden eines Verwirrspiels. Was nach kurzer Stille zu einer Schlussfolgerung führt. »Das klingt, als würdest du einige Leute brauchen, ausgerechnet in der Urlaubszeit.«

Nicolao nickt. »Das erinnert mich daran, dass ich auch übernächste Woche wegfahren wollte.«

»Überhaupt kein Problem. Wenn wir bis dahin den Fall ad acta legen können. Jetzt such dir das Team, das du brauchst. Schlimmstenfalls holen wir jemand aus dem Urlaub zurück. Der Fall hat absoluten Vorrang.«

Der Colonello beäugt ein Papier, das entweder der Urlaubsplan sein könnte oder das Turnierprogramm des Circolo Golf di Venezia. »Was macht übrigens ein Mensch im Urlaub, der nicht Golf spielt?«, fragt er.

Nicolao hört das sanfte Gluckern eines Gebirgsbachs,

atmet Luft, die mit zerstäubendem Wasser gekühlt ist. »Fliegenfischen«, sagt er. Und bereut sofort, es gesagt zu haben. Er bereut zu Recht.

Malgara wirkt erheitert. »Das ist die Sache, wo man knietief im eiskalten Wasser steht und darauf wartet, dass eine geisteskranke Forelle den Plastikköder für eine Fliege hält?«

Nicolao unterdrückt eine mindestens ebenso pointierte golfkritische Antwort. »Wir haben ein Verständigungsproblem«, sagt er.

»Sei nicht gleich beleidigt.«

»Ich meine, in unserem aktuellen Mordfall. Wir brauchen eine Person, die Deutsch kann. Heinisch hat zwar die deutsche Staatsbürgerschaft abgelegt, aber mit der Muttersprache ist es nicht ganz so einfach. Vor allem für einen Schriftsteller. Seine Notizen sind alle auf Deutsch.«

»Man kann sich nicht aussuchen, wo man auf die Welt kommt«, bemerkt der Colonello. »Also die Sache mit den Deutschkenntnissen ... Ich wüsste da jemanden. Deutsch als Muttersprache, Italienisch fließend, Doktorat in Psychologie und Kriminologie. Das wären dann zwei doppelte Doktoren im Team. Was meinst du dazu?«

»Bestens«, lügt Nicolao. Er wollte doch bloß jemanden mit Deutschkenntnissen und nicht eine doppeldottorige Konkurrenz, die sich garantiert in die Ermittlungen einmischt.

»Lebt in Wien. Zweitschönste Stadt nach Venedig. Findest du nicht auch?«

»Ja«, lügt Nicolao wieder.

Malgara lächelt dieses papierdünne Lächeln, das man geheimnisvoll nennen könnte.

11
Ein Motiv aus

UNSERE ANSICHTEN GEHEN
ALS FREUNDE AUSEINANDER.
Ernst Jandl

»Ein Motiv aus der Vergangenheit, meinst du?« Donatella schüttelt den Kopf. »Kommt mir weit hergeholt vor. Im wahrsten Sinn des Wortes.«

»Wann hört die Vergangenheit auf? Gestern? Vor einer Minute?«

»Jedenfalls bin ich der Meinung, dass wir im Hier und Jetzt ermitteln sollten.«

»Dann wäre eine Aufgabenteilung angebracht.«

»Vielleicht eine gute Idee.«

Ein Mann, eine Frau. Mittleres Alter. Der Barista mit den schläfrigen Augen hört nichts von dem, was sie reden. Er stemmt den dampfenden Korb aus dem Geschirrspüler scheppernd auf den Tresen. Räumt klirrend Tassen und Teller weg. Nach all dem Lärm setzt eine Stille ein, in der die Stimme unüberhörbar ist.

»Na gut: Das bedeutet Trennung.« Der Mann. Zwischen fünfundvierzig und fünfzig. Anzug konservativ, untere Preisklasse. Der Barista hat einen Blick dafür.

»Vermutlich wirklich das Beste.« Die Frau. Jünger als der Mann, aber sicher auch schon über vierzig. Jeans und T-Shirt. Beides ohne Designer-Label. Ein nachdenklich wirkendes durchschnittliches Paar vor zwei Espressotassen. Der Barkeeper beginnt mit dem Polieren von Gläsern.

»Also gut: getrennte Wege mit neuen Partnern.«

»Ja. Nach so vielen gemeinsamen Jahren.«

»Aber tägliche genaueste Berichterstattung, damit wir immer auf dem Laufenden sind.«

Die schläfrigen Augen werden wach.

»Natürlich. Sonst hat das Ganze ja keinen Sinn.«

Der Barkeeper hält im Polieren eines Glases inne. Hat er richtig gehört?

»Versteht sich von selbst.«

»Und? Hast du dich schon für jemanden entschieden?«

»Nardi. Er ist mir schon ein paar Mal positiv aufgefallen. Außerdem kennt er sich in der Szene aus.« Die Frau.

»Sympathischer Junge. Nichts gegen ihn zu sagen.« Der Mann.

»Schön, dass du es so siehst. Und du? Wen nimmst du dir?« Wieder die Frau.

»Die Neue. Pereira.«

»Hmm. Bisschen jung.«

»Kein Fehler. Erfahrung habe ich selber.«

»Wie du meinst. Okay. Na, dann wollen wir mal.«

Der Mann legt zwei Münzen auf verwirrend gesprenkelten Granit. Verwirrt ist auch der Barkeeper. Er sieht den beiden nach. An der nächsten Brücke bleiben sie stehen. Sprechen weiter, wie es scheint freundschaftlich. Der Barkeeper hält ein Glas gegen das Licht. Trennungen erlebt er in seinem Job ständig. Dramatische und stille. Schwule und hetero. Ganz offensichtlich unerwartete und solche, die emotionslos hingenommen werden, weil längst fällig. Man könnte sagen, als Barkeeper ist er ein Experte in Trennungen. Weltmeister im Überhören und Wegschauen. Aber die beiden, die sind irgendwie anders.

Blick durch ein makellos poliertes Glas. Er sieht, dass die beiden jetzt über die Brücke gehen und aus seinem Blickfeld verschwinden. Aus seinen Gedanken ebenfalls. Als Barkeeper ist er auch Experte im Vergessen.

»Hast du gesehen, wie uns der Barista angeschaut hat?«, fragt Nicolao.

Donatella lächelt. »Wie immer liegt alles nur im Auge des Betrachters. Wir haben ganz sachlich über das weitere Vorgehen in unserem Fall gesprochen.«

»Im Auge des Betrachters, ja, da ist was Wahres dran. Du hast dir also Nardi als Assistenten ausgesucht? Warum?«

»Weil er ein guter Ermittler ist.«

»Man sagt ihm ein paar seltsame Angewohnheiten nach.«

»Waschzwang. Ich hab davon gehört. Es gibt Schlimmeres als einen reinlichen Assistenten. Und worin besteht der Vorteil, den du dir von Sara erwartest? Außer, dass sie erfreulich anzuschauen ist und einen durch keine Erfahrung verstellten Blick mitbringt?«

»Ist dir an ihrem Nachnamen etwas aufgefallen?«

»Pereira? Klingt irgendwie spanisch.«

»Portugiesisch. Ein jüdischer Name. Bedeutet Birnbaum.«

»Sachen weißt du.«

»Von ihr selbst. Übrigens habe nicht ich sie ausgesucht. Es war umgekehrt. Sie hat mich ganz einfach gefragt, ob sie an diesem Fall mitarbeiten darf. Weil sie hoch motiviert ist.«

»Hoch motiviert? Warum denn das?«

»Sie hat es mir erklärt. Heinisch und seine Bücher sind in der jüdischen Gemeinde außerordentlich geschätzt. Man empfindet seinen Tod als Verlust.«

»Und du wünschst dir einen jüdischen Blick auf diesen Fall?«

»Vielleicht. Heinisch war besessen davon, Feiglinge und Opportunisten aufzudecken, denen ihre Karriere wichtiger war als Charakter. Offenbar eine Art Simon-Wiesenthal-Syndrom.«

»Wieso recherchiert er dann in Venedig? Bei uns ist den Juden nichts passiert. Man war im Gegenteil froh, die deutschen Besatzer wieder los zu sein.«

Nicolao lächelt. »Sara hat eine ganz andere Geschichtsauffassung. Weißt du, wo das Wort Ghetto erfunden wurde? In Venedig.«

»Na und? Im Ghetto waren die Juden geschützt vor Verfolgung.«

»Du warst dabei?«

»Genauso wenig wie du.«

Eine Weile schweigen sie. Warten, bis die spürbare Spannung sich auflöst. Nicolao lässt seine Stimme möglichst beiläufig klingen.

»Weißt du, wo Hitler und Mussolini einander zum ersten Mal getroffen haben?«

»Ich habe eine dumpfe Ahnung, wenn du schon so fragst.«

»Dumpf ist ein gutes Wort in dem Zusammenhang. Hier in Venedig hat diese wunderbare Freundschaft begonnen. Unter dem tobenden Applaus einer Menschenmenge auf der Piazza San Marco. Auf YouTube kannst du das alles live erleben. Setz dich an den Computer und gib ein: ›Hitler a Venezia‹.«

Donatella schüttelt den Kopf. »Ich lass mich nicht gerne deprimieren. Und brainwashen schon gar nicht. Falls dieser Heinisch einer von denen war, die von den Fehlern der eigenen Sippe ablenken wollen, indem sie auf andere zeigen, dann ist mir das sowieso unsympathisch.«

»Bis jetzt sind es nur Deutsche, die er angegriffen hat. Und falls es in Venedig einen ähnlichen Fall gegeben hat, darf man das durchaus sagen. Oder schreiben.«

Nicolao wundert sich über sich selbst. Wo, wann und wie hat sich seine Meinung zu Literatur über den Holocaust geändert? War der tote Schriftsteller als Geistererscheinung derart überzeugend?

Donatella antwortet mit einem Kopfschütteln. »Wie schon gesagt, ich glaube nicht an ein Mordmotiv, das mit seinen literarischen Ausgrabungen zu tun hat.«

Nicolao schaut einer Möwe zu, die an einem Plastikmüllsack zerrt, erfolgreich ein Loch reißt und einen stinkenden Fischkopf herausholt. Ihm ist absolut unerklärlich, wie diese Vögel jemanden zu Musik und Poesie inspirieren können. Lärmende, aggressive, unsoziale Aasfresser. Nicht anzunehmen, dass eine von ihnen Jonathan heißt. Emma schon gar nicht.

»Mit welchem Teil seines bewegten Privatlebens wirst du beginnen?«

»Mit gekränkter sizilianischer Ehre.«

»Wenigstens sprechen Sizilianer italienisch. Ich muss mich mit deutschen Notizen herumschlagen. Malgara ist natürlich mit einem einfachen Übersetzer nicht zufrieden. Er holt einen überqualifizierten Experten. Aus der arrogantesten Stadt der Welt. Anzunehmen, dass so etwas abfärbt.«

Donatellas Augenbrauen bewegen sich fragend Richtung Haaransatz.

»Walzer? Lipizzaner? Freud?« Nicolao hilft etwas ungeduldig nach.

»Oh!« Ein typisches Donatella-Oh. Mitfühlende Schadenfreude. Sie kennt Nicolaos Einstellung zu Wien. Nach drei Tagen Urlaub dort kam Nicolaos Ehefrau Laura begeistert zurück. Und er mit einer übertriebenen Abneigung gegen diese Stadt. Was wenig über Wien aussagte, aber viel über Nicolaos Ehe, jedenfalls war das Donatellas Diagnose.

Ein Experte aus Wien. Das kann ja heiter werden, denkt Donatella. Sie ist ziemlich gut in Vorahnungen.

12
»Was suchen Sie da?«

WO INFORMATIONEN FEHLEN,
WACHSEN DIE GERÜCHTE.
Alberto Moravia

»Was suchen Sie da?« Die Frage kommt aus schmalen Lippen unter einer scharf gekrümmten Nase, wie sie Bronzebüsten sehr gut steht. In Bronze gegossene Feldherren und venezianische Dogen sind häufig mit solchen Nasen ausgestattet. Der Adlernasige trägt eine blau-rot gestreifte Krawatte mit einer Perlennadel. Natürlich nicht nur. Dazu kommen ein blau-weiß gestreiftes Hemd, ein dunkelblauer zweireihiger Blazer, graue Flanellhosen und ein herbes, nicht unangenehmes Aftershave. An den Füßen trägt er karierte Kamelhaar-Pantoffeln, die farblich und stilmäßig ein wenig fremd wirken. Aber schließlich steht der Mann in der halb geöffneten Tür zu seiner Wohnung. Da kann man nicht auch noch die passenden glänzend schwarzen Halbschuhe erwarten. Die stehen bestimmt für den nächsten Spaziergang bereit.

»Nicht was, sondern wen, Signor ... Ottaviano«, antwortet Donatella nach einem Blick auf das Namensschild an der Tür. »Wir suchen Signor Piccolo. Er wohnt doch hier?« Donatella deutet auf die nächste Tür, deren Schild ihre Annahme in Schwarz auf Messing bekräftigt.

»Ja.« Es ist nicht einfach, in knappe zwei Buchstaben derartig viel Missfallen zu packen. Signor Ottaviano schafft es. »Er wohnt da. Aber er ist vor einer halben Stunde weggegangen.« Der Mann mit der scharfen Nase macht keine Anstalten, wieder zurück in seine Wohnung zu gehen. Sein strenger Blick umfasst Donatella und ihren Assistenten. Was er sieht, gefällt ihm sichtlich nicht besonders.

»Polizei«, sagt Donatella und hält ihm den Ausweis entgegen.

Nardi fördert seinen zutage.

»So?« Misstrauisch adlerblickt er auf Donatellas, dann auf Nardis Polizeimarke. »Beide?«

Donatella kann nicht leugnen, dass sie und Raffaele Nardi ein seltsames Paar abgeben. Sie selbst: deutlich über vierzig, der Hosenanzug mehr praktisch als modisch, dunkle Haare uneitel im Nacken zusammengefasst. Daneben Nardi, Mitte zwanzig, durchgehend in schwarzem Armani und mit einem Haarschnitt, der auf einen Könner seines Faches verweist. Die Ähnlichkeit mit dem jungen Tom Cruise ist unübersehbar, allerdings wirkt Nardi deutlich intelligenter. Das ist jedenfalls Donatellas Ansicht, die bei Tom Cruise die geistige Beschränktheit des Scientology-Anhängers ortet.

»Dottor Nardi, mein Assistent«, sagt Donatella mit Betonung des akademischen Grades. Was tatsächlich die Strenge im Adlerblick ein wenig mildert.

»Wenn Sie ihn verhaften wollen – nur zu.« Das ausgeprägte Kinn verweist auf die Tür mit dem Namen Piccolo. »Er wird keinem hier fehlen.«

»Ah – Signor Piccolo ist nicht beliebt?« Nardis Stimme suggeriert vorauseilendes Verständnis. Ein erprobter Zungenlöser.

Die Bronzebüste nickt gemessen.

»Laute Partys und dergleichen?«

Ottaviano bewegt verneinend das Haupt. Eine Andeutung von einer Verneinung. »Nein, das nicht. Man muss zugeben, dass er ein außergewöhnlich ruhiger Nachbar ist.«

»Dann ist er vielleicht unhöflich? Grüßt nicht?«

Ottaviano sieht aus wie jemand, der daran gewöhnt ist, gegrüßt zu werden.

»Seine Manieren sind tadellos«, antwortet er mit leichtem Vorwurf in der Stimme. Als würde er dem abwesenden Piccolo übel nehmen, dass er es ihm so schwer macht, Argumente gegen ihn zu finden.

»Tattoos, Piercings, ungepflegte Erscheinung?«

»Aber nein! Und von wegen ungepflegt! Er marschiert herum, als wäre er geradewegs aus einer dieser Anzeigen für Herrenmode gestiegen. Wenn Sie wissen, was ich meine.« Sein Blick taxiert Nardis Outfit. Genau wie Sie, resümiert der Blick.

Nardi nickt, er weiß sehr genau, was gemeint ist.

Donatella wartet ab. Eine interessante Art der Befragung, findet sie.

»Ja – aber, was stört Sie denn an Mariano Piccolo?« Nardi ist jetzt ganz unschuldige Überraschung.

Die Bronzebüste schweigt bedeutungsvoll. Dann öffnet sich doch der schmale Mund. »Am Anfang hielt ich ihn für einen netten jungen Mann. Für gut aussehend auch. Aber nette junge Männer, die noch dazu gut aussehen, die kriegen Besuch von jungen Damen.«

»Sie werfen ihm den Mangel an Damenbesuch vor?« Diesmal ist bereits eine leise Ironie in Nardis Frage zu spüren.

Eine Menge Aktion tut sich im Gesicht des Nachbarn. Die Adlernase wird vor ihren Augen schärfer. Vielleicht weil sich die Stirn zu Steilfalten zusammenzieht. Das ohnehin prominente Kinn schiebt sich noch weiter vor. »Er hat dafür anderen Besuch bekommen – Männer. Sie verstehen? Oder muss ich noch deutlicher werden?«

»Sie meinen, er ist homosexuell.« Nardis Stimme klingt jetzt scharf. »Inwiefern stört das die Mieter dieses Hauses?«

»Na hören Sie, es gab Zeiten, da landete man im Gefängnis deswegen.« In den Mundwinkeln Ottavianos blubbern kleine Blasen aus weißer Spucke.

»Können Sie uns etwas über die Freunde Signor Piccolos sagen?« An Nardis Schläfe pocht eine Ader.

»Einer kommt regelmäßig. Gut angezogen, immer mit Hut. Aber viel älter als er.«

»Würden Sie diesen Besucher bitte genauer beschreiben?«

Ottaviano liefert eine ganz brauchbare Beschreibung von Manuel Cranz. Er ist vielleicht homophob, denkt Donatella, aber abgesehen davon ein ganz verlässlicher Zeuge.

»Wann haben Sie diesen Besucher zuletzt gesehen?«

»Warten Sie … das war … ja, es war gestern.«

»Gestern? Sind Sie sicher?«

»Selbstverständlich bin ich sicher. Ich war bei meiner Pensionierung Generale di Brigata. Da gibt es keine Unschärfen im Urteil.«

»Und davor?«

»Davor war ich Colonello«, antwortet Ottaviano leicht verwundert.

»Nein, ich meine …« Nardi ist hörbar aus dem Konzept geraten. »Wie oft etwa haben Sie den Besucher gesehen? Zuletzt seltener?«

Suggestivfrage, denkt Donatella. Nicht gut.

»Nun, sie waren nie besonders häufig. Ein- bis zweimal die Woche. Worum geht es denn?«

»Um eine polizeiliche Befragung«, sagt Nardi und zeigt ein Haifischgebiss. Ottaviano zuckt zurück. Wie man eben zurückzuckt, wenn Haie lächeln.

Noch im Treppenhaus holt Nardi ein kleines Fläschchen aus der Jackentasche und zerreibt einen Tropfen daraus zwischen den Händen. Nach Lavendel duftender Wascherersatz. Donatella hat sich bereits daran gewöhnt.

»Das war sehr aufschlussreich«, sagt sie.

Sie weichen einem Pärchen aus, das auf seltsame Weise ineinander verschränkt mitten in der schmalen Gasse steht. Wie zwei Vampire, die einander leer trinken wollen.

Oder zwei Taucher, die sich das Mundstück der rettenden Sauerstoffflasche teilen müssen.

»Keine Unschärfen im Urteil.« Nardi schüttelt den Kopf. »So ein homophobes Arschloch.«

»Arschloch mit Adlerblick«, sagt Donatella. »Trotz allem glaubwürdig. Man wird Herrn Cranz befragen müssen zu seiner Einstellung zum Begriff ›Lebenspartner‹.«

»Doppeltes Spiel ist kein Vorrecht der Heteros«, sagt Nardi.

»Gesinnung ist nicht ansteckend«, beruhigt Donatella. So wie man einem Kind sagt: Es gibt ihn nicht, den Schwarzen Mann.

»Nicht ansteckend? Da wäre ich nicht so sicher«, antwortet Nardi.

13
Es trifft Nicolao

Es trifft Nicolao völlig unerwartet, Adrenalin pumpt, Blut drängt, die grauen Zellen, so weit in Betrieb, raten zu sofortiger Flucht. Oder zum Angriff. Die grauen Zellen sind in solchen Fällen nie so explizit. Nur gibt es Situationen, in denen man weder fliehen noch angreifen kann, auch wenn die grauen Zellen noch so dringend dazu raten. Und angreifen schon gar nicht. Das hier ist so eine Situation.

»Darf ich bekannt machen, Nicolao, mein bester Ermittler«, sagt Colonello Malgara. »Und das ist unsere berühmte Expertin aus Wien.« Falls er Nicolaos Adrenalinschub bemerkt hat, übergeht er ihn in feiner venezianischer Art.

Sommersprossen auf dem Nasenrücken geraten durch ein Lächeln in Bewegung. Nein, nicht im Gesicht des Colonello. Der hat gar keine Sommersprossen. Die Expertin aus Wien lächelt. »Anna Mahler. Nicht verwandt mit dem Komponisten.«

Nicolao antwortet nicht. Wohin auch immer das Blut derzeit drängt, der Kopf ist es nicht, denn die Stimmbänder sind unterversorgt.

Das rötliche Blond, die Sommersprossen auf blasser Haut, der helle Mund ohne Lippenstift, der graublaue ironische Blick, der offenbar Wort für Wort lesen kann, was in Großbuchstaben auf Nicolaos Stirn geschrieben steht.

Zu einem leisen Lächeln trägt sie ein weißes Leinenkleid, das so einfach geschnitten ist, dass es sehr teuer gewesen sein muss. Ingeborg Bachmann fällt ihm ein, irgendwie erinnert ihn die Kollegin an ein Foto, das er von der Dichterin gesehen hat.

»Freut mich sehr«, bringt Nicolao schließlich zustande.

Wann hat ihn zuletzt der Anblick einer Frau dermaßen aus der Fassung gebracht? Ist es nur die Tatsache, dass er einen männlichen Kollegen erwartet hat?

»Die Kollegin ist zufällig gerade in Venedig«, sagt der Colonello in der heiteren Art, die darauf hindeutet, dass er so gut wie unterwegs zum Golfplatz ist. »Eigentlich macht sie Urlaub. Sie liebt unsere Stadt. Sogar im Sommer. So ist es doch, nicht wahr?«

Die Kollegin, von der die Rede ist, lehnt entspannt am Türrahmen und nickt. Sie lässt die Sommersprossen auf ihrem Nasenrücken flimmern, was bei Nicolao Kurzatmigkeit zur Folge hat. Flimmernde Sommersprossen sollten in Amtsräumen verboten sein. Er fühlt sich wehrlos. Und wird daher wütend. Einfacherweise auf sich selbst. Was für ein altersmäßig völlig inadäquater pubertärer Testosteronschub!

»Euer Computermann hat mir die Files mit den deutschsprachigen Notizen schon überspielt. Sobald ich etwas Interessantes finde, melde ich mich«, sagt Anna Mahler. Ihr Italienisch ist akzentfrei und hat den weichen, melodischen Tonfall, den Nicolao aus Rom kennt. Eine Stadt, die er ebenfalls nicht leiden kann. Grell, laut, größenwahnsinnig.

»Ist Ihr Deutsch so gut wie Ihr Italienisch?«, fragt Nicolao.

»Ich bin in Rom geboren, lebe aber seit meinem zwölften Lebensjahr in Wien. Zweisprachig aufgewachsen.«

»Wie praktisch«, sagt Nicolao. »Dann warte ich auf Ihren Anruf, sobald Sie das Material gesichtet haben.«

»Willst du die Kollegin nicht zuerst einmal mit dem Fall vertraut machen?«, fragt Malgara, schon die Türklinke in der Hand.

»Ja, natürlich, das muss wohl sein.« Etwa so, wie man auf die Frage des Zahnarztes antwortet, ob man einer Wurzelbehandlung zustimmt.

Der Colonello wirkt plötzlich um Jahre jünger. Er ist ohne Frage auf dem Weg zum Golfplatz. »Ihr kommt sicher gut miteinander zurecht.«

»Ganz bestimmt«, sagt Anna Mahler. Und packt mühelos einen vielsagenden Unterton in die beiden Wörter.

Nicolao nickt nur. Noch immer unterversorgte Stimmbänder.

14
Der Gegensatz könnte

Der Gegensatz könnte nicht größer sein. Da flimmern keine Sommersprossen auf der Nase, keine Ironie zieht an den Mundwinkeln. Der Blick, nicht blaugrau, sondern moorseebraun, hat nicht vor, auf Nicolaos Stirn etwaigen Subtext zu erforschen oder Gedanken zu lesen. Sara Pereira, Nicolaos neue Assistentin, ist sehr anders als die Wiener Kollegin mit römischen Wurzeln. Er fühlt sich wohl mit diesem Gegenteil. Es ist ein angenehmes Gesicht, sehr jung, ein wenig schwermütig. Sieht so ein jüdisches Gesicht aus? Jüdisch – im Gegensatz wozu?

Nicolao merkt, dass Sara auf etwas wartet. Anordnungen, Aufträge, Fragen. Kann sie haben. Er gibt ihr die Zettel mit den hingekritzelten Zahlen. Drei sind es, abgesehen von dem einen mit seiner eigenen Telefonnummer.

»Mach ich so schnell wie möglich«, sagt sie. Ohne dass Nicolao etwas dazu sagen muss. »Ich habe übrigens in der jüdischen Gemeinde schon ein wenig recherchiert.«

»Die jüdische Gemeinde«, sagt Nicolao. »Was hat man sich darunter vorzustellen?«

Sara überlegt sichtlich. Eindeutig nicht jemand, der erst antwortet und dann denkt. »Etwa vierhundert Leute, von denen nur ein kleiner Teil im Ghetto lebt. Manche sind strenggläubig, andere ganz und gar nicht. Wir feiern unsere Feste gemeinsam, treffen uns am Sabbat in der Sala Montefiore, haben unseren eigenen Friedhof. Allen gemeinsam ist vermutlich, dass wir Menschen wie Gregor Heinisch schätzen. Ich meine damit Menschen, die dagegen sind, dass man vergisst.«

»Es gibt jetzt schon Reaktionen auf seinen Tod?«

»Schlechte Nachrichten reisen schnell. Besonders in Venedig. Man ist betroffen. Fragt sich natürlich, ob dieser Mord etwas mit seinen Büchern zu tun hat.«

»Und abgesehen von der Betroffenheit? Konkrete Hinweise?«

»Er hat in letzter Zeit in der Ghetto-Buchhandlung nach Informationen gesucht. Venezianische Geschichte im Zweiten Weltkrieg.«

Ah ja, Cranz hat das Jahr 1943 erwähnt.

»Genaueres weiß der Buchhändler nicht?«

»Nein. Aber wenn die schöne Kollegin aus Wien die deutschen Notizen übersetzt hat, dann wissen wir sicher mehr.«

»Die schöne Kollegin aus Wien.« Sie sagt es ohne Ironie und ohne Neid. Beides ist vermutlich nicht ihre Sache.

Nicolao bückt sich nach einem Stück Papier, das dort hätte liegen bleiben dürfen. Aber wie sieht denn das aus, wenn Sara Pereiras neuer Vorgesetzter bei der Erwähnung der »schönen Kollegin aus Wien« rot wird? Wer sich nach einem Stück Papier bückt, der darf einen roten Kopf kriegen. Aus Gründen der ganz normal erklärbaren Blutzufuhr im Gesicht.

Er legt das papierene Alibi auf den Schreibtisch. »1943. Wenn wir nach den Aussagen seines Lebenspartners gehen, dann sollten wir uns vor allem für dieses Jahr interessieren.«

»1943«, wiederholt Sara Pereira. »Warum überrascht mich das nicht.« Sie fragt es nicht, sie stellt fest. Und sie lächelt auf eine seltsame Art.

Nicolao wartet. Nach einem Lächeln dieser Art ist eine Erklärung fällig. Sie erklärt nicht, sie stellt eine Frage. »Was hat der Geschichtslehrer an Ihrer Schule über die Juden in Venedig während des Zweiten Weltkrieges erzählt?«

»Ich glaube, er hat beim *Kaufmann von Venedig* aufgehört. Das war allerdings ein paar Jahre vorher.«

»Ich kann diese Bildungslücke problemlos füllen«, sagt Sara Pereira. »Für mich ist es Familiengeschichte. Oft gehört. Viel zu oft.«

»Dann füllen Sie«, sagt Nicolao. Obwohl er eigentlich »Danke nein« sagen möchte. Und ziemlich sicher ist, dass er nicht hören will, was er hören wird.

Sara nickt. »Ich will nur noch vorher einige Fakten sammeln. Es gibt Zahlen, Namen, Listen. Sie werden überrascht sein.«

Eigentlich mag Nicolao keine Überraschungen, die mit Zahlen, Namen und Listen zu tun haben.

15
Spurensuche in Dorsoduro

Spurensuche in Dorsoduro. Der Innenhof ist gepflegt und liebevoll begrünt. In Tontöpfen wachsen Rosen und noch so einiges, was Donatella nicht namentlich kennt. Etwas Weißes, sich an der Hausmauer Hochrankendes duftet aufdringlich. Ein kleiner Olivenbaum hat offensichtlich seit Langem das Wachsen eingestellt und sehnt sich nach Griechenland. Blauviolette Dolden klettern eine Ziegelmauer hoch. Die kennt Donatella namentlich: Glyzinien. Neben der Eingangstür acht Messingschilder, eines davon mit dem Namen »Cranz«.

Donatella nennt ihren Namen, das Summen des Türöffners ertönt prompt. *Wenn kein Aufzug vorhanden ist, wohnt der von dir Besuchte im obersten Stock.* Eines der unverrückbaren Donatella-Gesetze. Es bestätigt sich auch hier. Wieder einmal.

Donatella stellt fest, dass Nardi neben ihr die Stufen im Schwebeverfahren nimmt und kein bisschen schneller atmet. Sie selbst beginnt im dritten Stock zu keuchen.

Cranz erwartet sie an der Wohnungstür. Donatella sieht den Blick, den er Nardi zuwirft. Überrascht? Angenehm berührt? Flirtend? Wie erkennen einander Homosexuelle? Kann man das jemanden fragen? Einfach so?

Donatella stellt den Kollegen vor. Cranz nickt und murmelt das höfliche *piacere*. Er führt die beiden Polizisten in einen Wohnraum, wo riesige aggressiv wirkende abstrakte Bilder Aufmerksamkeit fordern und mit einigen alten Ansichten Venedigs um die optische Existenzberechtigung streiten. Die alten Veduten gewinnen mühelos.

Cranz folgt Donatellas Blick auf die heftig kontrastierenden Bilder. »Keine vorschnellen Schlüsse, Commissaria. Ich bin kein Zerrissener. Weder die abstrakten noch die alten Bilder haben irgendetwas mit meinem Seelenleben zu tun. Die Wohnung ist gemietet. Mit allem, was drin ist. Es sollte ja nur eine Übergangslösung sein, bis ich zu Gregor ins Haus ziehe.«

»Worauf haben Sie denn gewartet?«, fragt Donatella.

Die Frage gefällt Cranz nicht. Ein kleiner Muskel unter dem rechten Auge zuckt nervös. »Diese Recherchen. Für das neue Buch. Gregor war wie besessen davon. Er wollte das erst zu Ende bringen.«

»Er hatte wenig Zeit für sein Privatleben?«

»So ist es.«

»Aber da war ja immer noch Mariano Piccolo – oder?«

Diese Frage gefällt dem augennahen Muskel noch weniger. Er zuckt heftiger als zuvor. »Sie haben mit Mariano gesprochen?«

»Noch nicht«, sagt Donatella. »Aber es gibt Zeugen, die Sie bei Besuchen in seiner Wohnung beobachtet haben. Bis zuletzt. Wie lässt sich das mit einer Lebenspartnerschaft vereinbaren, die Sie angeblich mit Gregor Heinisch eingehen wollten?«

Cranz verdreht die Augen. »Der General. Sie hätten nicht mit bösartigen, engstirnigen Nachbarn reden müssen. Sie hätten mich auch einfach fragen können. Ja, ich habe den Kontakt zu Mariano nicht völlig abgebrochen. Er war immer schon etwas labil und die Trennung …« Cranz zuckt mit den Schultern. »Er hat sie einfach nicht verkraftet. Nervenzusammenbruch, Selbstmorddrohung – die ganze Palette. Was sollte ich tun? Auch Gregor hätte nicht gewollt, dass unsere Beziehung damit beginnt, dass sich mein Exfreund umbringt.«

»Heißt das, Gregor Heinisch wusste von Ihren Besuchen bei Mariano Piccolo?«

Schon wieder eine Frage, die dem kleinen nervösen Muskel nicht gefällt. »Nein, das nicht. Ich wollte ihn damit nicht belasten. Wie gesagt, er war mit seinem neuen Buch beschäftigt. Und das mit Mariano war zu Ende. Ich habe versucht, eine freundschaftliche Beziehung zu ihm aufzubauen.«

»Ist Ihnen das gelungen?«

Cranz schüttelt den Kopf. »Er hofft noch immer.«

»Eine berechtigte Hoffnung, jetzt, wo Gregor Heinisch tot ist.«

16

Zahlen auf einem Zettel

Zahlen auf einem Zettel. Sara hat ihm den Namen zur Telefonnummer gesagt. Das Freizeichen. Mehrmals. Nichts. Nicolao will schon aufgeben, da meldet sich doch noch eine weibliche Stimme mit einem kraftlosen *pronto*.

»Signora Padovan? Luisa Padovan?«

»Wer will das wissen?«, fragt die Stimme, die jetzt auch Gereiztheit spüren lässt.

Kraftlose Gereiztheit.

Stimmen sagen eine Menge aus über ihren Besitzer. Manchmal liegt eine ganze Lebensgeschichte in nur einem Satz. Diese Stimme ist müde. Nicht lebensmüde, aber müde vom Leben. Möchte in Ruhe gelassen werden. Genau das kann Nicolao ihr nicht versprechen. Nicht im Augenblick.

»Mein Name ist Nicolao, Mordkommission.«

Eine Weile ist es still im ohrnahen Handy. Dann zerplatzt ein Stoßseufzer. »Ja, ich bin Luisa Padovan. Worum geht es?« Die Stimme klingt jetzt wie eine Stimme, die sich Schwäche nicht mehr erlauben kann. Um Festigkeit ringt.

»Ihre Telefonnummer lag auf dem Schreibtisch von Gregor Heinisch. Ich leite die Ermittlungen, die seinen Tod betreffen.«

»Ich verstehe.«

Luisa Padovan lässt diese zwei Worte so stehen, als wären sie die Antwort auf alle möglichen Fragen.

»Ich möchte Sie persönlich sprechen«, sagt Nicolao.

»Wann?« Das kommt in dem leidenden Tonfall eines Patienten vor einer unaufschiebbaren Operation.

»Am liebsten sofort.«

»Im Augenblick passt es schlecht.«

»Wann immer es besser passt«, sagt Nicolao. Stimmlage gütig, aber bestimmt. Ein Tonfall, der eigentlich Krankenpflegern vorbehalten ist.

»Heute Abend, gegen sieben. Oder ist das außerhalb Ihrer Bürostunden?«

Wann haben Kommissare jemals Bürostunden? Sie haben immer Zeit und daher Ehen am Rande der Zerrüttung. Zumindest dieser Teil der Fernsehkrimis ist realistisch.

»Gut. Gegen sieben bei Ihnen. Ja, die Adresse – stimmt das so: Rio Terrà dei Catecumeni 212?

»Ja.«

»Das ist in der Nähe der Salute-Kirche – richtig?«

»Richtig. Das kleine rote Haus, das dringend einen neuen Anstrich braucht. Bis dann«, sagt Luisa Padovan. Ihre Stimme wird abrupt vom Freizeichen abgelöst.

Aufgelegt.

Na schön, wenn ich gewollt hätte, dass man sich über mein Kommen freut, dann wäre ich Installateur geworden.

Er denkt an Laura, die seit Tagen auf einen Waschmaschinenkundigen wartet. Während sich Berge schmutziger Wäsche stapeln. Dann denkt er an die Kollegin aus Wien. Wäscheberge gegen flimmernde Sommersprossen. Unfair. Aber was ist schon fair im Leben. Und in einer Ehe.

Nicolao nimmt die Traghetto-Gondel. Wie so vieles in Venedig wirkt auch das wie ein Relikt aus einer anderen Zeit: sich von einer Gondel zur anderen Seite des Canal Grande befördern zu lassen. Das schwimmende Wahrzeichen als schlichtes Transportmittel und Brückenersatz. Es gibt keine Sitzplätze, Gleichgewichtssinn wird vorausgesetzt, dafür zelebriert der Gondoliere keine falsche Freundlichkeit und singt verlässlich nicht.

Das kleine rote Haus ist in Schönheit gealtert. Nicolao hofft, dass es noch lange keinen neuen Anstrich bekommen wird. Anderswo würde es vielleicht renovierungsbedürftig wirken, aber nicht in dieser Stadt. Der Verputz bröckelt auf genau die Art, die touristische Finger begeistert auf klickende Auslöser drücken lässt.

Die Abschied nehmende Sonne bereitet sich darauf vor, hinter den Häusern abzutauchen, und färbt ganz nebenbei den Abendhimmel mit unglaubwürdigen Farben. Türkis wechselt mit einem kräftigen Orange, Violett spielt auch eine gewisse Rolle. Dazwischen ziehen Flugzeuge wie geistesabwesende Maler ihre weißen Kondensstreifen. Vom Zufall gemalte Himmelsbilder. Damit das Ganze nicht zu romantisch wird, zieht eine dicke Touristin ihren Koffer auf lärmenden Rollen über die Pflastersteine.

Nur zwei Namen neben der Eingangstür. Padovan und das Kürzel E. K. Der Klingelton, das Klicken des Türöffners. Eine schmale Treppe zum Halbstock. An der Wohnungstür links erwartet ihn eine Frau, die in dieses Haus passt. Gut gealtert. Siebzig vielleicht, schätzt Nicolao. Sie hat eines dieser Frauengesichter, die so wirken, als hätte beim Film jemand eine junge Frau auf alt geschminkt. Natalie Portman in der Rolle einer älteren Venezianerin. Guter Maskenbildner, exzellent, die dezenten Falten.

»Ich würde gerne Ihren Dienstausweis sehen«, sagt Luisa Padovan statt einer Begrüßung.

»*Buona sera*, Signora«, sagt Nicolao. »Selbstverständlich.«

Mit nachdenklichem Blick vergleicht sie Foto und Original. Studiert den Stempel der Questura. Entweder wollte sie schon immer einen Polizeiausweis sehen oder sie fürchtet tatsächlich, dass ein falscher Polizist vor ihr steht. Immerhin, sie gibt den Weg in die Wohnung frei.

Wenn ich gewollt hätte, dass man sich über mein Kommen freut, dann wäre ich Installateur geworden. Da ist er wieder, der Standardgedanke. Aber manchmal nervt die Genervtheit der Leute, mit denen er reden will. Reden muss.

Die Möbel passen ebenfalls zur Bewohnerin. Alt, aber gut gealtert. Dunkel. Ein ovaler Esstisch, nicht sehr groß, kein Platz für viele Gäste. Ein alter venezianischer Spiegel, halb blind, wie sich das gehört.

Ein Druck, der Venedig zu einer Zeit zeigt, als die Giudecca ein einziger großer Garten war. Ein paar Zeichnungen, vielleicht Druckgrafiken.

Nirgends eine Spur von dem sonst epidemischen blonden IKEA. Nicolao kann IKEA nicht leiden, seit er einmal einen Bücherschrank namens Ulvin zusammenbauen musste.

»Ich verstehe nicht, warum Sie zu mir kommen.«

»Ein Mensch ist ermordet worden«, sagt Nicolao, bemüht um einen nicht allzu gereizten Tonfall. »Und Ihre Telefonnummer lag auf seinem Schreibtisch. Das ist Grund genug.«

»Wie ist er gestorben?«

Auf eine Frage wie diese, gestellt von einem Außenseiter, gibt es genau zwei korrekte Antworten. Erstens: »Die Fragen stellt hier die Polizei.« Zweitens: »Darüber kann beim derzeitigen Stand der Ermittlungen leider keine Auskunft gegeben werden.« Je nachdem, ob man den grimmigen oder den freundlichen Polizisten spielt.

»Jemand hat ihn bewusstlos geschlagen und in die Lagune geworfen. Er ist ertrunken.« Die Wahrheit. Dritte und unübliche Möglichkeit einer polizeilichen Antwort.

Sie schaut zum Fenster hinaus auf die gelben Klostermauern gegenüber und schweigt. Die gelben Klostermauern schweigen zurück.

»War Gregor Heinisch bei Ihnen?«

Sie nickt. »Er hat angerufen. Ich habe ein Treffen abgelehnt. Dann stand er trotzdem vor meiner Tür. Er war sehr hartnäckig.«

»Wann war das?«

»Vor zwei Monaten ungefähr.«

»Und was wollte er?«

»Er wollte wissen, ob meine Mutter eine gewisse Lilly Bergmann gekannt hat. Eine Opernsängerin aus Wien. Es geht um die Kriegsjahre 39 bis 43.«

»Und hat sie?«

»Das weiß ich nicht. Woher soll ich denn wissen, wen meine Mutter damals gekannt hat? Ich bin viel später geboren. Na ja, nicht viel, aber doch.« Die Andeutung eines Lächelns.

»Mütter erzählen Geschichten«, sagt Nicolao.

»Meine nicht.«

Eine sprachlose Mutter. Das soll es geben. Allerdings klingt das alles eher nach entschlossener Abwehr dieser auf alt geschminkten Natalie Portman. Warum wehrt sie ab?

»Und Signor Heinisch hat nichts darüber gesagt, warum er an dieser Lilly Bergmann interessiert ist?«

»Nur, dass er einen Roman schreibt und dafür Material braucht. Aber das alles hätte ich Ihnen auch am Telefon sagen können.«

Ja, aber da hätte er etwas Wichtiges nicht bemerkt. Nicolao kennt die Zeichen der Angst. Sie lässt Lider zucken, den Blick abirren, Finger ein nervöses Eigenleben führen. Fast dreißig Jahre Erfahrung schulen die Angstsensoren. Luisa Padovan hat Angst. Sie streicht eine Strähne aus der Stirn, wo keine Strähne ist. Die dunklen Haare mit wenig Grau an den Schläfen fügen sich kampflos in den Nackenknoten. Sie zupft einen nicht vorhandenen Faden von ihrer grauen Strickjacke. Eindeutig Angst. Wovor?

»Wie kam Signor Heinisch eigentlich auf Sie?«

»Keine Ahnung.«

»Sie haben ihn nicht gefragt?«

Sie schüttelt den Kopf.

Merkwürdig. Wäre das nicht die nächstliegende Frage?

Nicolao deutet zum Treppenhaus. »Wer ist E. K.?«

»Erika Kirchschläger. Die ehemalige Besitzerin der Wohnung. Jetzt gehört sie ihrer Nichte. Sie selbst hat keine Kinder. Das Schild wurde nie geändert. Die Nichte kommt allerdings nur selten nach Venedig. Die Wohnung steht meist leer.«

Gregor Heinisch war also einer gewissen Lilly Bergmann auf der Spur. Wieder eine entlarvende Künstlerbiografie? Über jemanden, der schuldig war nach dem strengen Moralkodex des Biografen? Er wird Bossi auf ihren Namen ansetzen. Wen Bossi nicht im Internet findet, den gibt es nicht und hat es nie gegeben.

Nicolao holt eine seiner Visitkarten aus der Tasche. Es fühlt sich jedes Mal wieder wie ein peinliches Klischee an. Auch der dazugehörige Satz: »Rufen Sie mich bitte an, wenn Ihnen noch etwas einfällt.«

Er sagt ihn trotzdem. Mit denselben Worten wie immer. Es gibt auch so etwas wie verschwendete Kreativität.

17
Nicolao schläft schlecht

MAN TRÄUMT NICHT MEHR SO SCHÖN,
WENN MAN ERWACHSEN IST.
Knut Hamsun

Nicolao schläft schlecht. Er schläft immer schlecht, wenn er bei Ermittlungen keine vernünftige Spur findet. Oder Spuren, die ganz plötzlich im Sand verlaufen. Oder zu viele Spuren wie in diesem Fall. Zwischen längeren Wachperioden träumt er Träume, die wenig zu seiner Entspannung beitragen.

Er sieht Bonnino, den Pathologen, wie er sich – nach einem kräftigen Schluck aus der Grappaflasche – anschickt mit der Autopsie zu beginnen. Der Tote auf dem Nirosta-Tisch ist nackt bis auf die Schuhe. Dunkelblau mit Kreppsohle. Genau in dem Augenblick, in dem sich die Knochensäge auf den Brustkorb des Leichnams senkt, öffnet der Tote die Augen und murmelt etwas. Sehr leise murmelt er. Nicolao strengt sich vergeblich an zu hören, was er sagt. Dem Pathologen geht es ähnlich. »Was sagten Sie?« Bonnino beugt sich tiefer zu ihm. »Reden Sie deutlicher, Mann, ich kann Sie nicht verstehen.«

Nicolao schreckt hoch. Dann liegt er wach. Denkt an den nackten toten Mann, der sich auf ihn und seine kriminalistischen Fähigkeiten verlässt. Was war es, das er sagen wollte? Kam das Aufwachen um entscheidende Sekunden zu früh?

Der venezianische Morgen verdrängt mit Rosatönen die Unfarben der Nacht. Nicolao verdrängt den Traum. Vorläufig.

Laura löst das Gummiband, das ihre Haare zur Yoga-Frisur gebändigt hat. Jetzt fallen sie dunkel glänzend auf braun gebrannte Schultern. Ein schwarzer Sport-BH hat alle Träger voll zu tun. Die Shorts liegen eng an. Auf flachem Bauch und ein wenig zu breiten Hüften. Trainierte Beine, muskulöse Arme. Sportlehrerin durch und durch. An sich ein durchaus erfreulicher Anblick. An sich. Lauras Figur hat sich kaum verändert in den letzten zwanzig Jahren. Aber Nicolaos Blick. »Fährst du zum Lido?«, fragt er.

Laura nickt. »Ich kann Monica's Cabana mitbenützen. Excelsior, erste Reihe.

»Ah ja?« Es passt erstaunlich viel Gleichgültigkeit in zwei so kleine Wörter.

Laura nimmt ihre Yoga-Matte, bleibt in der Tür zum Schlafzimmer stehen. »Kannst du dir vielleicht am späteren Nachmittag eine Stunde freinehmen? Rousseau-Ausstellung im Correr-Museum. Du weißt schon, der Maler, der diese Urwälder gemalt hat.«

»Wer?« Nicolao betrachtet den unrasierten Mann mit den rot unterlaufenen Augen im Spiegel. Tränensäcke vollgepackt. In jüngeren Jahren hat man ihm Ähnlichkeit mit Marcello Mastroianni nachgesagt.

Marcello, du bist besser gealtert. Viel besser.

Lauras abwartend fragender Blick deutet darauf hin, dass sie eine Antwort von ihm erwartet. Antwort worauf? Ach ja, Ausstellung. Urwälder.

Er schüttelt den Kopf. »Keine Chance. Wir stehen ganz am Anfang.«

Lauras Mund wird schmal. Was nicht schmeichelt. Aber wem steht schon Enttäuschung.

Er will das Nein weichspülen. »Die Ausstellung läuft doch noch länger, oder?«

»Ja, bis Oktober. Aber dann stehst du wieder mit irgendeinem Fall ganz am Anfang. Oder knapp vor der Lösung. Oder mittendrin.«

Nicolao antwortet nicht. Rein physisch betrachtet steht er mittlerweile ganz woanders, nämlich unter der Dusche, die ihm das Wasser in spärlichen Tropfen zuteilt. »Noch immer keine Zusage vom Installateur?«

»Doch«, sagt Laura. »An der Zusage liegt es nicht. Die kriege ich täglich. Schon seit zwei Wochen.«

Ganz klar. Laura ist wütend. Nicht nur auf den Installateur. Genau jetzt zeigt ihm sein Unterbewusstsein ein sehr vorteilhaftes Porträt seiner sommersprossigen Kollegin aus Wien. Das Unterbewusstsein ist eine gefährliche Sache. Besonders für Ehen.

Auf Nicolaos Schreibtisch liegt eine Liste. Es stehen Namen darauf. Viele Namen. Der Tag hat nicht gut begonnen, aber Nicolao ahnt bereits, dass mit der Lektüre dieser Liste nichts besser wird. Er überfliegt die Seiten und weiß schon nach wenigen Zeilen, dass er mit seiner Ahnung recht hatte.

Ich hätte Prophet werden sollen. Nicht Polizist.

Zu dem jeweiligen Namen der Geburtstag, Eltern, Ehepartner. Und der Todestag. So weit bekannt. Das Papier greift sich eiskalt an. Einbildung natürlich. Er zwingt sich zu lesen.

ABOAF IDA, geboren in Venedig am 19. Juli 1901, Tochter von Angelo und Pecorini Filomena, verheiratet mit Perlmutter Gilmo. Letzter bekannter Wohnsitz: Venedig. Verhaftet in Venedig am 5. Dezember 1943 von der italienischen Polizei. In das Lager Fossoli verbracht. Von Fossoli am 22. Februar 1944 nach Auschwitz deportiert. Gestorben an unbekanntem Ort zu unbekannter Zeit. Aktensammlung 08.

Es folgen noch mehr Namen aus der Familie Aboaf. Dann Abolaffio, Ancona, Ascoli. Immer weiter durch das Alphabet. Fünf Mitglieder aus der Familie Calimani, neunmal Levi, Mariani, Melli, Navarro, Polacco, Salom, Sereni, Todesco. Bis zum letzten Namen.

VIVANTE ANGIOLINA, geboren in Venedig am 29. August 1878, Tochter von Elio und Jonad Angiolina. Letzter bekannter Wohnsitz: Venedig. Verhaftet in Venedig am 5. Dezember 1943 von der italienischen Polizei. In das Lager Fossoli verbracht. Von Fossoli am 22. Februar 1944 nach Auschwitz deportiert. Ermordet bei der Ankunft in Auschwitz am 26. Februar 1944. Aktensammlung 08.

Über zweihundertfünfzig Namen. Akribisch zusammengetragen nach irgendwelchen Aufzeichnungen. Von wem?

»Erstaunlich genau, nicht wahr? Man wollte da nicht schlampen, sondern dem gründlichen deutschen Vorbild folgen.«

Sara Pereira steht in der Tür zu seinem Büro. Noch jemand für den es kein Wochenende gibt. Der Tote wird zwar nicht toter, aber mit jedem Tag werden Spuren undeutlicher, Zeugen vergesslicher, die Chancen der Ermittler geringer.

»Komplett ist die Liste trotzdem nicht«, sagt Sara. »Kleine Unschärfen durch zu vorschnelles Sterben oder fehlende Dokumente.«

»Woher haben Sie diese Liste?«

»Sie ist nicht geheim. Man muss nur danach fragen. Aber kaum jemand fragt.«

Das wundert mich nicht. Ich hätte um die Frage auch einen großen Bogen gemacht.

»Sie kennen doch das Mahnmal? Am Campo del Ghetto Nuovo? Das Relief an der Wand? Arbit Blatas, ein litauischer Bildhauer, hat es gestaltet. Mit den Namen der Verschleppten. Nein? Nie gesehen?«

Nicolao schüttelt den Kopf. Sara schaut zum Fenster hinaus. Betrachtet die Fassade der Kirche San Lorenzo, als wäre sie da über Nacht hingestellt worden.

»Tut mir leid«, sagt Nicolao. »Ich habe von all diesen Dingen nichts gewusst.«

Sara nickt. »Der Satz ist schon ziemlich oft gesagt worden.«

Nicolao legt die Liste mit den Namen auf dem Schreibtisch ab. Sie ist deutlich schwerer geworden. Jedenfalls fühlt es sich so an.

»Da gibt es etwas, was ich nicht verstehe. Bei jedem einzelnen Namen steht, von wem die betreffende Person verhaftet wurde. Und in fast allen Fällen ist es die italienische Polizei.«

»Ja, zu dumm, nicht wahr?«, sagt Sara. »Passt nicht ins Weltbild.«

»Ich verstehe es einfach nicht. Die Verfolgung der Juden war nie ein italienisches Anliegen.«

»Der Faschismus schon. Immerhin haben wir sogar das Wort erfunden.«

»Faschismus?« Nicolao kramt in den Laden, in denen er die unwichtigen Teile seiner Schulbildung abgelegt hat. Er holt ein Detail aus der Erinnerung, streicht es glatt, liest ab, was dasteht. »Richtig, *fasces*, Rutenbündel, Römisches Reich. Haben die damaligen Bodyguards mit sich rumgeschleppt.«

Sara lächelt. »Die Beretta war noch nicht erfunden. In den Rutenbündeln steckte allerdings auch eine Axt, für den Fall, dass die bloße Demonstration der Macht nicht genügte.«

»Das mag alles sein. Aber von der Erfindung eines Namens bis zur Verhaftung und Ermordung unschuldiger Menschen ist noch ein langer Weg.«

»Ja«, sagt Sara. »Aber so ist es mit dem Gehorsam. Der vorauseilende ist der effektivste. Und der gefährlichste. Die Deutschen hätten gar nicht gewusst, an welchen Adressen Juden zu finden waren. Die italienische Polizei dagegen wusste es ganz genau. Sie haben sogar Kranke aus den Spitälern verschleppt. Und Uralte aus Altersheimen.«

Italienische Polizisten. Nicht die Deutschen. Wollte Gregor Heinisch darüber ein Buch schreiben? Und welche Rolle spielte Lilly Bergmann?

In diesem Augenblick läutet sein Handy. Eine Stimme, die er sofort wiedererkennt. Er hört, was ihm die Stimme zu sagen hat, steht hastig auf. »Ich bin sofort bei Ihnen.«

»Kommen Sie!«, sagt er zu Sara, während er schon halb durch die Tür ist.

Vielleicht ein erster konkreter Hinweis. Abgesehen davon ist er froh darüber, von der Liste mit den Namen wegzukommen. Wäre er offen für esoterische Gedanken, würde er die Kälte, die von den wenigen Seiten ausstrahlt, verständlich finden. Er zieht vor, sie für Einbildung zu halten.

18
Wieder steht er

Wieder steht er vor dem kleinen roten Haus, über dessen Renovierungsbedarf man geteilter Meinung sein kann. Die Klingel, das Klicken, die steilen Treppen.

Ein scharfer kleiner Schmerz, neu im Repertoire. Als Polizist in Venedig sollte man besser kein Problem mit den Kniegelenken haben, denkt Nicolao.

Signora Padovan wartet in der Tür zu ihrer Wohnung. Ringt sich diesmal sogar ein leidlich freundliches *buon giorno* ab. Dann allerdings verlässt jeder Anflug von Freundlichkeit ihr ebenmäßiges Gesicht mit den Hollywood-Falten.

»Ich hatte erwartet mit Ihnen allein zu sprechen«, sagt sie mit Blick auf Sara.

Worte wie Eiswürfel, die unfreundlich klirrend in ein betroffenes Schweigen fallen.

So geht das nicht. Ich kann mir nicht vorschreiben lassen, wie ich eine Befragung durchführe. Ich bin der Chef der Mordkommission. Und Sara ist meine Assistentin. Spricht die innere Stimme.

»Sara, würden Sie im Café nebenan auf mich warten.« Das sagt die äußere, die hörbare Stimme. Die Autorität innerer Stimmen wird ganz allgemein überschätzt.

Sara Pereira sieht ihn an, erst fragend, dann resigniert. Sie macht wortlos kehrt, geht die steilen Stufen wieder hinunter.

»Warten Sie!« Luisa Padovan ruft es ihr nach.

Sara bleibt stehen, dreht sich um. Luisa Padovan studiert das Gesicht der jungen Polizistin. »Sie sind Jüdin, nicht wahr?«

Sara zieht die Augenbrauen hoch, nickt.

»Bitte entschuldigen Sie. Meine Geschichte geht auch Sie etwas an. Ganz besonders Sie.«

Sie sitzen an dem gut gealterten ovalen Esstisch, in kleinen dickwandigen Tassen wartet nachtschwarzer Espresso. Er wird nicht lange warten müssen. Eine Schale aus Muranoglas präsentiert safrangelbe Cantuccini.

Vermutlich hausgemacht.

Signora Padovan schaut nach innen, sucht vielleicht einen geeigneten Anfang für ihre Geschichte, die auch und besonders Sara Pereira angeht. Nicolao wartet und bemerkt etwas Interessantes.

Alle Anzeichen von Angst sind verschwunden. Das hastige Zurückstreichen einer Haarsträhne. Das nervöse Eigenleben der Finger, die nach Beschäftigung suchen. Ganz ruhig sitzt Luisa Padovan und schaut durch die gläsernen Wände, hinter denen sie ihre Erinnerungen aufbewahrt. Was ist geschehen? Hat sie ihre Angst überwunden wie eine Erkältung? Nicolao drängt nicht. Er rührt in seiner Espressotasse, probiert ein Stück Mandelgebäck.

Ganz wie vermutet: hausgemacht. Wenn ich nur in allem so ein verlässlicher Prophet wäre.

»Lilly Bergmann hat in der Wohnung gegenüber vier Jahre lang unter dem Namen Teresa Padovan gelebt. Natürlich hat meine Mutter über sie gesprochen. Zumindest mit mir.«

Nicolao versucht sein Cantuccino lautlos zu verzehren. Geht nicht. Mandeln explodieren lautstark unter zubeißenden Zähnen. Aber Signora Padovan würde im Augenblick auch lautere Geräusche nicht wahrnehmen.

»Der Name ist kein Zufall. Meine Mutter hat ihr die Papiere verschafft. Echte Papiere. Duplikate. Von ihrer Cousine, die nach Amerika ausgewandert ist.«

»Lilly Bergmann war Jüdin, nehme ich an?«, fragt Sara.

Luisa Padovan nickt. »Sie hieß eigentlich Lilly Salomon. Aus verständlichen Gründen nahm sie einen Künstlernamen an. Sie war Sängerin, stammte aus Wien. Sehr bekannt damals. Aber dann musste sie fliehen. Das war das Ende ihrer Karriere.«

Nicolao hat plötzlich einen bitteren Geschmack im Mund und das liegt nicht am Gebäck. In dem sind keine Bittermandeln.

»Was ist aus ihr geworden?«

»Das hat meine Mutter nie erfahren. Sie war plötzlich verschwunden. Hat nichts mitgenommen. Nicht einmal ihre alten Schallplatten und ihre Notizen. Nach dem Krieg ist die Besitzerin der Wohnung wieder nach Venedig gekommen. Sie hat das Wenige, das sie von ihr in der Wohnung fand, meiner Mutter gegeben.«

»Und wo sind diese Dinge?«

Kann es vielleicht einmal einfach sein? Steht sie jetzt auf, geht ins Nebenzimmer und bringt die Lösung des Falles?

»Signor Heinisch hat alles mitgenommen. Auch die alten Platten.«

Also doch nicht einfach. Wenn wir Pech haben, liegen die Beweismittel im Schlamm der Lagune.

»Kopien?«

Bedauerndes Kopfschütteln.

»Haben Sie die Notizen gelesen?«

»Ging nicht. Sie waren auf Deutsch. Ich kann nur ein paar Worte. Wo geht es hier zum Markusplatz? So eine Scheiße! Guten Appetit!«

Nicolao und Sara zucken mit den Schultern. Sie können nicht einmal diese wenigen Worte und sie daher auch nicht erheiternd finden.

»Ja, ich weiß. Deutsch liegt uns Italienern nicht. Für mich lesbar hat sie nur ganz am Schluss einen italienischen Satz geschrieben: *Il destino di Tosca si ripete.* Das Schicksal der Tosca wiederholt sich. Sie wissen doch sicher, worum es in *Tosca* geht. Jeder kennt doch *Vissi d'arte*, eine der berühmtesten Arien der Opernliteratur.«

Nein, da muss ich passen. Oper ist nicht mein Ding. Da singen todkranke oder verletzte Menschen noch eine Viertelstunde lang über ihre Befindlichkeiten.

Nicolao wirft einen Blick zu Sara. Sie bleibt stumm. Er fragt nicht weiter nach. Zu Hause steht ein Opernführer, vor dem man sich nicht wegen musikalischer Ignoranz genieren muss.

Signora Padovan bemerkt das alles nicht, hält das Schweigen vielleicht für Wissen. »Als Opernsängerin lebt man vermutlich in der Musik. Findet in der Kunst Parallelen zum Leben.«

»Darf ich Ihre Toilette benutzen?« Saras Frage kommt denkbar unpassend in diesem Augenblick.

Luisa Padovan wirkt entsprechend irritiert. »Am Ende des Korridors rechts.«

Nicolao versucht in das Gespräch zurückzufinden. »Signor Heinisch hat also sämtliche Notizen mitgenommen?«

Luisa Padovan nickt. »Er hat mir versprochen, mit seinem Buch etwas gegen das Vergessen zu tun.«

»Wie hat er eigentlich herausgefunden, wo sich Lilly Salomon in Venedig versteckt hatte?«

»Offenbar war er in Wien, um zu recherchieren. Hat dort mit Signora Kirchschlägers Nichte gesprochen.

»Gestern gaben sie vor, von nichts zu wissen.« Nicolao sagt es möglichst leichthin. Es soll nicht vorwurfsvoll klingen. »Was hat sich geändert?«

Diese Frage hat Luisa Padovan offensichtlich erwartet. »Ich hatte eine Nacht zum Nachdenken. Warum haben damals so viele nicht geholfen, obwohl sie es gekonnt hätten?«

»Gleichgültigkeit?« Sara fragt es von der Tür her. Setzt sich wieder.

»Das auch. Manchmal. Aber in erster Linie aus Angst.«

»Sie haben Angst?«, fragt Nicolao.

»Ist das so abwegig?« Da gibt man jemandem bestimmte Notizen und kurze Zeit später ist dieser Jemand tot. Verstehen Sie? Das ist doch kein Zufall. Wer damals an der Macht war, der ist es möglicherweise immer noch. Vielleicht gibt es Nachkommen, die dieses Buch verhindern wollen. Oder ist das zu weit hergeholt?«

»Es ist durchaus eine Möglichkeit.«

»Gibt es andere Hinweise?«

»Wir verfolgen mehrere Spuren.«

Polizeisprache für »Wir haben keine Ahnung«.

»Aber es könnte so sein.«

»Im Augenblick schließen wir gar nichts aus. Diese mögliche Bedrohung hat sich aber von gestern auf heute nicht geändert – oder?«

»Nein. Aber wenn ich mein Leben von der Angst bestimmen lasse, dann ...« Sie überlegt. »... dann bin ich jemand, der sich damals nicht getraut hätte, Lilly Salomon zu verstecken. Und ich sehe mich als jemand, der den Mut dazu gehabt hätte. Außerdem bin ich es meiner Mutter schuldig. Und ihrer Freundin Lilly.« Ein schnelles Lächeln. »Und mir selbst auch.«

»Wir wissen alle nicht, wie mutig wir gewesen wären«, sagt Nicolao.

Was für ein Klischee. Aber deswegen nicht weniger wahr.

»Sind Sie selbst Künstlerin?« Saras Frage kommt überraschend für Nicolao. Offenbar auch für Luisa Padovan. Ihr Blick wird wachsam. Tastet in Saras Gesicht nach verborgenem Subtext. »Künstlerin wäre zu viel gesagt. Ich war bis zu meiner Pensionierung Kunsterzieherin.«

»An der Akademie?«

»Nein, am Liceo Artistico Marco Polo. Warum fragen Sie?« Da ist plötzlich eine deutliche Schärfe im Ton.

Sara lächelt. »Etwas an der Art, wie Sie über Lilly Salomon sprechen. Als hätten Sie selbst eine künstlerische Karriere aufgegeben.«

»Ein paar Aquarelle, nicht der Rede wert. Wer nicht wirklich gut ist, sollte sein Mittelmaß nicht auch noch zur Schau stellen.«

»Eine strenge Auffassung«, sagt Sara.

Nicolao hat keine Lust über Kunst zu reden. Er steht auf, liefert das Abschiedsklischee ab. »Sie haben uns sehr geholfen, Signora Padovan. Vielen Dank.«

»Ich weiß nicht recht«, sagt sie. »Wie schade, dass ich die Notizen nicht behalten habe. Aber warten Sie, etwas hätte ich fast vergessen. Sie geht zurück in die Wohnung.

Doch noch ein brauchbarer Hinweis?

Sie kommt wieder und hält eine CD-Hülle in der Hand. »Signor Heinisch ist noch einmal wiedergekommen. Ein paar Tage nach seinem ersten Besuch. Er hat mir die alten Schelllackplatten, die er mitgenommen hat, überspielen lassen. Vielleicht möchten Sie ja die Stimme von Lilly Bergmann hören? Die vergessene Stimme. So wollte er übrigens sein Buch nennen.«

Die Mittagshitze flimmert auf dem Platz vor dem Haus. Nicolao spürt die eckige CD-Hülle sperrig in seiner Jackentasche. Die vergessene Stimme.

Ein riesiger schwarzer Hund trottet hinter einem Mann, der im Gehen den *Gazzettino* liest. Sehr gefährlich. Venedigs Gassen sind hundekotvermint. Weil die Besitzer immer genau in dem Augenblick in den *Gazzettino* versunken sind, wenn ihr Liebling scheißt.

Sara macht einen schnellen Schritt zur Seite. Was wie ein kleiner Tanzschritt aussieht, ist ein Manöver, um einer dieser übelriechenden Minen auszuweichen. »Shit!«, murmelt sie.

»Eindeutig«, sagt Nicolao. »Venedig ist zur Hundestadt verkommen. Wo sind bloß all die Katzen hin?« Eine Frage, die sich viele Venezianer stellen. Ohne schlüssige Antwort.

Nicolao und Sara gehen schneller, um das Boot der Linie 2 noch zu erreichen, das soeben an der Haltestelle bei der Salute-Kirche anlegt. Dann stehen sie auf der Plattform zwischen sehr vielen Touristen mit ihren Kameras, Koffern, Rucksäcken, Stadtplänen und strafverschärfenden Selfiestangen. Ausblenden ist die einzige Möglichkeit, damit zu leben.

»Luisa Padovans Mutter hat eine Jüdin versteckt, aber offenbar nicht viel darüber gesprochen. Warum?«

»Bescheidenheit? Oder ihre Rolle war nicht so selbstlos, wie ihre Tochter glauben möchte.« Sara macht dem Marinaio Platz, der den Metallschranken öffnet. »Ihr Badezimmer war übrigens sauber. Ich meine: kein Hinweis auf Tablettenmissbrauch oder so was. Badezimmer sagen ziemlich viel über die Bewohner.«

»Deswegen sind Sie ...?«

Sara nickt. »Bei der Gelegenheit habe ich auch einen schnellen Blick in ihr Schlafzimmer geworfen. Das war durchaus interessant. Sie besitzt ein Bild von Mario de Silva.«

»Muss man den kennen?«

Als Antwort lächelt Sara.

»Ja – und? Inwiefern ist das interessant?«

»Es gibt kaum Bilder von de Silva im Privatbesitz. Und wer eines hat, würde es normalerweise nicht im Schlafzimmer verstecken.«

»Sie kennen sich mit Malerei aus?«

»Ein bisschen.«

»Auch mit Musik? Diese Arie – *Vissi d'arte*? Wissen Sie, worum es darin geht?«

»Oper ist meine zweite Besessenheit. Neben der Ahnenforschung.«

»Und warum haben Sie das nicht gesagt? Mein Ego kann eine Assistentin vertragen, die mehr weiß als ich.«

Sara hebt die Schultern, langsam, als wäre ein Gewicht hochzustemmen. Ein unsichtbares Joch. Lässt sie unter dem Gewicht wieder sinken. »Ich nehme an, es sind meine Gene«, sagt Sara. »Nur nicht auffallen. Niemals zu offensichtlich mehr wissen als andere. Unter dem Radar bleiben. Immer. So hat man die besten Chancen zu überleben.«

Jüdische Gene? Heißt das, die Angst früherer Generationen lebt in den Körperzellen der Nachkommen weiter?

»Also wie war das mit Tosca?«

»Sie spürt den nahen Tod«, sagt Sara. »Auch wenn sie es noch nicht wissen kann. In dieser Arie beklagt sie sich darüber, dass sie immer nur für die Kunst gelebt hat. Und für die Liebe. Aktuell für die Liebe zu einem Maler namens Mario Cavaradossi, der von dem mächtigen Scarpia verdächtigt wird, einen seiner Feinde zu verstecken. Tosca findet sich plötzlich in einer ausweglosen Situation. Scarpia möchte sie vögeln. Im Tausch für diesen erpressten Beischlaf bietet er die Rettung ihres Geliebten an.«

Irgendwie unpassend, diese sehr direkten Worte aus Saras Mund. Aber vermutlich gibt es Dinge, die man nicht schönreden kann. Nicht einmal, wenn sie in einer Oper passieren.

»Was geschieht dann?«

»Kein Happy End. Tosca ersticht Scarpia präkoital. Aber der hatte nie vor, den Maler gehen zu lassen, und schon für Cavaradossis Tod vorgesorgt. Tosca begeht Selbstmord. Stürzt sich von der Engelsburg. Sie war übrigens Sängerin, genau wie Lilly Salomon.«

»Der Inhalt der Oper kurz zusammengefasst: Die beiden müssen sterben, weil Tosca dem falschen Mann gefällt?«

»Genau.«

»Ja dann müssen wir vielleicht nur diesen falschen Mann finden.«

»Der schon lange tot ist.«

Sie sind schon am Eingang zur Questura, als Sara fragt: »Hat Luisa Padovan eigentlich ein Alibi?«

»Keine Ahnung. Ich hab sie nicht gefragt. Sie ist Zeugin, nicht Verdächtige.«

»Es gibt etwas, was sie verschweigt.«

»Was? Wie kommen Sie denn darauf?«

»Ein Gefühl, nicht mehr. Vermutlich auch die jüdischen Gene, mit denen man so etwas spürt.«

19

»Jetzt ist er da«

»Jetzt ist er da«, sagt der General mit Genugtuung und deutet auf die Nachbarwohnung. Ganz so, als stünde er auf der Gehaltsliste der venezianischen Polizei und hätte den Auftrag gehabt, seinen Nachbarn zu observieren.

Wieder ist er tadellos gekleidet. Dunkelgrüner Blazer, die Krawatte goldfarben mit schmalen grünen Streifen. Scharfe Bügelfalten im dunklen Tuch der Hose. Die kontrapunktierenden Filzpantoffeln fehlen auch diesmal nicht.

Donatella kann übereifrige, überaufrechte Staatsbürger nicht leiden. Obwohl sie zugeben muss, dass sie bisweilen für polizeiliche Ermittlungen nützlich sind.

»Ja danke, ich weiß. Wir haben eine Verabredung mit ihm«, sagt sie. Sie bemüht sich um einen Ton zwischen abweisend und nicht zu unfreundlich. Möglicherweise wird die Zeugenaussage des rechtschaffenen Generals noch gebraucht.

»Verabredung«, wiederholt der General mit einem Gesicht, als hätte eben ein schlechter Geruch seine Nase erreicht. »Bringt man die Leute heutzutage nicht mehr in die Questura zum Verhör?«

»Nur wenn sie verdächtig sind. Nicht wenn es um eine einfache Befragung geht.«

»Befragung.« Der General schnaubt das Wort, als wäre er ein Pferd, dem man keine Möhren mitgebracht hat.

Donatella und Nardi gehen an ihm vorbei zu der Tür, an der M. Piccolo steht. Donatella spürt die Generalsblicke im Rücken und erinnert sich plötzlich daran, dass ihre nackten Beine zu blass sind und die alten Turnschuhe weder in Stil noch Farbe zu dem hellblauen Hemdblusenkleid passen. Fast wünscht sie sich in die Zeit zurück, als sie die dunkelblaue Uniform der Stadtpolizisten trug. Die Zeit bevor Nicolao sie dazu drängte, Kurse an der Polizeiakademie zu belegen.

Was solls, denkt sie. Nardi ist elegant für zwei. Der General plant offenbar keinen Rückzug, sondern bleibt abwartend in seiner offenen Wohnungstür stehen.

Kann man neugierige Generäle verscheuchen? Donatella will keinen Konflikt mit einem möglichen wichtigen Zeugen in einer Gerichtsverhandlung.

Nardi drückt den Klingelknopf. Assistententätigkeit.

Das Äußere des Mannes, der ihnen dann gegenübersteht, ist so unerwartet, dass Donatella zur Sicherheit fragt: »Signor Piccolo? Mariano Piccolo?«

Der blonde Mann mit den blitzblauen Augen nickt. Irgendwie hat Donatella schwarze Locken und Glutaugen erwartet. Ein sizilianisches Klischee eben. Nicht einen Terence-Hill-Klon. Auch seinem Namen wird er nicht gerecht. Er ist deutlich größer als Donatella, etwa so groß wie Nardi. Das blassblaue kurzärmlige Poloshirt lässt unter gebräunter Haut Muskeln sehen, die auf die Mitgliedschaft in einem Ruderklub deuten. Dieser Fall hat eine Menge mit schönen Menschen zu tun, denkt Donatella.

Nach dem obligaten zweistimmigen *permesso* stehen sie in einem Wohnraum, der in erster Linie dafür gedacht ist, die Bilder an den Wänden zur Geltung zu bringen.

Donatella ist keine Kunstkennerin. Aber die Bilder gefallen ihr. Reflexe im Wasser, Wolkenstimmungen, venezianisches Licht. Sehr sparsame Andeutung von Architektur oder Landschaft. Schöne Menschen und schöne Wohnungen, denkt sie. Das einzig Unschöne ist die Tatsache, dass einer von diesen schönen Menschen vermutlich ein Mörder ist.

»Sie sind aus Sizilien?«, fragt sie. Zur Sicherheit.

»Trapani«, präzisiert Piccolo. »Bei mir kommen in väterlicher Linie die Normannen durch.« Er lächelt in Nardis Richtung. Nardi lächelt zurück.

Normannen? So etwas wie Wikinger? Was hatten die in Sizilien zu suchen?

Bei Donatella meldet sich eine schwache Erinnerung an Geschichtsstunden. Ziemlich lange her. Elftes Jahrhundert? Befreiung von der sarazenischen Herrschaft? Etwas in der Art.

»Einer meiner Onkel mütterlicherseits trägt sogar noch den Familiennamen Guiscard«, bemerkt Piccolo.

Guiscard? Da streikt nun Donatellas Erinnerung. Der Name sagt ihr gar nichts. Offenbar ist ihr das anzusehen.

»Roger Guiscard war König von Sizilien«, erklärt Piccolo. Da ist ein Anflug von Bedauern in der Stimme. Vermutlich, weil er sich mit dem simplen »Piccolo« aus der väterlichen Linie zufriedengeben muss.

Elegant abgewohnte Korbmöbel spielen Jahrhundertwende. Auf dem Glastisch steht eine Karaffe. »Belebtes Wasser«, sagt Piccolo. »Amethyst, Rosenquarz und Bergkristall.« Er deutet auf die teils durchsichtigen, teils zartfarbigen Steine, die am Boden des Glaskruges liegen und offenbar für die Belebung zuständig sind.

»Danke, nein.«

»Danke, ja.«

Donatella und Nardi sagen es gleichzeitig.

Piccolo stellt ein Glas vor Nardi, gießt ein. Nardi trinkt. Falls ihn das Wasser belebt, ist das jedenfalls äußerlich nicht erkennbar.

Donatella übernimmt weiterhin das Fragen. »Sie haben eine Beziehung zu Manuel Cranz?«

Piccolo seufzt. Tief. Ein Seufzer, der auch perfekt entwickelte Muskeln am Oberkörper erahnen lässt. Das Poloshirt liegt eng an. Ganz sicher ein Ruderklub.

»Wir waren drei Jahre lang ein Paar«, sagt er. »Bis Manuel diesen Schriftsteller kennengelernt hat.«

»Vor etwa einem Jahr?«

»Vor neun Monaten und siebzehn Tagen.«

Aha. Er führt Buch. Das sagt doch schon etwas.

»Und seither?«

»Sind wir kein Paar mehr.«

»Aber Signor Cranz besucht Sie nach wie vor?«

»Ja.«

»Wie ist das zu verstehen?«

»Er hat Gedächtnisprobleme.«

»Wie bitte?« *Was genau vergisst er?*

Piccolo lächelt vielsagend. Mit Grübchen in den Wangen.

Definitiv ein Terence-Hill-Klon.

»Gedächtnisprobleme? Meinen Sie damit, er vergisst ab und zu, dass er in einer neuen Beziehung ist?«

Piccolo schüttelt den Kopf. »Nein, das vergisst er leider nicht. Ich meinte seine Rollen. Es macht ihm in letzter Zeit Schwierigkeiten, sich die Texte zu merken. Ich frag ihn ab. Studiere seine Rollen mit ihm ein. Seinem neuen Partner ist so etwas zu banal. Er hat keine Zeit dafür.«

»Signor Cranz hat uns eine etwas andere Geschichte erzählt. Sie hätten die Trennung nur schwer verkraftet.«

»Wer gibt schon gerne zu, dass sein Gedächtnis nachlässt? Da klingt es doch viel besser, wenn man dem verlassenen Ex beisteht.«

»Neun Monate und siebzehn Tage. Ihre Worte. Sie wissen sehr genau, seit wann Ihre Beziehung beendet ist.«

»Ich besitze einen Kalender. Und ich schreibe Tagebuch.«

»Sie haben also nicht von Selbstmord gesprochen?«

Piccolo seufzt wieder. »Manuel ist Schauspieler. Er dramatisiert gerne. Das tun sie alle. Warum wird man Schauspieler? Vielleicht hab ich einmal gesagt, dass ich mir ein Leben ohne ihn nicht vorstellen kann. Oder etwas in der Art. Mittlerweile kann ich.« Blitzblaue Augen suchen Nardis Blick. »Ich bin wieder zu haben.«

Flirtet der Mann ganz offen mit meinem Assistenten? Mitten in einer Befragung zu einem Mordfall?

Donatella blättert irritiert in ihrem Notizbuch. »Wo waren Sie letzten Donnerstag zwischen zehn Uhr am Abend und Mitternacht?«

Piccolo nickt. »Manuel hat mir gesagt, dass Sie danach fragen würden. Ich bin vorbereitet. Also: Zuerst war ich bis etwa acht Uhr abends in meinem Ruderklub. Im Bucintoro. Wir trainieren für die Regata Storica im September. Die anderen wollten dann noch ins Acqua Santa.«

Ins Weihwasser???

»Unsere Stammkneipe. Leider hatte ich keine Ahnung, dass ich ein Alibi brauchen werde, sonst wäre ich mitgegangen. Aber stattdessen bin ich mit meinem Sandolo hinaus in die Lagune. Ein idealer Ort zum Nachdenken.«

»Allein?«

»Allein.«

»Wie lange haben Sie nachgedacht?«

»Ich schätze, dass ich gegen halb elf zu Hause war.«

»Kann das jemand bestätigen?«

»Wenn ich Glück habe, der General.« Ein ausgeprägtes Kinn mit markanter Senkrechtfalte weist Richtung Treppenhaus. »Er ist ein sehr – äh – aufmerksamer Nachbar. Aber ich glaube eher nicht. Ich hab versucht, leise zu sein.

Außerdem würde seine Erinnerung sofort nachlassen, wenn er wüsste, dass es darum geht, mir ein Alibi zu geben. Er kann Schwule nicht leiden.«

Nardi stellt Glas auf Glas ab. Sorgfältig ein Klirren vermeidend. »Was machen Sie eigentlich beruflich?«

»ACTV«, sagt Piccolo, die Abkürzung für die venezianischen Verkehrsbetriebe verwendend. »Derzeit auf der Linie 2, der Touristentour.«

»Kannten Sie Gregor Heinisch?«

»Nein.«

»Sie haben ihn nie getroffen? Nicht in der fraglichen Nacht und auch vorher nicht?«

»Getroffen: nein. Aber ehe Sie es in dieser Stadt der tausend Augen von wem anderen erfahren, sag ich es lieber gleich. Ich hab ein paar Mal vor seinem Haus gewartet. Wie man das eben so macht, wenn man etwas mit eigenen Augen sehen muss, um es zu glauben. Manuel mit einem neuen Partner. Der reine Masochismus. Na ja – gemischt mit Neugierde.«

Wieder seufzt er.

Der Mann seufzt viel.

»Und haben Sie die beiden gesehen?«

»Ja.«

»Und jetzt, wo Gregor Heinisch tot ist? Werden Sie Ihre Beziehung zu Manuel Cranz wieder aufnehmen? Ich meine, auf einer anderen Ebene als der des helfenden Souffleurs?«

Piccolo lächelt Nardi jetzt ganz offen an. »Ich glaube, ich sollte wirklich neu durchstarten.«

»Das war es für heute.« Donatella steht auf. Der Korbstuhl ächzt leise.

Nardi klappt sein Notizbuch zu, steht ebenfalls auf und betrachtet die Bildergalerie. Im Hinausgehen bleibt er vor einer Nebelstimmung in der Lagune stehen. »Ein besonders schönes Bild.«

»Ich sehe, wir haben den gleichen Geschmack«, antwortet Piccolo.

»Ein Nachkomme des Königs von Sizilien arbeitet also in Venedig als Bootsmann«, sagt Donatella auf dem Weg zur Questura. Sie bahnen sich nicht ohne Mühe einen Weg durch einen Schwarm japanischer Touristen.

»Und hat kein Alibi«, ergänzt Nardi. Er steckt sein Notizbuch ein, in das er im Treppenhaus schnell einige Worte notiert hat.

Ist ihm eingefallen, dass er seinen Friseur anrufen muss? Oder seinen Schneider? Oder Seife mit Rosmarinduft kaufen? Donatella hat nichts gegen Rosmarin, vor allem in Verbindung mit Lammkoteletten, aber dieser leichte Anflug von Kräutergarten, der Nardi ständig umweht, erinnert sie an den kolportierten Waschzwang des Kollegen.

Sie kreuzen einen der heillos überfüllten Touristenpfade. Donatella betrachtet irritiert ein schleimiges kleines gelbes Monster, das ihr von einem Verkäufer unter die Nase gehalten wird. Nur ein Euro! Der Dunkle klatscht das Monster auf einen Pflasterstein, wo es kleben bleibt.

»Außerdem ist mir noch eine Unstimmigkeit aufgefallen.« Nardi umgeht ein Paar, das mit einer Selfiestange hantiert.

»Ja?« Donatella schaut ihren Assistenten fragend an.

Der schüttelt den Kopf. »Vielleicht ist es gar nichts. Ich brauche noch ein paar Infos. An die komme ich jetzt am Wochenende aber nicht.«

Warum kann er nicht einfach sagen, was ihm aufgefallen ist? Donatella stellt fest, dass ihr Nicolao fehlt. Nicolao mit seiner direkten Art, ganz ohne Waschzwang und ohne Armani. Altes Ehepaar eben.

20
Rat mal

»Rat mal, wo die Tochter ist!« Donatella steht in der Tür zu Nicolaos Büro und unterbricht mit ihrer Frage seine Gedanken an die Sängerin Lilly Bergmann. Und an Saras Liste. Außerdem kann er Fragen, die mit den beiden Worten »Rat mal« beginnen, grundsätzlich nicht leiden.

»Wessen Tochter?«

Wieder sieht er Saras Liste vor sich. Tochter von, verheiratet mit, verhaftet am. Deportiert nach.

»Na wessen Tochter wohl? Wie viele Mordermittlungen haben wir denn derzeit?«

»Du meinst diese fast vergessene Tochter, die in Hamburg lebt?«

»Genau die. Nur dass sie derzeit nicht im fernen Hamburg weilt, sondern mit Ehemann in Abano. Und das schon seit über einer Woche.«

Nicolaos Gedanken sind noch immer nicht bereit, das Jahr 1943 zu verlassen. Entsprechend desorientiert ist sein Gesichtsausdruck.

»Abano! Ich rede von diesem netten kleinen Badeort, weniger als eine Autostunde von Venedig entfernt, bekannt für sein heilendes Thermalwasser«, präzisiert Donatella mit der Geduld einer Grundschullehrerin.

Nicolao begreift allmählich. Seine Gedanken bewegen sich schwerfällig. Wie sich eben Gedanken bewegen, die gerade noch in Auschwitz waren.

»Das heißt, sie war auch zur Tatzeit in der Nähe?«

»Bravo. Genau das heißt es.«

»Zufall vermutlich.«

»Weißt du was? Immer, wenn ich das Wort Zufall höre, zieht es in meiner operierten Achillessehne. Eine alte Tennisverletzung.«

»Eine interessante Wirkung. Aber warum sollte diese Tochter aus einem früheren Leben ihren Vater umbringen? Angeblich haben die beiden schon lange keine Verbindung zueinander.«

»Aus einem früheren Leben«, wiederholt Donatella. In dem Ton, in dem man sagt: »Diese Stadt hat eine Rattenplage.«

»Wie gerne hättest du einen Vater, der dich als lästige kleine Panne betrachtet?«

»Okay. Das mag für ihren Therapeuten interessant sein. Für uns doch nicht.«

Da ist er wieder, der Auffassungsunterschied.

»Also ich bleib da dran. Und du – wie weit bist du inzwischen?«

»Ich lerne venezianische Geschichte. Weißt du, wie viele Juden in den Jahren 43, 44 aus Venedig deportiert wurden?«

»Nein. Und wenn es dir irgendwie möglich ist, würde ich es lieber nicht erfahren. Um deprimierende Nachrichten mache ich gerne einen großen Bogen.«

»Ja, das tun wir alle. Damals wie heute.«

Donatella verdreht die Augen nach oben, wie es Kinder tun, wenn sie aufgefordert werden, endlich ihr Zimmer aufzuräumen und Aufgaben zu machen. Ein Vergleich, der in diesem Zusammenhang durchaus berechtigt ist. Nicolao ist im Begriff seine Aufgaben zu machen und in der Vergangenheit aufzuräumen.

Nicht dass er eine besondere Vorliebe dafür hätte, in kollektive Abgründe zu blicken. Die individuellen aus seiner täglichen Arbeit genügen ihm völlig. Aber wenn in so einem kollektiven Abgrund das Motiv für einen Mord zu finden ist, dann ist schonungsloses Abgrundschauen angesagt.

Donatella wirkt noch immer leicht genervt. Nicht die geringste Lust, sich an Nicolaos Obsession zu beteiligen. »Kommst du nun mit nach Abano oder nicht?«

»Oder nicht.« Nicolao glaubt nicht an die Rache der vergessenen Kinder.

Wenig später sitzt Nicolao am Steuer des dunkelblauen Alfa. Ein Dienstfahrzeug, das er von der Polizeistation an der Piazzale Roma übernommen hat. Er fühlt sich unbehaglich. Venezianer fühlen sich grundsätzlich am Steuer eines Gefährts mit vier Rädern unbehaglich. Sie sind auf Booten unterschiedlichster Art groß geworden. Damit kennen sie sich aus. Autos halten sie für befremdliche und überdies gefährliche Mittel zur Fortbewegung. Und Straßen sowieso für Todesfallen.

Aber die Tatsache, dass er einen Alfa steuert, ist nicht der einzige Grund dafür, dass er sich unbehaglich fühlt. Der zweite Grund sitzt neben ihm. In einem rostroten Leinenkleid, das die Farbe der Sommersprossen auf ihren Armen betont. Die Kollegin aus Wien, die ihn hartnäckig an ein Foto von Ingeborg Bachmann erinnert. Der Wunsch, dieses fremdartige Wesen zu umarmen, war vom ersten Augenblick an da. Etwa so, wie man spontan die Sonne umarmen möchte, wenn sie sich nach Wochen zähen Nebels endlich wieder zeigt. Also ein sehr theoretischer Wunsch. Die Sonne auf dem Beifahrersitz ist eine ganz andere Sache. An ihr kann man sich verbrennen, wenn man nicht aufpasst. Übrigens auch, wenn man aufpasst.

»Sie glauben nicht an diese Tochter als Tatverdächtige?«

»Nein«, sagt Nicolao.

»Warum fahren wir dann nach Abano?«

»Ich, weil sich Donatellas Sohn den Arm gebrochen hat. Und Sie, weil Sie Deutsch sprechen.« Es klingt unfreundlicher, als er wollte. Aber ein Venezianer kann unmöglich gleichzeitig Auto fahren und freundlich sein.

»Verstehe.«

»Diese Tochter in Abano – hat sie jemand verständigt?«

»Ja, ich. Donatella hat mich darum gebeten. In der Annahme, dass sie kein Italienisch kann.«

»Das heißt, sie kann?«

»Ganz gut sogar. Wir haben uns auf Italienisch unterhalten.«

»Sie haben ihr gesagt, wie er gestorben ist?«

»Ja.«

»Wie war die Reaktion?«

»Erwartungsgemäß. Angemessenes Entsetzen über das gewaltsame Ende. Angemessene Abwesenheit von Trauer. Angeblich hat sie ihren Vater nie kennengelernt. Er hat noch während der Schwangerschaft seiner damaligen Ehefrau umdisponiert.«

»Umdisponiert?«, wiederholt Nicolao. »Sie meinen, man steigt auf Homosexualität um, so wie man statt Jura doch lieber Politikwissenschaften belegt?«

»Ich wollte damit nicht andeuten, dass es einfach ist.«

Er merkt, dass sie ihn von der Seite her mustert. Er kann nicht zurückschauen, weil er sich auf das Durcheinander von Fahrzeugen konzentriert. Vor ihm blinkt einer nach rechts und ordnet sich zum Linksabbiegen ein.

Ich will hier weg. Von den Straßen, auf denen Chaos pur herrscht. Und von dieser Frau neben mir. Ich bin glücklich verheiratet. Korrektur: Ich bin verheiratet. Was denke ich da? Ich bin mit Laura durchaus –

»Die Abfahrt nach Abano!«, mahnt die Stimme der Sonne neben ihm.

Die Ausfahrt von der Autobahn ist gut beschildert. Unübersehbar, selbst für einen venezianischen Autofahrer. Außer er ist mit Gedanken an seine Ehe beschäftigt.

»Wofür ist dieses berühmte Thermalwasser von Abano eigentlich gut?«

»Rheumatismus, soviel ich weiß.«

»Ist diese Tochter nicht zu jung für Rheumatismus?«

»Wir können sie ja gleich fragen.«

»Welches Hotel?«

Anna Mahler konsultiert einen Notizzettel. »Terme Venezia.«

»Ausgerechnet«, meint Nicolao.

Die Frau hat einen schmalen, kaum vorhandenen Mund. Trotzdem gelingt es ihr, hübsch zu sein. Mund ist nicht alles. Große braune Augen, hohe Wangenknochen. Brünette Haare, kurz geschnitten, aber so, dass sie ihr auf eine attraktive Weise in die Stirn hängen. Durchtrainierte schlanke Figur. Hat so jemand Rheumatismus? Sie erinnert ihn an irgendwen. Er kommt nicht darauf.

Anna Mahler nennt ihren und Nicolaos Namen.

»Fiona Selbmann, geborene Heinisch.« Der schmale Mund bemüht sich erst gar nicht zu lächeln.

»Wollen wir deutsch sprechen?«, fragt Anna Mahler. »Dann müsste ich allerdings zwischendurch für meinen Kollegen übersetzen.«

Nicolao fühlt sich doppelt unnütz bei dieser Befragung. Falsche Sprache und falscher Verdacht sowieso.

»Meinetwegen auch italienisch, wenn Sie mein Akzent nicht stört. Aber ich kann Ihnen in keiner Sprache weiterhelfen. Ich kenne meinen Vater nicht. Er hat bis zu meinem achtzehnten Lebensjahr Alimente gezahlt. Nicht gerade üppig, aber immerhin. Das war's.«

»Sie haben nie den Versuch unternommen, ihn zu sehen?«

»Ich habe lange nicht gewusst, wer er ist. Meine Mutter ist meinen Fragen erst ausgewichen und hat dann behauptet, nicht zu wissen, wo er lebt. Sie hat es persönlich genommen, dass ihr Ehemann erst mit ihr ein Kind produziert hat und dann umgehend homosexuell geworden ist. So etwas erschüttert das Selbstbewusstsein.«

»Und dann, als Sie wussten, wer er ist?«

»Dann habe ich seine Bücher gelesen. So weit hat er mich doch interessiert.«

Sie streicht sich die Haare aus der Stirn. Jetzt weiß Nicolao, an wen sie ihn erinnert. An den Mann, der in feuchter Kleidung auf Bonninos Nirosta-Tisch lag. Dieselbe hohe Stirn, der Haaransatz, die gleiche Haarfarbe. Eigentlich keine Überraschung. Trotzdem könnte die Natur rücksichtsvoller sein und die vergrämte Exfrau nicht ständig per Kind an den abtrünnigen Partner erinnern.

»Und«, fragt Anna Mahler, »wie finden Sie seine Bücher?«

»Ganz gut«, sagt die Tochter knapp.

»Wann waren Sie zuletzt in Venedig?«

»Vor fünf oder sechs Jahren. Mit meiner Yoga-Gruppe. Kein Bedarf, diese Erfahrung zu wiederholen. Venedig meine ich, nicht Yoga. Sieben Euro fünfzig für eine kurze Fahrt mit dem Vaporetto. Das ist doch Nepp pur. Vom miserablen teuren Essen ganz abgesehen.«

Nicolao versucht erfolglos, sich nicht zu ärgern. Touristen bekommen, was sie verdienen: Touristenfutter und Touristenpreise. Man muss in Venedig geboren sein oder sich in die Stadt verlieben, um das Venedig zu sehen, das Turner gemalt hat. Seine Kollegin hat augenscheinlich kein Problem mit der herben Kritik. Nun, sie ist schließlich keine Venezianerin. Sie ist in den schrecklichen Städten Wien und Rom zu Hause.

»Und Sie haben nicht daran gedacht, Ihren Vater zu treffen, wenn Sie schon mal in der Stadt waren?«

»Um ehrlich zu sein, ich habe kurz im Telefonbuch nachgeschaut. Aber er steht nicht drin.«

»Sie sehen nicht aus, als hätten Sie Rheumatismus«, wird Nicolao seine Frage endlich los.

»Ich bin mit meinem Mann hier. Er hat Rheuma.«

Aha, denkt Nicolao. Das übliche Klischee. Abwesender Vater bewirkt Ehe mit einem älteren Mann. Suche nach der Vaterfigur und all das psychologische Zeug. Klischees entstehen ja nicht ganz ohne Grund.

Anna Mahler stellt die Frage. »Wo waren Sie in der Nacht von Donnerstag, 15. auf Freitag, 16. Juli?«

»Hier im Hotel. Mein Mann kann das bezeugen. Aber ich nehme an, das hat nicht viel zu sagen? Ich meine, weil er doch auf jeden Fall bestätigen würde, dass ich im Hotel war. Auch wenn ich schnell mal nach Venedig gefahren wäre, um meinen Vater umzubringen.«

»Und – sind Sie, haben Sie?« Nicolaos Kollegin fragt es in einem Tonfall, in dem man sich etwa erkundigen würde: Wo lassen Sie Ihre Haare schneiden?

»Nein«, sagt die Frau mit dem kleinen Mund. Es ist ein entsprechend kleines Nein. Aber doch entschieden. Manchmal sind die kurzen Antworten am überzeugendsten.

»Wo ist Ihr Mann jetzt?«

»Da kommt er.«

Das energische Kinn weist in eine Richtung. Der Blick wird weicher. Der kleine Mund kann doch lächeln. Es scheint sich um eine intakte Ehe zu handeln. Oder um eine gute Schauspielerin.

Der Ehemann widerspricht Nicolaos psychologisch gefärbten Vorahnungen. Er wirkt nicht älter als seine Frau und auch sein Rheumatismus ist ihm nicht anzusehen. Er trägt so etwas wie einen Trainingsanzug, obwohl er vom Typ her eher nach Anzug und Krawatte aussieht.

»Entschuldigen Sie mein Outfit«, sagt er, als hätte er Nicolaos Gedanken gehört. »Ich komme direkt von einer Moorbehandlung.«

Nicolao hört verwundert ein akzentgefärbtes, aber durchaus korrektes Italienisch.

Was ist los mit uns Italienern? Wieso lernen wir keine Sprachen? Während die Deutschen und Österreicher offenbar geschlossen italienische Volkshochschulkurse belegen.

»Ihr Italienisch ist sehr gut, Signor Selbmann«, sagt Anna Mahler und lächelt ihr verbrennendes Sonnenlächeln.

Der Krawattentyp im Jogginganzug lächelt wie hypnotisiert zurück. »Danke. Ich habe ein Jahr in Padua studiert.«

Nicht Volkshochschule, nein, sogar Universität.

Ein Räuspern seiner Frau holt Selbmann aus der Hypnose.

»Ich nehme an, Sie wollen mich fragen, ob meine Frau hier im Hotel war, als ihr Erzeuger starb? Das Wort ›Vater‹ verwende ich bewusst nicht.«

Einer Antwort kommt er zuvor.

»Sie brauchen mir gar nicht zu sagen, welche Nacht es war. Meine Frau hat jede Nacht hier im Hotel verbracht. Und glauben Sie mir, ich hätte bemerkt, wenn sie stundenlang weggewesen wäre. Ich habe einen unruhigen Schlaf. Gliederschmerzen.« Er verdreht die Schultern, wie um auch für Polizisten verständlich zu machen, was unter Gliederschmerzen zu verstehen ist.

»Sie sehen nicht aus, als hätten Sie Rheumatismus«, wiederholt Nicolao sich selbst. Irgendwie hat er sich rheumageplagte Menschen anders vorgestellt.

»Macht uns das verdächtig?«, fragt Selbmann. »Ich habe Rheuma, seit ich sechzehn bin. Das gibt es. Und ich komme schon seit Jahren mit meiner Frau zur Kur hierher. Ich bade im Thermalwasser, sie spielt Golf. Bis jetzt hat ihr Vater das noch jedes Mal überlebt.«

Nicht nur Frührheumatiker und Leichtschläfer, auch Frohnatur. Immerhin – die unerwünschte Tochter hat ein Alibi. Ein nicht besonders taugliches, aber polizeitechnisch gesehen doch ein Alibi.

»Wie lange wollen Sie noch in Abano bleiben?«, fragt Anna Mahler.

»Bis kommenden Samstag«, sagt Selbmann.

»Wann soll denn, wann wird denn …«, beginnt die Tochter, stockt.

Es ist klar, was sie fragen will.

»Wir können noch nicht sagen, wann der Verstorbene freigegeben wird. Es werden noch toxikologische Untersuchungen gemacht«, beantwortet Nicolao das Unausgesprochene.

»Sie meinen, man hat ihn nicht nur erschlagen, sondern auch vergiftet?« Die Frage kommt äußerst sachlich aus dem kleinen Mund.

»Es handelt sich um Routineuntersuchungen«, sagt Nicolao.

Die Rückfahrt hat zumindest den unbestreitbaren Vorteil, dass sie für Nicolao in die einzig richtige Richtung führt. Nach Venedig.

»Das Ganze hätten wir uns sparen können«, brummt er irgendwann. »Ziemlich unwahrscheinlich, dass die Tochter aus heiterem Himmel Mordgelüste entwickelt.«

»Wir wissen nicht, wie heiter der Himmel war. Ich meine damit ihren seelischen Wetterbericht.«

»Aber sie hat ihren Vater doch gar nicht gekannt.«

»Möglich.«

»Sie glauben ihr nicht?«

»Jedenfalls kostet die Einzelfahrt mit dem Vaporetto erst seit Beginn des vergangenen Jahres sieben Euro fünfzig.«

»Mhm«, macht Nicolao. Das »Mhm« bleibt eine Weile in der Schwebe. Nicolao nimmt ihm die Neutralität. »So etwas kann man durch Zufall irgendwo hören.«

»Zufall.« Anna Mahler wiederholt das Wort, als müsste sie etwas Störendes zwischen den Zähnen entfernen.

»Was ist es bei Ihnen?«, fragt Nicolao.

»Wie bitte?«

»Es gibt Leute, die können das Wort Zufall nicht ohne

Nebenwirkungen hören. Bei Donatella meldet sich ihre operierte Achillessehne. Und bei Ihnen?«

»Die Intelligenz.«

Nicht viele Menschen können auf ihre eigene Intelligenz verweisen, ohne lächerlich oder wenigstens unglaubwürdig zu wirken. Anna Mahler gehört zu dieser Minderheit.

»Und besagte Intelligenz – was meint sie?« Nicolao klingt gereizt.

»Dass wir endlich wissen müssen, was im Testament des Toten steht. Hat sich darum schon jemand gekümmert? Wie lange dauert so ein richterlicher Beschluss in Venedig?«

Schon wieder ein Angriff auf seine Stadt.

»Könnt ihr in Wien oder Rom einem Richter Vorschriften machen?«

»Man kann Fäden ziehen.«

»Fäden ziehen!« Nicolao spuckt die beiden Wörter aus, als wären sie irrtümlich in seinen Mund geraten. »Wichtiger wäre, dass Sie sich mit Bossi wegen der deutschen Files abstimmen.«

»Ich habe schon angefangen zu übersetzen«, sagt Anna Mahler gelassen. »Angefangen«, wiederholt Nicolao. »Und wir vergeuden Zeit in Abano.«

»Welche Zeit vergeudet war, wissen wir doch immer erst im Nachhinein«, sagt die Kollegin, die er manchmal umarmen möchte. Manchmal aber auch nicht.

21

Wie geht es

»Wie geht es Ihrem Sohn?« Nardi tritt in Naturtönen auf. Jede einzelne Faser ruft laut »Armani«.

»Glatter Bruch der Speiche.« Nardis gut gekleidete, nach Kräutern und Zitrone riechende glatt rasierte Nähe ist Donatella unbehaglich. Sie hat kein Vorurteil gegen

Homosexuelle. Sie dürfen schwul sein, so viel sie wollen. Als Kollegen sind sie trotzdem ein Problem, jedenfalls für Donatella. Sie weiß nicht genau, warum. Aber die übliche Kumpelhaftigkeit wie zu anderen Kollegen will sich nicht einstellen. Sie war es doch, die sich mit ihm verpartnern wollte, denkt sie. Und stellt fest, dass dieses Wort schon anderwärts vergeben ist. Sie will vom privaten möglichst schnell auf berufliches Terrain. »Wie haben Sie so schnell den richterlichen Bescheid für die Testamentseröffnung bekommen?«

Vermintes Terrain.

»Ich habe einen ganz guten Draht zu Richter Meninghini.«

Donatella versucht sich den Richter in Erinnerung zu rufen. Ist er etwa auch …? Nardis Gesicht gibt nichts preis. Donatella behält die Frage für sich.

Manche Notare sind genaue menschliche Ausformungen ihres Berufstandes. Sie wirken irgendwie klein gedruckt, in Kapitel unterteilt, unterschriftsreif. Und dann gibt es die anderen, die vom Leben gegen den Typ besetzt sind. Die man sich am besten in Hawaiihemden vorstellen kann, obwohl natürlich auch sie ihren Klienten gegenüber in notarieller Verkleidung mit Anzug und Krawatte auftreten.

Dottor Ettore Veronese gehört eindeutig zur zweiten Kategorie. Das helllila Hemd kommt ohne Krawatte aus, der graue Leinenanzug knittert teuer. Sein gebräuntes Gesicht bildet einen attraktiven Gegensatz zur weißen Haarmähne.

Er kommt ihnen entgegen, schüttelt Hände, bestellt Kaffee bei der Sekretärin, weist auf die strengen Sitzgelegenheiten, strahlt sie an. Oder sind die Strahlen doch eher nur an Nardi gerichtet? Wer trägt helllila Hemden? Etwa ein geheimes Zeichen? Das wird zur Paranoia bei mir, denkt Donatella.

»Ging ja schnell mit dem Bescheid!«, sagt der Notar und reibt sich die Hände. Wie Sportler, ehe sie zu einem

Wettbewerb antreten. Vor ihm auf dem Schreibtisch liegt das amtlich wirkende Blatt mit der richterlichen Unterschrift. Donatella zuckt mit den Schultern. Nardi lächelt.

»Ich habe Gregor Heinisch ganz gut gekannt«, sagt Veronese und lässt die passenden Wolken über seine sichtlich sonnenverwöhnte Gesichtslandschaft ziehen. »Man könnte fast von einer Freundschaft sprechen. Gelegentliche gegenseitige Einladungen, ab und zu ein Opernbesuch. Wir wollten uns übrigens in dieser Woche treffen. Am Freitag. Hier in der Kanzlei. Und dann essen gehen. Richtig, die Tischreservierung muss noch storniert werden.«

»Hat er gesagt, worum es geht?« Donatella beugt sich unwillkürlich vor, wie es Menschen im Kino tun, wenn im Film jemand ahnungslos einen Raum betritt, in dem der Mörder lauert.

»Er hat den Termin mit meiner Sekretärin vereinbart. Wenn ich Gregor treffe, legt sie den Termin immer so, dass wir anschließend essen gehen können. Ja, worum konnte es wohl gehen? In erster Linie ist da natürlich an sein Testament zu denken. Er hat es zuletzt vor ein paar Monaten geändert – ziemlich grundlegend. Aber da hat sich ja auch privat einiges bei ihm getan. Aus der Sache mit Manuel Cranz ist etwas Ernstes geworden.«

Donatella lehnt sich zurück. »Und an welchem Tag hat er diesen Termin mit Ihnen vereinbart?«

Der Notar drückt eine Taste auf seiner Telefonanlage. »Wann wurde der Termin Heinisch fixiert? Montag, 5. Juli? Für Freitag, den 23.? Danke sehr. Ah ja, und sagen Sie die Tischreservierung im Corvo ab.«

Nardi konsultiert seine Aufzeichnungen. »Am 5. Juli beschließt Gregor Heinisch, etwas mit Ihnen besprechen zu wollen. Er vereinbart einen Termin für den 23. – die Sache kann also nicht extrem dringend gewesen sein. Zu dem Gespräch kommt es allerdings nicht mehr, weil er in der Nacht von 15. auf 16. stirbt.

Veronese nickt zustimmend.

»Und Sie wissen nicht, worum es gehen sollte?«, fragt Nardi.

»Ich habe wie gesagt keine Ahnung. Testamentarisch war ja alles geregelt. Oder hat er sich mit Cranz überworfen?«

»Danach sieht es nicht aus.«

»Und in zweiter Linie?«

Donatellas Gedankengang ist eine Kleinigkeit zu sprunghaft. Veronese schaut sie verwirrt an.

»Der Grund für den Termin, Sie sagten vorhin …«

»Ach so, ja. Da war noch ein Thema, das infrage kommt. Es kann sein, dass er über Mose mit mir sprechen wollte.«

»Das Projekt Mose? Inwiefern sind Sie daran interessiert?«

»In meiner Eigenschaft als Vorstand des Komitees ›Venezianer für Mose‹. Ich bin in einer Erdgeschoßwohnung aufgewachsen. Das heißt: mit nassen Füßen. Diese geniale Technik kann Venedig von der ständigen Hochwasserbedrohung befreien. Ich glaube daran, dass es funktionieren wird.«

»Amen«, sagt Nardi.

Veronese lächelt. »Irgendeine Religion braucht der Mensch.«

»Und Gregor Heinisch – glaubte er auch an Mose?«

»Ganz im Gegenteil. Aber er interessierte sich für den finanziellen Aspekt. Immer wenn das Geld für das Projekt Mose ausgeht, dann kommen aus der ganzen Welt Spendengelder zur Rettung Venedigs. Das meiste versickert. Wir sind beide daran interessiert, die Nehmer ein bisschen zu – beunruhigen.«

»Aber Sie leben«, sagt Donatella. »Im Gegensatz zu Signor Heinisch.«

»Offensichtlich. Und durchaus angstfrei. Korruption ist hierzulande ein Kavaliersdelikt. Mord eher doch nicht.

Mord wirbelt Staub auf. Ich glaube, die mit den offenen Händen wollen alles andere als aufgewirbelten Staub.«

»Noch ein Glaubensbekenntnis«, sagt Nardi.

Donatella fasst zusammen: »Er wollte also entweder sein Testament noch einmal ändern oder er hatte Informationen über versickerte Mose-Spendengelder. Beides hat sein Tod verhindert.«

Veronese nickt. Donatella schaut auf die Mappe in seinen Händen.

»Dann wollen wir doch mal sehen, was uns das Testament sagt.«

22
Alle sind schon versammelt

Alle sind schon versammelt, als Nicolao die Tür zum Besprechungszimmer öffnet. Donatella in einem unkleidsamen Kostüm, das an Flugbegleiterinnen einer Billig-Airline erinnert. Sara in einer Weiße-Bluse-Dunkler-Rock-Sache. Nardi in schwarzer Leinenhose und schwarzem T-Shirt. Beides laufstegtauglich. Weiß der Himmel, warum. Anna Mahler in einem graublauen Leinenkleid. Eines dieser Art, als wäre es an ihr gewachsen und nicht dafür gedacht an- oder ausgezogen zu werden.

Sie muss für jeden gottverdammten Sommertag des Jahres so ein Leinenkleid haben.

Nicolao verordnet seinen Augen eine genaue Musterung des Aktenschranks gegenüber. Das Testament interessiert ihn nur mäßig. Es stimmt schon: All das muss recherchiert werden. Aber er ist mehr und mehr davon überzeugt, dass der Fall Gregor Heinisch nur zu lösen ist, wenn die Umstände von Lilly Salomons Verschwinden geklärt werden.

Mit Blick auf den Aktenschrank hört er Nardis Zusammenfassung des Gesprächs mit Notar Veronese. »Zunächst zur derzeitigen Fassung des Testaments: Das Haus auf der Giudecca erbt Manuel Cranz. Die Gästewohnung geht an Marina Amberg, allerdings nur mit lebenslangem Wohnrecht, nicht als Eigentum. Außerdem bekommt sie ein Drittel seiner zukünftigen Tantiemen. Die restlichen zwei Drittel erbt – hört, hört! – seine Tochter. Alles andere geht an Cranz. Bargeld, ein Haus in der Toskana, Wertpapiere.« Nardi lässt das Gehörte sickern, fährt dann fort. »Die ältere Fassung, die er 2002 aufgesetzt und vor etwa einem halben Jahr geändert hat, die sah ganz anders aus.« Der Meister der Kunstpausen legt eine Kunstpause ein. Wortlose Ungeduld bei den anderen. »In der alten Fassung erbte die Amberg die Villa und die Tantiemen komplett. Seine Tochter nichts. Nada. Also nicht nichts, aber nur den gesetzlich vorgeschriebenen Pflichtteil. Cranz war damals noch Zukunft. Einen anderen ständigen Partner gab es nicht. Marina Amberg war zu der Zeit also tatsächlich so etwas wie ein Lebensmensch für Heinisch.«

»Bis Cranz auftauchte.« Donatella.

»Aber nicht Cranz ist tot, sondern Heinisch.« Anna Mahler erinnert an das Offensichtliche.

»Die Tochter. Wieso hat er sich plötzlich daran erinnert, dass er eine Tochter hat?« Eine Wortmeldung von Sara Pereira.

»Anders gefragt: Wann genau hat er sich daran erinnert?« Nardi, der Mann der Zeitpläne.

»Die Frage ist doch eher: Was wollte er an diesem eher neuen Testament schon wieder ändern?« Nicolaos Worte stehen da, mitten im Raum wie eine Schar ungebetener Gäste. Die Glocken von San Lorenzo setzen mit rabiatem Gebimmel ein. Fordern Schweigen.

Nicolao fällt den Glocken ins Wort. »Oder wollte er überhaupt etwas ändern? Der Notar hat angedeutet, es könne auch um die veruntreuten Mose-Gelder gehen.«

»Das wissen wir nicht. Und wir werden es vermutlich auch nie wissen«, konstatiert Donatella. Liefert dafür aber andere Informationen. »Das Ergebnis der toxikologischen Untersuchung ist da. Heinisch hatte 0,6 Promille Alkohol intus. Zwei Gläser Wein etwa. Er dürfte also mit seinem Mörder getrunken haben. Getrunken, aber nicht gegessen. Die letzte Mahlzeit hat er mehrere Stunden vor seinem Tod zu sich genommen. Ein Mayonnaise-Thunfisch-Tramezzino.«

Nardi verzieht das Gesicht. »Bei diesen Temperaturen? Das grenzt an Todessehnsucht.«

»Er ist aber nicht an Salmonellen gestorben«, sagt Donatella. »Abgesehen von dem bisschen Alk war er clean. Keine Betäubungsmittel, Drogen, Medikamente. Der Gezeitenmensch rechnet noch. Er kann uns frühestens morgen mit einiger Verlässlichkeit sagen, wo Heinisch in die Lagune gelangt ist.«

»Morgen«, wiederholt Nicolao. »Und die Computerauswertung?«

»Viel zu lesen. Private Mails. Berufliche mit mehreren Verlagen. Notizen, Recherchen. Vieles in Deutsch. Dazu kann unsere verehrte Kollegin aus Wien vermutlich mehr sagen.«

Die verehrte Kollegin aus Wien wirft einen graublauen Blick zu Nicolao. »Ich arbeite daran. Morgen kann ich mehr dazu sagen.«

Noch ein »morgen«. Es nervt ihn, so abhängig zu sein. Er würde die Nacht durchlesen, um an die gewünschten Informationen zu kommen.

»Ich werde wohl die Nacht durchlesen«, sagt Anna Mahler mit einem Lächeln.

Ich habe es befürchtet. Sie kann tatsächlich Gedanken lesen. Was hat sie noch alles gelesen?

»Noch einmal zur fast vergessenen Tochter«, sagt Donatella. »Zwei Drittel der Tantiemen reichen als Mordmotiv. Bei den Auflagen, die seine Bücher haben.«

Anna Mahlers Stichwort. »Sie hat ein Alibi durch den liebenden Ehemann. Was bekanntlich nicht viel zu sagen hat. Ihren Vater hat sie nie kennengelernt. Behauptet sie. War angeblich seit Jahren nicht in Venedig. Allerdings wusste sie, wie viel eine einfache Vaporettofahrt aktuell kostet.«

Nicolaos Augenbrauen gehen nach oben. Auf diese ganz bestimmte Art, die äußerste Langeweile signalisiert. Fast so gut wie lautes Gähnen. Er hält alle Grabungen im Privatleben Gregor Heinischs für überflüssig. Der Rest der Runde lässt die Augenbrauen, wo sie hingehören.

Nicolao will nach Hause. Weg vom Graublau. »Zusammengefasst kann man sagen, dass wir noch nichts wissen, keinen der gegenwärtigen Verdächtigen ausschließen können, dafür aber immer neue dazubekommen. Das berühmte Tappen im Dunkeln.«

»Dann tappen wir weiter«, sagt Donatella. »Irgendwann stolpern wir über etwas.«

»Wenn's nur nicht die eigenen Füße sind«, sagt Nicolao.

»Oder noch eine Leiche.« Nardis Kommentar. »Was wir nicht hoffen wollen.«

Hoffen darf man.

Nicolao beendet das Meeting und den Arbeitstag. Sein Blick vermeidet jede Art von Blaugrau.

Sara reicht ihm noch rasch einen Zettel. »Diese drei Telefonnummern, die Sie mir gegeben haben. Es steht alles hier drauf. Eine ist die Handynummer von Silvio Moro, dem Direktor des Stadtarchivs. Ziemlich naheliegend, was Heinisch von ihm wollte. Die zweite ist auch eine Handynummer, und zwar die von David Cooper. Das ist dieser amerikanische Journalist, der ein Haus in San Trovaso besitzt und Artikel schreibt über versickernde Spendengelder in Sachen Mose. Die dritte ist eine Festnetznummer in London. Sie gehört Afdera Franchetti.«

»Die Baronessa Franchetti, die mit diesem amerikanischen Schauspieler verheiratet war?«

»Mit Henry Fonda. Genau die.«

»Die lebt noch?«

»Ja, in London. Sie ist Jahrgang 31. Gar kein Problem noch zu leben. Heutzutage.«

»Was kann Gregor Heinisch von ihr gewollt haben?«

»Sie zum Beispiel fragen, wie und wo sie die Jahre 1943 bis 1945 verbracht hat.«

»Warum sollte er ausgerechnet sie fragen?«

»Weil sie aus einer jüdischen Familie stammt.«

»Aber – die Franchetti sind alter venezianischer Adel!«

»Mit jüdischen Wurzeln. Verwandt mit den Rothschilds.«

»Ist Afdera ein jüdischer Name?«

»Nein, sie wurde nach einem afrikanischen Vulkan benannt. Vermutlich hatten ihre Eltern einen ausgeprägten Sinn für Humor.«

»Danke Sara.« Nicolao steckt den Zettel in seine Jackentasche. Zu der CD, die vieles verändern wird. Aber das weiß Nicolao noch nicht.

23
Nicolao öffnet die Tür

Nicolao öffnet die Tür zur Wohnung, weitet die Nasenflügel. Negativ. Es riecht verdächtig nach nichts. Also wieder ein vegetarisches Abendessen. Laura hat fast alle Sorten Fleisch als teils ungesund, teils unethisch vom Speiseplan gestrichen. Auch die meisten Fische. Nicht nur aus Gesundheits-, sondern auch aus Umweltgründen.

Weißt du nicht, dass die Meere schon heillos überfischt sind?

In dem kleinen Fernseher hinter dem Esstisch läuft ein Krimi. Hauptdarsteller ist offenbar ein Schäferhund. Soeben fixiert er einen bärtigen Menschen auf Beton. Ein dicker Polizist keucht heran.

»Seit wann schaust du dir so einen Unsinn an?« Nicolaos Frage klingt unfreundlicher als beabsichtigt.

Laura hebt den Kopf. »Interessiert dich das wirklich? Oder wolltest du nur etwas Nettes sagen?«

Er antwortet nicht. Steht da und schaut sie abwartend an.

»Die Kids in meiner Schule mögen die Serie. Ich wollte mal sehen, was ihnen daran gefällt.«

»Du hast Ferien, schon vergessen?«

»Ich bin auch in den Ferien Lehrerin.«

»Und?«

»Und – was?«

»Was gefällt den Kindern an dem Unfug?«

»Na, der Hund natürlich«, sagt Laura. »Kinder mögen Hunde.«

»Ja, klar. Und dann belasten noch mehr verblödete Eltern diese Stadt mit so einem Scheißköter.«

»Kurz gesagt: Ihr seid keinen Schritt weiter«, antwortet die Frau eines Polizisten mit zwanzigjähriger Eheerfahrung sehr ruhig.

An Nicolaos Stelle gibt die Waschmaschine gurgelnde Geräusche von sich. Ein Bullauge zeigt als Programm rotierende Wäsche. Besser als *Commissario Rex*, aber nicht viel. Immerhin, der zuständige Handwerker hat eine seiner Zusagen eingehalten.

Casa, dolce casa.

Nicolao wechselt ins Wohnzimmer. Er nimmt die CD aus der neutralen Hülle. Jemand hat mit schwarzem Filzstift »Lilly Bergmann, Arien« darauf vermerkt. Nicht »jemand«. Es ist die Schrift von Gregor Heinisch. Nicolao erkennt sie von den Notizzetteln, die auf dem Schreibtisch des Ermordeten lagen.

Da ist sie wieder, die Frage. Warum wollte er mich anrufen? Fühlte er sich bedroht?

»Track 1«, sagt das Display.

Nicolaos Erfahrung mit Opernstimmen ist begrenzt. Irgendwann hat er *Don Giovanni* gesehen. Nett. So wie ja gegen die Musik Mozarts kaum etwas einzuwenden ist. Aber der Opernabend war keineswegs suchtbildend. Eher das Gegenteil. Eine Bestätigung dafür, dass diese Welt gesungener Gefühle nicht seine ist. Ganz abgesehen von den Bekleidungszwängen – nicht nur auf der Bühne.

Er versteht sich auf Stimmen, die sprechen. Stimmen, die Angst haben, lügen, Stärke vorspielen, wo nichts dahinter ist. Die Qualität einer Singstimme kann er nicht beurteilen. Jedenfalls nicht mit dem Verstand.

Was jetzt passiert, ist Ähnliches wie im Arbeitszimmer des ermordeten Gregor Heinisch. Nein, der durchnässte Tote nimmt nicht auf dem blassgrünen Samtsofa Platz. Auch nicht die unbekannte Sängerin. Aber was da aus den mittelmäßigen Lautsprechern strömt, bewirkt eine ganze Reihe unerwarteter körperlicher Reaktionen. Die Stimme lässt die Haare auf seinen Unterarmen strammstehen, erschwert das Atmen, engt den Brustkorb ein.

Vissi d'arte, vissi d'amore ... Für die Kunst, für die Liebe gelebt. Offenbar die Arie der Tosca, von der Sara Pereira gesprochen hat. Der Text wird zunehmend unwichtig. Die Musik dringt unter Umgehung der Ohren direkt unter die Haut. Jedenfalls fühlt es sich so an. Und erzeugt ein enges Gefühl ganz hinten in der Kehle.

Diese Stimme. Noch niemals hat ihn eine Stimme so sehr berührt. Im durchaus körperlichen Sinn des Wortes. Trotz der Schönheit der Klänge ist das kein angenehmes Gefühl. Ausgeliefertsein fühlt sich selten angenehm an. Obwohl andererseits ... Rasch ruft er abirrende Gedanken zur Disziplin.

In dieser Stunde der Verzweiflung, warum, o Gott, bestrafst du mich so?

Das Anklagende in Text und Musik richtet sich nicht so

sehr gegen einen ungerechten Gott, sondern gegen einen unfähigen Polizisten.

»Seit wann hörst du Opernmusik?« Laura steht in der Tür zum Wohnzimmer. Er drückt die Stopp-Taste.

Die Unterbrechung lässt ihn nach Luft schnappen. Eine Ahnung von Ertrinken. So als würde man seine Körperzellen von notwendiger Nahrung abschneiden. Er denkt daran, was Gregor Heinisch bei seinem Tod gefühlt haben muss.

Lauras Gesicht drückt Argwohn aus. Sie spürt den weiten Weg, den er zurücklegen muss, um hier anzukommen. Und dass er ihn nicht gerne zurücklegt.

»Es geht um den aktuellen Fall«, sagt Nicolao. »Um eine Sängerin. Sie ist spurlos verschwunden.«

»Seit wann?«

»Seit September.«

»Hm, eine lange Zeit.«

»Seit September 1943«, präzisiert Nicolao.

»Und das nennst du einen aktuellen Fall?«

»Es ist kompliziert.«

»Ich nehme an, du willst nicht darüber reden.« Das ist keine Frage, sondern eine Feststellung.

Auf Feststellungen muss man nicht antworten.

»Hat die Suche nach dieser Sängerin bis nach dem Essen Zeit?« Das ist eine Frage, wenn auch eine rhetorische. »Es gibt Gemüse aus dem Wok.«

»Ja, natürlich. Ich komme.« Unterdrücktes Seufzen. Keine Lust auf Gemüse, aber auch keine Lust auf einen Vortrag über böses weißes Mehl, Hormone im Fleisch und leer gefischte Meere.

Er verstaut die CD wieder in der Hülle. Er wird sie später weiterhören. Allein.

Er weiß, dass er herausfinden muss, was mit Lilly Salomon alias Lilly Bergmann alias Teresa Padovan geschehen ist.

Damals im Jahr 1943.

Vielleicht auch, was mit ihm geschieht. Jetzt in diesem Jahr.

24
Sie hat wirklich

DIE SPRACHE IST DEM MENSCHEN GEGEBEN,
UM SEINE GEDANKEN ZU VERBERGEN.
Dante Alighieri

Sie hat wirklich für jeden Tag ein Leinenkleid. Das aktuelle ist von einem strengen Dunkelblau, dafür etwas tiefer ausgeschnitten als die bisherigen. Etwas? Viel.

Sommersprossen auf blasser Haut. Nicolao muss seine Augen zwingen, die munteren kleinen Farbpigmente nicht bis dorthin zu verfolgen, wo sie im Dunkelblau verschwinden. Stattdessen verordnet er sich selbst interessierte Blicke auf den Papierstapel, der vor der Kollegin aus Wien auf dem Besprechungstisch liegt.

»Das war eine lange Nacht. Wie erwartet.«

Warum muss sie über ihre langen Nächte reden?

Anna Mahler lächelt.

Liest sie schon wieder Gedanken? Man sollte das Lesen fremder Gedanken per Gesetz untersagen. Wo bleibt die Privatsphäre des Denkenden?

»Aber es war die Mühe wert. Jetzt weiß ich eine ganze Menge über Gregor Heinisch. Er war ein sehr vorsichtiger Mensch und –«

»Offenbar nicht vorsichtig genug«, zwischenbemerkt Nicolao.

Das ignoriert sie. »– und wem immer er seine Geheimnisse anvertraute: Der Computer war es nicht. Heinisch liebte Abkürzungen. Die Namen in seinen Mails und Files sind fast alle zu Anfangsbuchstaben verkümmert.«

Unverständliche Sprache und dann noch Abkürzungen!

»Man sollte solche Mordopfer wegen Behinderung der polizeilichen Arbeit belangen«, brummt Nicolao.

Falls er ein Lächeln erwartet hat: Fehlanzeige. Anna Mahler kräuselt kurz die sonst faltenfreie Stirn und studiert ihre Notizen. »Er war vorsichtig, misstrauisch, neugierig und absolut unbeirrbar, wenn er einmal etwas in Angriff genommen hat. Der metaphorische Knochen, Sie wissen schon. An dem man sich festbeißt, den man nicht mehr loslassen kann.«

Der hundelastige Vergleich irritiert Nicolao. *Commissario Rex* ist noch in ungeliebter Erinnerung. »Aber wir wissen nicht, wer oder was dieser metaphorische Knochen war?«

»Seinen Notizen zufolge ein einflussreicher Mann. Einer, dessen Einfluss noch weit über seinen Tod hinaus besteht. *Das Wort Familienbande hat einen Beigeschmack von Wahrheit.*« Der letzte Satz kommt auf Deutsch.

»Wie bitte?«

»Ich habe Karl Kraus zitiert. Ein Wortspiel. Etwa mit dem Inhalt, dass Familien mit Vorsicht zu genießen sind.«

Karl Kraus. Schon wieder einer, den man vermutlich kennen sollte.

»Kein Hinweis, um welche Familie es sich handeln könnte?«

Der graublaue Blick sucht seinen. »Nicht direkt. Aber ich habe einen Anfangsbuchstaben: M.«

»Das ist alles? M.? M. wie Machiavelli, Mussolini, Moravia?«

»Eine höchst interessante freie Assoziationskette.«

»Wollen Sie mich jetzt auch profilen?«

»Sehr gern. Vorausgesetzt, Sie bringen vorher jemanden um. In Serie. Das wäre dann mein Fachgebiet.«

Geplänkel. Sommersprossen.

Nein: Papierstapel!

»Es gibt eine einzige Computerdatei mit dem Titel ›Die vergessene Stimme‹, aber sie enthält so gut wie nichts. Ein paar Stichwörter, nicht mehr. Was ich herausgefiltert habe, ist Folgendes: Lilly Bergmann hatte eine Liebesbeziehung hier in Venedig. Ein Maler mit dem Kürzel MdS. Eine Freundin, die als MP aufscheint. Und sie hatte einen Feind aus einer mächtigen Familie. Von ihm haben wir nur den Anfangsbuchstaben: M. Hier ist die Übersetzung der Datei.« Sie reicht Nicolao ein Blatt Papier. Schmale Hände mit unlackierten Fingernägeln. Naturbelassene hellrosa matt glänzende Fingernägel am Ende langer schmaler Finger. Nicolao hält die üblichen grellen Farbspiele für einen unnötigen Atavismus. Seht alle her, ich bin noch oder schon allerorts gut durchblutet, also reproduktionsfähig. Fruchtlose Streitgespräche mit Laura. Sie beharrt darauf, dass unlackierte Finger- und Zehennägel ungepflegt wirken.

Das Blatt Papier wartet. Endlich greift er danach. Vermeidet die Berührung besagter langer schmaler Finger.

Liest halblaut. »Liebesbeziehung zu MdS. Machtsituation von M., Beziehung zu den Deutschen. Geschichte der Familie, Stammbaum, Anruf SM. Was wissen L/P M.? LB auf den Listen?«

»SM könnte Silvio Moro sein«, sagt Nicolao. »Der bergsteigende Direktor des Stadtarchivs. Seine Handynummer lag auf dem Schreibtisch des Toten.«

»Noch ein M.«, vermerkt die römische Kollegin aus Wien.

»Ich werde ihn anrufen, vielleicht kann er uns sagen, was Heinisch von ihm wollte. Was haben wir noch? L/P? Vielleicht die Nachkommen des damaligen M.? LB auf den Listen, ich denke, damit ist Lilly Bergmann gemeint.«

»Sie wissen, welche Listen er meint?«

Eigentlich hat Nicolao keine Lust, mit einer Nichtvenezianerin dieses Kapitel verdrängter venezianischer

Geschichte zu diskutieren. Aber sich dumm stellen geht wohl auch nicht.

»Die Listen der Juden, die in Venedig verhaftet und deportiert wurden«, sagt er.

»Ah ja«, sie nickt. »Rom hat ja damit den Anfang gemacht.« Offenbar liegt ihr nicht daran, ihre Geburtsstadt zu schonen. Ist wohl eher eine Eigenheit der Venezianer. »Schon im Sommer 1943, nachdem Mussolini mehr denn je auf Hitlers Freundschaft angewiesen war. Es hätte den Juden in Venedig eine Warnung sein müssen. Aber sie haben die Zeichen vermutlich nicht ernst genug genommen. Sonst wären sie rechtzeitig weg.«

Rechtzeitig weg. Der Vorwurf trifft ihn überraschend persönlich. Die Juden sind also selbst schuld. Haben die deutlichen Zeichen nicht ernst genommen. Sind aus Jux und Tollerei geblieben, wo sie waren. Wie unvernünftig.

Er antwortet für ihn selbst überraschend heftig. »Wohin hätten sie gehen sollen? Die Alten, die Kranken, die ohne Vermögen? Abgesehen davon reichte eine durchschnittliche Fantasie nicht aus für … für das, was sie erwartete.«

Interessierter Blick. »Sind Sie Jude?«

Die einzige Erklärung für angemessenes Entsetzen?

»Jeden Tag ein bisschen mehr«, sagt Nicolao. Eine klare Antwort bewusst vermeidend.

Die folgenden thematisch bedingten Schweigesekunden beendet Anna Mahler. Sie reicht ihm ein anderes Blatt Papier. »Wahrscheinlich wissen Sie bedeutend mehr als Professor Google. Aber das hier ist zumindest ein Anfang. Die Liste der venezianischen Adelsfamilien, deren Namen mit M beginnen.«

Magno, Malipiero, Manolesso, Manzoni, Marcello, Marin, Mazaman, Meli, Memmo, Mengolo, de Mezzo, Miani, Michiel, Miegano, Minio, Minotto, Mocenigo, Molin, Montanara, Morelli, Morosini, Muazzo.

Nicolao überfliegt die Liste. Nickt. »Ziemlich viele adelige Ms.«

»Sie kennen die Namen?«

»Natürlich.«

»Irgendwelche persönlichen Kontakte?«

»Sie sagten es schon: venezianische Adelsfamilien. Das sind nicht die Kreise, in denen ein Polizist verkehrt. Weit und breit kein einziger Doge unter meinen Vorfahren.«

»Empfinden Sie das als Mangel?«

»Sie profilen schon wieder.«

»Und Sie weichen jeder persönlichen Frage aus.«

»Ja.« Nicolao verirrt sich ganz kurz im Graublau. Sein Blick weicht südwärts aus, wo die Sommersprossen im Dunkelblau verschwinden. Auch nicht gut. Zurück zu den Papieren.

Die Liste.

Die Namen.

Er zählt.

»Gut. Dann brauchen wir ja nur mehr herauszufinden, welcher von diesen zweiundzwanzig Familien eine Enthüllungsgeschichte geschadet hätte.«

Anna Mahler nimmt ihre Notizen und bemerkt im Aufstehen: »Sofern das Motiv wirklich in der Vergangenheit zu finden ist.«

Genau, was er braucht. Jemanden, der ihn ständig verunsichert. In jeder Hinsicht.

25

»Pronto«, sagt die Stimme

»Pronto«, sagt die Stimme, die Nicolao unter der angegebenen Durchwahl erreicht.

»Direttore Moro?«

»Leider nein«, antwortet eine gut gelaunte, jung klingende Stimme. »Sie müssen mit mir vorliebnehmen. Ich bin sein Assistent.«

Nicolao, der eben noch das Bild eines würdigen älteren Herrn zwischen Aktenbergen vor sich hatte, muss das Bild korrigieren. Er ersetzt es durch einen jüngeren Beamten, den die Aussicht auf eine stattliche Pension fröhlich stimmt. Auch wenn sie noch ein Weilchen auf sich warten lassen wird.

»Nicolao, Mordkommission. Ich muss Signor Moro persönlich sprechen.«

Meistens vertreibt das Wort »Mordkommission« umgehend die Heiterkeit aus den Stimmen. Nicht in diesem Fall. »Das geht derzeit leider nicht. Der Direttore ist auf Urlaub.«

Also ist es die Abwesenheit des Chefs, die den Assistenten heiter stimmt.

»Urlaub? Für längere Zeit?«

»Kurzurlaub. Er klettert in den Dolomiten.«

»Seit wann ist er weg?«

»Seit ...« Blätter rascheln. Tage zählen. »Seit fünf Tagen.«

Nicolao rechnet zurück. Also könnte Heinisch ihn noch vorher erreicht haben.

»Und wann genau erwarten Sie ihn zurück?«

»Morgen. Zehn Uhr. Kann ich ihm etwas ausrichten?«

»Ich bitte ihn dringend um seinen Rückruf«, sagt Nicolao und diktiert seine Telefonnummer.

»Ist notiert. Sie sagten Mordkommission? Direttore Moro hat doch hoffentlich niemand umgebracht?«

Seltsame Frage.

»Würden Sie ihm das zutrauen?«

»Aber nein«, sagt der Assistent. »Das war scherzhaft gemeint.«

»Scherzhaft«, wiederholt Nicolao in dem Ton, in dem man am offenen Grab »Mein Beileid« sagt.

»Ich sag ihm Bescheid. *Buon lavoro.*«

»Danke ebenfalls«, antwortet Nicolao leicht verwundert. Es kommt eher selten vor, dass ihm jemand einen guten Arbeitstag wünscht.

Er lehnt sich zurück. Hat Gregor Heinisch gehofft, im Archiv Venedigs eine Spur der verschwundenen Lilly Salomon zu finden? Oder etwas über M. zu erfahren? Falls er mit Moro telefoniert hat, wie viel hat er ihm über seine Nachforschungen erzählt? Nicolao überlegt, sich vom fröhlichen Assistenten die Handynummer des urlaubenden Direktors geben zu lassen, um seine Fragen gleich loszuwerden. Aber dann beschließt er, bis morgen zu warten. Telefonstimmen sind schwer zu interpretieren. Ganz abgesehen von der fehlenden Möglichkeit, aus zuckenden Augenlidern, abirrenden Blicken, unbewussten Fingerspielen, plötzlichem Farbwechsel im Gesicht eventuell Schlüsse zu ziehen. Obwohl ja nicht einzusehen ist, warum der Leiter des Archivs derartige Zeichen von Nervosität zeigen sollte. Nur weil sein Name mit M beginnt? Abgesehen von der überschaubaren Liste der adeligen Ms enthält das venezianische Telefonbuch sechzehn eng bedruckte Seiten mit M-Namen.

Bleibt noch eine andere Telefonnummer zu wählen. Die von David Cooper, dem New Yorker Journalisten, der sich für versickernde Spendengelder in Sachen Mose interessiert. Donatella hat in Erfahrung gebracht, dass er zwischen Amerika und Venedig pendelt. Zwischen seiner Wohnung in Manhattan und dem Haus mit Garten gegenüber der Gondelwerft San Trovaso. Davide, der Barista in Nico's Bar, vermutet, dass der Journalist abgereist ist. Weil er schon seit Tagen nicht wie sonst jeden Morgen seinen *macchiattone* konsumiert hat.

Nicolao wählt die Nummer, hört das Freizeichen. Keine Antwort.

26
Die Faust trifft

Die Faust trifft Nicolao unerwartet. Wie hätte er auch erwarten sollen, dass der Mann, der da in der Art eines verjüngten Luis Trenker mit kameratauglichem Lächeln und zum Gruß entgegengestreckter Hand auf ihn zukam, eben diese Hand plötzlich zur Faust ballen und ihn heftig in die Seite boxen würde?

Chefarchivar Moro mit seinem dolomitenartig verwitterten Gesicht steht jetzt dicht vor Nicolao. Entsprechend kraftloser ist die Faust, die noch einmal ausholt und Nicolaos Schulter trifft.

»Du bist es wirklich!«, sagt er. Braun gebrannte Gesichtszüge nehmen Kurs auf ein tief sitzendes Lächeln. Lachfältchen umrahmen gletschereisblaue Augen. »Du bist tatsächlich der Nicolao, der mit mir in die Grundschule gegangen ist.«

Die archivarische Hand boxt nicht mehr, sondern hält Nicolaos Oberarm umklammert. Kraftvoll umklammert. Kletterer, am festen Griff spürbar. Nicolao starrt sein Gegenüber an, ringt um Erinnerung. Er macht keinen Versuch, sich zu befreien. Mittlerweile ist ihm klar, dass es sich nicht um einen tätlichen Angriff durch einen Verwirrten handelt, sondern um die spielerische Begrüßungszeremonie, die manche Männer kultivieren. Fehlt nur der Tarzanschrei. Atavismus pur. Nicolao konnte diese testosteronlastigen Zeremonien noch nie leiden.

»Scuola Duca d'Aosta«, sagt der Dolomitentarzan und entlässt Nicolaos Arm aus dem Klammergriff. »Unsere Lehrerin hieß Ornella. Ornella wie Muti, bloß nicht ganz so schön. Wir waren trotzdem alle in sie verknallt.«

Duca d'Aosta stimmt. Auch an eine Grundschullehrerin namens Ornella erinnert sich Nicolao. Vage. Sich den Archivar Moro etwa fünfzig Jahre jünger vorzustellen gelingt ihm nicht. Aber ja, doch, da war ein Moro, klein, schmächtig, schüchtern. So blass wie die Erinnerung an ihn. Der soll sich zu diesem Luis-Trenker-Double entwickelt haben?

»Komm, setz dich. Was kann ich für dich tun? Kaffee?«

Nicolao setzt sich, nickt zur Kaffeefrage.

»Wie wird man Archivar?«, fragt Nicolao, um ihnen beiden über den Abgrund zu helfen, den missglückte Begrüßungen aufzureißen pflegen.

»Man studiert Geschichte, bewirbt sich, wird akzeptiert und archiviert für den Rest seines Lebens. Als Ausgleich klettere ich. Und damit meine ich nicht Bergwandern, sondern Felsklettern. Nur um das klarzustellen.«

Klargestellt.

»Und du? Wie wird man Polizist? Welche Sparte übrigens?«

»Mord«, sagt Nicolao. So wie man sagt »schwarz«, auf die Frage, wie man seinen Kaffee am liebsten hat.

»Ach ja?«, meint der Archivar dazu. Ebenso beiläufig. Ohne Erstaunen oder gar Erschrecken. So wie man sagt: »Und – nehmen Sie Zucker?«

»Gibt es dort, wo du kletterst, keine Zeitungen?«

»Doch. Aber ich weiche ihnen großräumig aus. Ab heute widme ich mich wieder dem Tagesgeschehen.«

Der gletscherblaue Klettererblick geht zu den beiden ungelesenen, noch ordentlich gefalteten Tageszeitungen. *Corriere* und *Gazzettino*.

»Sagt dir der Name Gregor Heinisch etwas?«

»Der Schriftsteller? Aber natürlich. Er hat mich vor meinem Urlaub angerufen. Weil er nämlich …«

Halt! Hinter der Stirn, auf der sich Falten werfen in der Art von Gebirgszügen, wird sichtlich ein Zusammenhang hergestellt. »Willst du damit etwa sagen, er wurde …?«

Der Satz bleibt über dem Abgrund in der Luft hängen.

»Er wurde«, bestätigt Nicolao. Und erklärt in einigen Sätzen das Wie und Wo.

Die Dolomitenbräune weicht einem fahlen Graubraun. »Das ist ja ... Das ist schrecklich.«

Unschreckliche Morde sind an sich eher selten.

Aber im Zusammenhang mit dem abrupten Farbwechsel drängt sich Nicolao der Verdacht auf, dass Moro nicht nur Passendes anmerkt, sozusagen Smalltalk zum Thema Mord abliefert, sondern dass er genau das meint, was er sagt. Dass ihn die Nachricht erschreckt hat.

Die Sekretärin stellt ein Tablett mit Kaffeetassen und Zubehör auf den Schreibtisch. Eine Weile wird in Tassen gerührt und Espresso getrunken. Nicolao hat den Eindruck, dass sein Gegenüber froh über die Unterbrechung ist.

Schnell nachhaken. »Hast du Gregor Heinisch gekannt?«

»Nur seinen Namen. Ich war neugierig darauf, was er von mir wollte.«

»Darüber hat er am Telefon nichts gesagt?«

»Nichts Konkretes.« Die bis jetzt festen Trittes gesetzten Worte kommen zögernd. Wie man sich eben auf gefährlichem Terrain bewegt. Die Wahrheit als Geröllhalde. »Nur, dass er ein paar Informationen für sein neues Buch braucht. Über eine einflussreiche venezianische Adelsfamilie.« Kleines Stolpern in der Stimme.

»Er hat keinen Namen genannt?«

»Nein. Nein, hat er nicht.« Ein doppeltes Nein, wie um sich selbst zu überzeugen. Das Nein wird im Doppel nicht überzeugender. Der Archivar lügt sichtlich nicht gern. Also lügt er schlecht.

»Das ist schade.« Nicolao versucht den Blick seines Gegenübers festzuhalten, aber der hat soeben die Wanduhr als Ausweg entdeckt. »Entschuldige bitte, aber ich muss dringend zu einem Termin drüben an der Riva degli Schiavoni.«

»Dann haben wir denselben Weg.«

Es gibt Menschen, die bei heftigem Schrecken erstarren. Und andere, die das Bedürfnis haben zu gehen. Schnell zu gehen. Als könnte man unwillkommenen Gefühlen und Gedanken davonlaufen. Archivar Moro ist ein Schnellgeher. Nicolao bleibt an seiner Seite, ein wenig atemlos. Keine Kondition vom Felsklettern in den Dolomiten. Bei Zitelle warten sie an der Anlegestelle auf das Boot der Linie 2.

»M«, sagt Nicolao, als er die etwas peinliche Kurzatmigkeit des überzeugten Nichtkletterers überwunden hat. »Wir haben einen Anfangsbuchstaben.«

»M«, wiederholt Moro. »Na dann viel Glück. Mein Name beginnt übrigens auch mit M.«

»Richtig. Ist mir auch schon aufgefallen. Hast du Gregor Heinisch ermordet?«

Der Archivar seufzt. »Stellst du jetzt jedem diese Frage? Gehst das Telefonbuch durch und fragst die Ms?«

»Nur die mit einer Verbindung zu Gregor Heinisch.«

»Eine Telefonverbindung genügt, um verdächtig zu sein?«

»Du bist ziemlich darüber erschrocken, dass er ermordet wurde.«

»Ich halte das nach wie vor für eine passende Reaktion. Außerdem: Heinisch suchte eine Adelsfamilie mit Einfluss. Mein Vater war Gemüsehändler in San Vio. Der kleine Laden hinter der gewissen Gasse. Calle delle Mende. Du weißt schon.«

Nicolao weiß schon. Natürlich weiß er. Die kleine Calle, in der die Stadt Venedig den Prostituierten, die zu alt oder zu krank für den Job waren, bescheidene Wohnungen zur Verfügung stellte. Mietfrei. Ihr Leben fristeten sie damit, Kleider der etwas weniger Armen auszubessern. Delle Mende. Straße der geflickten Kleider. Auch an den Gemüseladen erinnert er sich. So winzig, dass höchstens zwei Kunden drin Platz hatten. Wohl kaum das Wirkungsgebiet einer Familie mit nachhaltigem Einfluss. Der kleine, blasse Moro. Die Erinnerung versöhnt. Auch wenn der kleine, blasse Moro mittlerweile weder klein noch blass ist.

»Ich hatte gehofft, du könntest mir bei der Suche nach M. helfen. Ich hielt es für unwahrscheinlich, dass Heinisch so vage blieb bei seinem Anruf.«

»War aber so. Tut mir leid.«

Der unadelige Spross eines Kleinstgemüsehändlers schaut nach dem Vaporetto aus, das ihn von unwillkommenen Fragen erlöst. Keines in Sicht. Nur ein Boot mit sperriger Ladung hält auf die Station zu.

»Was hast du vor, wenn du einen M. findest, der dir passend erscheint?«

»Dann werde ich feststellen, ob die Geschichte, die Heinisch schreiben wollte, einem Nachkommen dieses abgekürzten Herrn M. so wenig behagte, dass er sie verhindern wollte.«

Moro nickt wie ein Vater zu den Erklärungen seines halbwüchsigen Sohnes, der Schulabbrecher für einen aussichtsreichen Beruf hält. »Hast du eigentlich eine Ahnung, was jemand mit sehr viel Einfluss mit einer Beamtenkarriere anrichten kann? Hast du Familie? Möchtest du deine Pension genießen?«

»Ja«, sagt Nicolao. »Ja und ja.«

»Dann lass es doch einfach. Lass es.«

Statt dem Boot der Linie 2 tuckert jetzt ein Speditionsboot auf sie zu, legt an. *Trasporto cose.* Ein Mann am Steuer, ein zweiter, der ein sperriges Ding aus Holz auslädt.

Hätte Nicolao seine Aufmerksamkeit auf den Arbeiter gerichtet oder auf die anfliegende Möwe oder auf das Flugzeug, das einen Kondensstreifen in den Himmel malt – es wäre nichts weiter geschehen. Moro hätte Zeit gehabt, wieder ein gleichmütiges Gesicht aufzusetzen. Den verräterischen Ausdruck schnell noch zu neutralisieren.

Aber der Zufall tut, was er am besten kann: Er spielt. Nicolaos Sensorium nutzt zufällig keine der anderen Möglichkeiten, die sich ihm bieten. Er dreht sich nicht einmal um, als hinter ihm etwas mit dumpfem Lärm auf dem Ponton landet. Nicolao bleibt mit seiner Aufmerksamkeit zufällig bei Moro. Er sieht ihn zusammenzucken. Folgt seinem Blick und kann nicht anders, als kurz aufzulachen. Er hat M. gefunden.

27
»Ich hatte recht«

»Ich hatte recht«, sagt Nardi.

Donatella hat längst vergessen, was er herausfinden wollte. Worin sein Rechthaben bestehen könnte. Nardis Dramaturgie seiner Kommunikation nervt sie mehr und mehr. Das könnte sie ihm natürlich sagen. Aber das würde das ohnehin schattige Klima zwischen ihnen weiter abkühlen. Also wartet sie einfach.

»Mariano Piccolo. Der einfache Bootsmann. Er hat ein Vermögen an der Wand hängen.«

Donatella ist wenig beeindruckt. »Die Bilder? Vielleicht geerbt, wo er doch von einer Familie sizilianischer Könige abstammt.«

»Es handelt sich um Werke lebender Künstler.« Nardi versucht vergeblich, nicht belehrend zu klingen. »Bilder, die in den besten Galerien gehandelt werden. Um viel Geld. Und Piccolo lebt angeblich vom Gehalt eines Marinaio bei den venezianischen Verkehrsbetrieben.«

Donatella seufzt. Ein neues Rätsel. Statt die vorhandenen Ungereimtheiten zu erklären, kommen immer neue dazu. Die Verdächtigen werden mehr statt weniger. »Inwiefern kann das mit dem Mord an Heinisch zu tun haben?«

Nardi hebt gepflegte Hände, Handflächen nach oben, wie um mit ihnen eine Landestelle für eventuelle Eingebungen aus dem Kosmos zu bieten. »Ich hoffe sehr, dass es nicht das Geringste damit zu tun hat.«

»Und warum hoffen Sie das? Sie klingen wie ein Archäologe, der sich wünscht, bei Ausgrabungen nur wertloses Zeug zu finden.«

»Ich will den Toten nicht noch einmal umbringen.«

»Technisch gesehen kaum möglich«, sagt Donatella knapp.

»Imagemäßig schon. Ein banaler Mord unter Schwulen, so denkt doch die Öffentlichkeit in solchen Fällen.«

»Mir ist die Öffentlichkeit egal. Ich will die Wahrheit finden, die Schuldigen vor Gericht bringen und fertig. Sie kannten doch diesen Heinisch nicht einmal.«

»Ich habe ihn posthum kennengelernt und kann ihn gut leiden. Beziehungsweise seine Ideen, was er erreichen wollte mit seinen Büchern.«

»Sie haben seine Bücher gelesen?«

»Nicht alle, aber einige. Er hatte etwas dagegen, dass Opportunismus auch noch honoriert wurde. Und er war davon überzeugt, dass Künstler in ihrer Rolle als Vorbild eine besondere Verantwortung haben. Warnen, aufrütteln, Unmenschlichkeit anprangern. Kunst ist bekanntlich immer politisch. Viele haben diese Verantwortung auch wahrgenommen. Die gingen ins Exil, solange das noch möglich war, bekamen Arbeitsverbot, wurden umgebracht, begingen Selbstmord.«

»Ich bin nicht sicher, ob man diese Art der Vorbildfunktion von Menschen erwarten kann. Egal ob sie Künstler sind oder Heizungstechniker oder Zuckerbäcker.«

»Vielleicht nicht. Aber jedenfalls gab es die anderen, die ihre Kunst für Propagandazwecke missbrauchen ließen. Die haben auf Kosten derer Karriere gemacht, die bis zur Selbstaufgabe zu ihrer Verantwortung standen.«

Donatella wird diese Unterhaltung zunehmend unangenehm. Sie ist grundsätzlich dafür, die Vergangenheit dort zu lassen, wo sie hingehört. Möglichst weit hinter der Gegenwart. »Auch wenn das alles stimmt, wir müssen trotzdem den Mörder akzeptieren, der es getan hat. Wunschtäter gibt's nicht. Und der Ermordete wird mit der Reaktion der Öffentlichkeit leben müssen.« Kleine Pause. Ganz schlechtes Wortbild. »Sozusagen«, ergänzt sie.

Nardi lässt die Hände sinken, hebt dafür die Schultern und lässt sie ausatmend wieder fallen, was sein untadelig geschnittenes Sakko locker und faltenfrei wegsteckt. »Ich weiß. Darum werde ich ja herausfinden müssen, woher Piccolo das Geld dafür hat, sich ein Vermögen an die Wand zu hängen.«

»Tun Sie das«, sagt Donatella. »Ich versuche inzwischen eine Erklärung dafür zu finden, warum einer neunundvierzig Sekunden braucht, um mitzuteilen, dass er nicht nach Hause kommt. So lange hat Heinisch nämlich mit der Amberg telefoniert. Um zehn Uhr zwölf. In der Mordnacht.«

»Vielleicht hat sie vergessen, was er sonst noch gesagt hat.«

»Niemand vergisst die letzten Worte seines angeblichen Lebensmenschen. So nebensächlich kann es gar nicht sein. Außerdem bestreitet Cranz, dass Heinisch bei ihm übernachten wollte.«

»Das heißt, einer von beiden lügt.«

»Sie sollten Polizist werden«, sagt Donatella. Sie meint es nicht boshaft, eher bestätigend. Es kommt trotzdem nicht gut an. Das kann sie mühelos an Nardis Gesichtsausdruck sehen.

Donatella vermisst Nicolao. Aber der ist auf Zeitreise. Unterwegs in einen Albtraum. Und auch noch in voller Absicht.

28
»Leugnen ist wohl zwecklos«

»Leugnen ist wohl zwecklos.« Archivar Moro betrachtet die Werbetafel mit sichtlichem Vorwurf. Der Mann auf dem Plakat lächelt. Nicolao lächelt auch. Aber nur innerlich. Offensichtliche Niederlagen anderer belächelt man nicht.

Paolo Montanara – Sindaco per Venezia steht als Headline über dem plakatierten Lächler. Die Stadt ist voll mit Plakaten zur Bürgermeisterwahl. Aber dass dieses spezielle Exemplar genau hier und jetzt auftaucht, ist einer dieser Zufälle, die an einen wohlwollenden Kosmos glauben lassen könnten.

Der Mann aus dem Boot stellt einen der Plakatsteher auf das Ufer vor der Zitelle-Kirche. Der andere am Steuer macht eine Bemerkung, die darauf schließen lässt, dass er nicht für den Mann auf dem Plakat stimmen wird.

»Montanara also«, sagt Nicolao.

Moros Blaublick trifft ihn. Kein Rest von Sympathie mehr für den alten Schulfreund. »Von mir hast du den Namen nicht.«

»Ich dachte immer, Kletterer müssen mutig sein.«

»Beh! Mut ist Unfug. Besonders am Berg. Kletterer müssen Situationen abschätzen können. Und wissen, welchen Schwierigkeitsgrad sie sich zutrauen. Montanara ist eine glatte elf.«

»Auf einer Skala von …?«

»Eins bis zehn.«

»Für so gefährlich hältst du diese Familie?«

Achselzucken. »Nur wenn man sie reizt. Ich vermeide es konsequent, auf Kreuzottern zu steigen.«

»Interessanter Vergleich. Kannst du mir noch etwas zu den Montanaras sagen?«

»Du wirst kaum Belastendes über sie finden, dafür sind sie zu schlau. Übrigens sind sie auch noch mit den Franchettis verschwägert und in irgendeiner Linie auch noch mit den Foscaris.«

»F ist nicht mein Thema«, sagt Nicolao störrisch.

»Noch mehr Einfluss, noch mehr Macht, die du nicht gegen dich haben willst. Glaub mir.«

»In welchem Jahrhundert leben wir?«

Moro schüttelt den Kopf, betrübt über so viel mangelnde Einsicht. »Wenn du überhaupt irgendetwas ausgraben kannst, dann im Institut für Holocaustforschung.« Moro sagt es so leise, als wäre der gedruckte Paolo Montanara in der Lage mitzuhören. »Den Tipp hast du genauso wenig von mir wie den Namen.«

Nicolao nickt dieses mehrfache kleine Nicken, das man mit »Feigling« übersetzen könnte. Moro seufzt hörbar. Klettererschicksal. Da tritt einer unbekümmert Steine los und schert sich den Teufel darum, wen sie treffen könnten.

Ein Vaporetto der Linie 2 legt an. Grußlos wendet sich Moro ab und geht zur Einstiegsstelle, bleibt stehen. Nicolao bemerkt das Zögern. Fällt ihm doch noch etwas ein? Dreht er um? Nein. So wohlwollend ist der Kosmos nun auch wieder nicht. Knapp bevor der Marinaio den Schranken schließt, springt Moro auf das Boot, ganz so, als müsste er sich vor seinem alten Schulfreund Nicolao in Sicherheit bringen. Und vor dem karrierefeindlichen Steinschlag.

Das Institut für Holocaustforschung. Ist es nicht auf der Giudecca, dort wo die alte Bibliothek war? Sara weiß solche Dinge.

Sie hebt beim ersten Läuten ab. »Ja, von Zitelle geradeaus durch bis zur Lagune. Soll ich das nicht für Sie erledigen?«

»Ich bin zufällig ganz in der Nähe.«

»Okay, ich ruf Joshua an, das spart Zeit und Erklärungen.«

Nicolao geht an einem Fußballplatz vorbei und an hohen Wohnblocks. Die Häuser stehen mutlos herum und klagen den Architekten an, der hier in den Sechzigerjahren gewütet hat. Wohl wissend, dass er selbst nie hier wohnen wird.

Associazione di studi storici Olokaustos steht auf der Tafel. Nicolao drückt auf den Klingelknopf, sagt seinen Namen und, als der nicht genügt, die Dienststelle.

Ein diskretes Summen zeigt ihm, dass die Tür geöffnet wurde. Nicolao macht einen Schritt in den Garten und bleibt verblüfft stehen. Warum hat er irgendein hässliches Gebäude erwartet? Aufplatzende Betonplatten unter den Füßen? Und wenn schon Pflanzen, dann verkümmerte und verdorrte? Weil das Wort Holocaust so wenig zu diesem gepflegten Garten, zu der eleganten Villa, zu der dunstverhangenen Sicht auf die südliche Lagune passt? Gerechter Ausgleich, denkt er. Menschen, die hier arbeiten, brauchen viel Schönheit um sich. Im Kontrast zu dem, was sich alles in den alten Papieren findet.

Ein bärtiger junger Mann empfängt ihn an der Tür. Begleitet ihn in den ersten Stock zu einem Büro. »Sara hat mich schon auf Ihren Besuch vorbereitet. Wie kann ich Ihnen helfen, Commissario?«

Er könnte natürlich selbst in alten Dokumenten und Zeitungen graben. Oder eine Person ins Vertrauen ziehen, die bereits gegraben hat. Vermutlich auch mehr Erfahrung darin hat. Riskantes Vertrauen gewinnt problemlos gegen zeitaufwendige Selbstgrabung. »Ich interessiere mich für die Familie Montanara. Genauer gesagt für die Rolle, die Conte Alvise Montanara während der NS-Zeit gespielt hat.«

Der Bärtige versucht gar nicht erst, seine Überraschung zu verbergen. Ist es wirklich nur Überraschung oder schon wieder die Sorge, sich mit dieser Familie anzulegen?

»Montanara?«, wiederholt er.

»Ja. Ist das ein Problem für Sie?«

»Warum ein Problem?«, fragt der Bärtige zurück.

»Ihre Reaktion, als ich den Namen erwähnte.«

»Ach so, ja, das ist nur, weil heute schon jemand nach Conte Montanara gefragt hat.«

»Was sagen Sie da? Wer? Haben Sie einen Namen? Eine Personenbeschreibung?«

»Natürlich, wir geben unsere Dokumente nicht Unbekannten in die Hand. Aber das werden Sie alles nicht brauchen. Die betreffende Person sitzt noch im Leseraum. Letzte Tür am Ende des Korridors. Soll ich mitkommen?«

»Danke, nicht nötig.«

Nicolao öffnet die Tür, ohne anzuklopfen. Und bleibt überrascht stehen. »Sie?«, fragt er die überflüssigste aller Fragen.

29

Haben wir ein

»Haben wir ein Date?« Mariano Piccolo zeigt keine Überraschung darüber, dass Raffaele Nardi beim Ausgang der ACTV-Station San Zaccharia auf ihn wartet.

»Sie kennen meinen Dienstplan?«

Nardi beantwortet weder die rethorischen Fragen noch erwidert er das Lächeln. »Ich wollte Ihrem neugierigen Nachbarn nicht noch mehr Grund zur – hm – Besorgnis geben.«

»Sehr aufmerksam.« Das erfolgsgewohnte Terence-Hill-Lächeln gewinnt an Strahlkraft. Piccolo wirkt in dem hellblauen ACTV-Poloshirt, dunkelblauen Hosen und Turnschuhen, einer Sporttasche über der Schulter, als wäre er auf dem Weg ins Fitnessstudio und nicht wie jemand, der einen ganzen Nachmittag auf einem voll besetzten Vaporetto das Anlegetau geworfen und eingeholt, Schranken geöffnet und geschlossen, aufgeregte Touristen beruhigt hat.

Die Wirkung Venedigs auf seine Besucher ist seltsam. Während manche mit dem entrückten Ausdruck der soeben Erleuchteten alles in dieser Stadt wunderbar finden, geraten andere in Panik, weil sich die erwartete Begeisterung nicht einstellen will. Das Hotelzimmer mit Blick auf eine feuchte Wand mit bröckelndem Putz statt wie versprochen auf den Canal Grande, der mittägliche Fisch seit Langem schon nicht mehr im Meer, sondern in antikem Frittieröl zu Hause, Fahrplan und Kennzeichnung der venezianischen Boote von Menschen erdacht, die besser komplizierte Planspiele erfinden sollten. Oder enigmatische Verschlüsselungssysteme.

»Kaffee?«, fragt Nardi.

»Gern. Wenn wir ihn beim Ponte dei Greci trinken«, sagt Piccolo. »Ich habe dort um fünf eine Verabredung.«

»Kein Problem. Wir brauchen nicht lange«, sagt Nardi. »Nur eine kurze Frage.«

Sie gehen über den Campo San Zaccharia, folgen der Gasse nach links, biegen dann nach rechts ab, vorbei am Palazzo Priuli, steuern die Bar bei der Brücke an. Zwei Gondolieri unterbrechen ihre Unterhaltung, begrüßen Piccolo, taxieren Nardi.

»Ein Alibi hab ich noch immer nicht«, sagt Piccolo. »Konnte so schnell niemanden bestechen. Aber ich arbeite dran.«

Nardi lächelt noch immer nicht. »Ihre Bilder«, sagt er, »sie sind sehr wertvoll.«

»Kunstkenner?«, fragt Piccolo. Es klingt spöttisch.

»Ich habe mich informiert.«

Piccolo nimmt einen Schluck von seinem *macchiato*. »Ich investiere mein Geld gerne in Schönheit.«

»Ich habe mich auch über die Monatsgehälter der ACTV-Angestellten informiert.«

»Ach, das macht Ihnen Sorgen? Woher das Geld kommt? Von Manuel, der es bei seinem wohlhabenden Lover abgezweigt hat? Der mit Anzeige gedroht hat? Was wiederum bei mir Mordgelüste ausgelöst hat? Etwas in der Art?«

»Etwas in der Art.«

Piccolo schüttelt den Kopf. »Es ist ganz banal. Der Onkel mütterlicherseits. Sie wissen schon, der mit dem richtigen Namen. Er hat mich in seinem Testament bedacht.«

»So etwas kann man nachprüfen«, sagt Nardi.

»Prüfen Sie.« Es klingt durchaus nicht abweisend.

»Das werden wir. Da kommt übrigens Ihre Verabredung.« Nardis Blick geht zum anderen Kanalufer. Manuel Cranz schlendert auf die Brücke zu.

Piccolo folgt Nardis Blick. Wenn er die Überraschung spielt, ist er gut. Sehr gut sogar. »Was für ein seltsamer Zufall. Aber wir sind nicht verabredet. Die Sache ist vorbei. Endgültig.« Kleiner Seufzer. »Auch wenn er jetzt vermutlich dieses Juwel von Haus geerbt hat.«

Manuel Cranz wendet sich nach der Brücke in Richtung Questura, ganz offensichtlich ohne die beiden Männer im Café an der Ecke zu bemerkt zu haben.

»Tatsächlich ein seltsamer Zufall«, sagt Nardi.

»*Siamo a Venezia*«, antwortet Piccolo. »Hat er?«

»Wer? Was?«

»Manuel. Das Haus geerbt.«

»Ich bin nicht …«

»… befugt darüber Auskunft zu geben. Besonders nicht einem Verdächtigen.« Terence Hill kennt den Text. Er fühlt sich in der Rolle wohl.

Sie haben beide die schlanke Brünette nicht bemerkt, die jetzt die Arme um Piccolo legt und ihn auf beide Wangen küsst. Nardi versucht sich in Pokerface. Nicht ganz erfolgreich. Piccolo schmilzt in die liebevolle Umarmung. Wenn er das spielt, sollte er umgehend nach Hollywood.

Terence Hill braucht sowieso einen Nachfolger. Schließlich lösen sich die beiden voneinander. Piccolo hält die Frau auf Armlänge von sich. »Du siehst wunderbar aus, *amore.*«

Die Frau sieht tatsächlich sehr gut aus. Aber sie ist mindestens zwanzig Jahre älter als Piccolo. Und sie ist eindeutig eine Frau. Nardi arbeitet weiter an seinem Pokerface.

»Das ist Signor Nardi, Mamma«, sagt er. »Raffaele. Ein Freund.«

»*Piacere*«, sagt sie. Und zeigt das Strahlelächeln, das Piccolo von ihr geerbt hat.

Diesmal lächelt auch Nardi.

30
Luisa Padovan wirkt

Luisa Padovan wirkt in dem hellen Licht des Leseraums deutlich älter als in der inszenierten Dämmerung ihrer Wohnung. Die Helligkeit, die durch die großen Fenster hereinströmt, ergießt sich über den langen Tisch, den Parkettboden, Bücherrücken und natürlich auch ihr Gesicht. Licht ist selten höflich.

Hier sind Luisa Padovans Falten gelebtes Leben. Eine attraktive Frau ist sie trotzdem, denkt Nicolao. Eine attraktive Frau, die mehr weiß, als sie sagen will. Oder schlicht lügt.

»Ich warte auf eine Erklärung, Signora Padovan.«

Ein nachsichtiger Blick trifft ihn. Marke Kunsterzieherin – konfrontiert mit einem gänzlich unbegabten Schüler. »Sie denken jetzt bestimmt, ich hätte Ihnen etwas verschwiegen, als Sie bei mir waren.«

Nicolao antwortet grundsätzlich nicht auf rhetorische Fragen. Er wartet. Sie seufzt. »Aber ich habe es damals noch nicht gewusst. Ich weiß übrigens nicht einmal jetzt, ob ich es weiß.«

Manche Sätze kommen so behindert daher, dass sie glaubhaft sind. So wie man einem besonders schlichten Menschen keine raffinierte Lüge zutraut. Aber Nicolao weiß aus leidvoller Verhörpraxis, dass die Intelligenz mancher Menschen sich ausschließlich in raffiniertem Lügen äußert.

Er spürt Ärger aufsteigen wie Magensäure. Akuter Reflux infolge einer ständigen Belastung durch schwer verdauliche Lügen.

»Signora Padovan! Sie sind hierhergekommen, um sich die Akte Montanara ausheben zu lassen. Warum? Eine plötzliche Eingebung? Ist Ihnen die Madonna erschienen mit dem Schriftzug ›Montanara‹ auf einem Spruchband?«

»Nein, keine Madonna.«

»Halleluja.« Verbaler Reflux.

»Ein Politiker. Auf einem Wahlplakat.«

Das Wahlplakat. Schon wieder. Also wirken die Dinger tatsächlich. Wenn auch anders als geplant.

Luisa Padovan hält Nicolaos Andeutung von einem Lächeln für seine Art, Skepsis auszudrücken. »Diese Plakate, Sie wissen schon, für Paolo Montanara, so eines steht seit heute früh auf dem Campo vor meinem Haus. Da erinnerte ich mich an eine Bemerkung meiner Mutter.«

»Nämlich?«

»Nichts Bestimmtes. Gewisse Familien können sich so gut wie alles erlauben und kommen damit durch. Etwas in der Art sagte sie. Es war zu spüren, dass sie die Montanaras nicht mochte.«

»Sie haben nicht weiter nachgefragt?«

»Mich haben diese alten Geschichten damals nicht interessiert.«

Diese alten Geschichten. Lassen wir doch die Vergangenheit, wo sie hingehört.

Kann man nicht endlich vergessen?

Kann man nicht.
Darf man nicht.
Nicolao greift nach der Mappe mit Dokumenten.

31
»Versteh ich das richtig?«

»Versteh ich das richtig?« Colonello Malgara spielt mit einem Briefbeschwerer aus Messing in Form eines Golfballs. »Du denkst, dass Paolo Montanara diesen Schriftsteller umbringen ließ, damit nicht ruchbar wird, dass sein Großvater, Conte Alvise, möglicherweise mit den Deutschen kollaboriert hat? Weil das seine Chancen auf den Bürgermeistersessel verringern würde?«

»Ich halte es für möglich, ja.«

Der Golfball aus Messing landet unsanft auf der Schreibtischplatte. Altgedientes Holz gegen Metall. Ein Missklang. »Das ist doch Schwachsinn.«

Noch ein Missklang. Und nicht ganz der übliche Umgangston zwischen Nicolao und seinem Vorgesetzten. Schon wieder die Säure des Ärgers vom Magen nordwärts. »Ich freue mich über derart konstruktive Kritik.«

»Entschuldige. Aber du verrennst dich da in etwas. Seine Wähler haben doch ganz andere Sorgen. Täglich sehen sie im *Telegiornale* wie Hunderte Flüchtlinge aus dem Wasser gefischt werden. Manchmal dummerweise sogar lebend. Denn Überlebende wollen dann auch noch Nahrung und Arbeit. Und einen Platz zum Leben. Ein Problem, mit dem uns die sogenannte Unione europea alleinlässt. Nicht dass der Bürgermeister von Venedig an diesem Problem irgendetwas ändern könnte. Er kann nicht einmal in unserer Stadt besonders viel ändern. Wir leben in einem Museum mit viel zu vielen Besuchern. Junge Venezianer verlassen die Stadt fluchtartig. Keine Jobs, keine Zukunft hier. Sofern sie nicht das Glück haben, in eine Gondolierefamilie hineingeboren zu sein. Die großen Kreuzfahrtschiffe, diese Dreckschleudern, fahren zwar nicht mehr durch den Giudecca-Kanal, trotzdem ist die Luft in Venedig die schlechteste in ganz Mitteleuropa. Muscheln aus der Lagune zu essen ist russisches Roulette auf Venezianisch.« Malgara holt Luft. »Willst du noch ein paar Probleme hören? Ich kann dir nur sagen: Lass die alten Geschichten, Nicolao. Sie interessieren keinen mehr.«

»Anders ausgedrückt: Du hast auch Angst, dich mit den Montanaras anzulegen?«

»Angst? Angst hab ich bloß davor, dass die Arthritis in meinen Fingern so schlimm wird, dass ich keinen Golfschläger mehr halten kann. Ansonsten will ich bloß keinen sinnlosen Ärger.«

»Ich werde sowohl Paolo als auch seinen Vater Ludovico befragen. Und will jetzt und hier von dir wissen, ob ich Rückendeckung habe.«

»Du allein gegen den Rest der Welt – was? Das könnte dir so passen. Also gut – nimm die Montanaras aufs Korn. Ludovico kenne ich ganz gut. Eine Zeit lang haben wir regelmäßig miteinander Golf gespielt. Er ist einer der wenigen, die nicht betrügen bei Turnieren.«

»Ach so. Verstehe. Dann können wir ja davon ausgehen, dass er keinen Mord in Auftrag gegeben hat.«

»Ihr Nichtgolfer begreift das nicht. Dieser Sport spiegelt den Charakter.«

»Wer in karierten Hosen und mit Nägeln an den Schuhen herumläuft, ist für mich grundsätzlich verdächtig.«

»Golfbanause. Ich sag jetzt nichts über die Heimtücke von Fliegenfischern. Hast du denn etwas Belastendes gefunden im Holocaustarchiv?«

»Nichts Konkretes. Einige alte Fotos, auf denen Conte Alvise mit deutschen Offizieren zu sehen ist. Er hat musikalische Soireen gegeben für unsere faschistischen Freunde.«

»Geschmacklos, aber nicht unbedingt ein Kriegsverbrechen. War er Bürgermeister oder *Podestà*, wie das damals hieß?«

»Nein.« Nicolao holt einen Notizzettel aus seiner Jackentasche. Der Bürgermeister im Jahr 1943 hieß Giovanni Battista Dall'Armi.«

»Du hast also keinen Anhaltspunkt außer diesen fragmentarischen Aufzeichnungen eines von Rachelust getriebenen Schriftstellers?«

»*Giustizia, non vendetta.*«

»Wie bitte?«

»*Recht nicht Rache*, der Titel eines Buches von Simon Wiesenthal. Und sein Lebensmotto. Er war besessen davon, Naziverbrecher in allen Winkeln der Welt aufzuspüren.«

Der Colonello seufzt. »Ich weiß, wer Simon Wiesenthal war. Als Holocaustüberlebender hatte er gute Gründe, besessen zu sein. Deine Wortwahl. Aber du? Was hat ein nicht jüdischer Venezianer damit zu tun?«

»Außer nicht jüdischer Venezianer bin ich auch noch Polizist. Ich gebe zu, es gibt viele Spuren. Aber eine davon führt nun einmal zurück in den Zweiten Weltkrieg. Und in den Palazzo Montanara.«

Der Colonello seufzt wieder. So wie jemand seufzt, der nicht durch Argumente überzeugt wird, sondern an der Borniertheit des Gesprächspartners scheitert. »Okay. Ich ruf Conte Ludovico an, er wird dich empfangen. Mit Paolo, dem Sohn, musst du selbst klarkommen. Aber glaub mir: Du liegst falsch.«

»Ein venezianischer *Nobiluomo* mordet nicht?«

»Beh – jedenfalls nicht so. Das war irgendwie ein kleinlicher Mord. Stillos.«

Natürlich drängt sich jetzt die Frage auf, welche Art von Mord der Colonello für stilvoll hält. Einem venezianischen Adeligen angemessen. Aber die aufdringliche Frage bleibt ungefragt.

32
»Bin ich verdächtig?«

»Bin ich verdächtig? Oder ist es mein *ristretto*, dem Sie verfallen sind?« An Marina Ambergs Ohren baumeln tiefrote Glaskugeln. Sie trägt ein kurzes schwarzes Kleid und rote Leinensandalen. Ihr gegenüber sitzt Donatella. Der angesprochene *ristretto* harrt in dickwandiger Tasse der eventuellen Zuckerbeifügung.

»Beides.« Donatella aktiviert das harmloseste Lächeln, das sie im Repertoire hat, und lässt Zucker rieseln.

Falls Marina Amberg von dieser Offenheit irritiert ist, so geht sie jedenfalls nicht darauf ein. »Wir beziehen den Kaffee aus einer speziellen Rösterei in Triest.«

Marina Ambergs Knie fallen wie zufällig auseinander. Entspannt? Ein plumper Test? Wenn Donatella wollte, könnte sie die Farbe des Slips beziehungsweise sein Nichtvorhandensein feststellen.

Donatella will das ganz und gar nicht. Sie ignoriert das Angebot. Aber ihr ist plötzlich klar, dass sie nicht allein zu der Befragung hätte kommen sollen. Es ist gegen jede Routine und übrigens auch gegen die Dienstvorschrift. Aber es sollte beiläufig aussehen. Ein kurzes Gespräch, weil sie zufällig in der Gegend war.

Das Haus mit seinem Garten und dem Zimmer mit Aussicht auf die Lagune ist einer der Gründe, warum sie zurückgekommen ist. Manche Häuser tun so, als stünden sie bloß rum. In Wirklichkeit schauen sie mit spiegelnden Augen, atmen durch gemauerte Kiemen, stehen zu ihrem Vorleben und haben – Macht. Zu manchen Häusern will man immer wieder zurückkommen, ob sie einem nun offenstehen oder nicht. Donatella gehört zu den Venezianern, die es für unvorstellbar halten, irgendwo anders zu leben als in der Stadt, die mit der stetigen Drohung, im Wasser zu versinken, weltweites Interesse aufrechterhält. In der Stadt der rabiaten Kirchenglocken, der nicht minder rabiaten Touristenströme, der regelmäßigen Streiks von Müllabfuhr und ACTV. Für Donatella ist Venedig kein Wohnort, sondern ein Seelenzustand. Und zur Seele gehören die dunklen Seiten und die nicht entsorgten Abfälle. Die Verweigerungen sowieso.

Der zweite Grund, warum Donatella bei Marina Amberg *ristretto* trinkt, ist banale Polizeiarbeit. Und ein vages Gefühl des Unbehagens beim Überprüfen der Liste, die Nardi bei der Telefongesellschaft erhoben hat. Sie rührt in der Tasse. Sie ist bekennende Anhängerin der Zuckerfraktion.

»Da Sie mich nicht nach der Adresse der Rösterei fragen, nehme ich an, dass Sie etwas anderes wissen wollen.« Die Oberschenkel im kurzen schwarzen Kleid haben wieder in dezenter Weise zueinandergefunden. Test negativ.

Donatella atmet innerlich auf. Sie nimmt einen Schluck, stellt die Tasse ab. »Wir haben mittlerweile die Auswertung des Mobiltelefons, das ja leider verschwunden ist. Aber natürlich kann man die Anrufe trotzdem nachvollziehen, sofern man eine Genehmigung dafür hat.«

»Ich sehe gelegentlich CSI oder Ähnliches«, sagt Marina Amberg. »Irgendwelche neuen Erkenntnisse aus seinen Telefonaten?«

»Signor Heinisch hat wenig telefoniert.«

»Das hätte ich Ihnen auch sagen können. Er hatte eine gestörte Beziehung zu allem, was ihn vom Schreiben abhielt. Und Telefone haben die Gewohnheit, zur falschen Zeit zu läuten. Er bevorzugte E-Mails. Weil man seine Post, auch die elektronische, lesen kann, wann man möchte. Sofern man möchte.«

Donatella nickt zur viel zu ausführlichen Lektion in elektronischer Post. Will Marina Amberg Zeit gewinnen?

Sie zieht einen Notizzettel aus ihrer Jackentasche, konsultiert ihn. »Aber manchmal hat er doch telefoniert. Nämlich in der Nacht von Donnerstag auf Freitag. Um zweiundzwanzig Uhr drei. Also möglicherweise kurz bevor er starb. Er hat eine Mobiltelefonnummer angerufen. Ihre Nummer, Signora Amberg.«

»Ja natürlich. Das habe ich doch erwähnt.«

»Ein Anruf, in dem er mitteilte, dass er nicht nach Hause kommen würde.«

»Richtig.«

»War es üblich, dass er Sie anrief, wenn er bei Signor Cranz übernachten wollte?«

»Nein.«

»Warum dann in dieser Nacht?«

»Wir können ihn wohl nicht mehr fragen«, kommt es aus schmalen Lippen.

Ironie an unpassender Stelle.

Donatella wird störrisch. »Ich hätte gerne, dass Sie mir Wort für Wort wiederholen, was gesprochen wurde.«

»Wort für Wort?«

»Wenn möglich.«

Donatella aktiviert an ihrem Handy die Stoppuhr-Funktion.

Marina Amberg dreht die Augen nach oben. Nicht nach rechts, was angeblich Menschen tun, die in ihren Erinnerungen etwas suchen. Sondern nach links, wo einer Studie zufolge die Lügen konstruiert werden. »Hallo, Marina, ich fahre jetzt noch zu Manuel und komme höchstwahrscheinlich nicht nach Hause.« Zögernd reihen sich Wörter aneinander.

»Und Sie sagten darauf?«

»Okay.«

Donatella schwenkt ihr Handy. »Macht zusammen etwa sieben Sekunden. Das fragliche Gespräch dauerte aber nicht ganz fünfzig Sekunden.«

»Ich glaube, er sagte noch: Ich hab keine Lust, auf ein Boot zu warten. Ein Spaziergang wird mir guttun.«

»Noch einmal sechs Sekunden.«

»Er sagte auch noch etwas wie: Die Besprechung hat nicht viel gebracht.«

»Und warum haben Sie das nicht erwähnt?«

»Es war mir entfallen.«

»Entfallen.« Ein Schwergewicht von Wort. So vollgepackt mit Zweifel ist es.

»Vielleicht weil es unbedeutend war?«

»Nichts ist unbedeutend, was einer sagt, der wenig später ermordet wird.«

»Aber das wusste ich in dem Augenblick ja noch nicht.«

Die Katze namens Logik dreht sich um sich selbst auf der Jagd nach der eigenen Schwanzspitze.

Donatella wirft einen Blick auf ihre Notizen. »Gregor Heinisch hatte bei Notar Veronese einen Termin für den 23. Juli vereinbart. Wussten Sie davon?«

»Nein.«

Der rote Kater namens Vincent schreitet durch das Wohnzimmer, ignoriert Donatella und bedenkt Marina mit einem schwer lesbaren Blick. Allerdings ist Donatella ohnehin absolute Analphabetin, was das Lesen von Katzenblicken betrifft.

Sie konsultiert noch einmal ihre Notizen. »Er hat also ausdrücklich erwähnt, dass er in der Wohnung von Manuel Cranz drüben bei den Magazzini del Sale übernachten würde.«

»Wie deutlich muss ich das noch sagen?«

Donatella steht auf, wirft einen Abschied nehmenden Blick auf die Lagune. »Ein schönes Haus.«

»Ich kenne kein schöneres.«

Und ich keinen besseren Grund, jemanden dafür umzubringen. Aber im Testament ist nicht Marina Amberg begünstigt, sondern Manuel Cranz. Also werde ich meine

Lieblingsverdächtige wohl von der Liste streichen müssen. Laut sagt sie: »*Arriverderla.* Und danke für den Kaffee.«

Sie ist schon die Stufen hinuntergegangen, als sie ganz in der Tradition dieses Fernsehkommissars im abgetragenen Trenchcoat abrupt stehen bleibt und sich umdreht. »Er hat bei Ihnen angerufen, um sich sozusagen abzumelden. Aber es gibt keinen Anruf von Signor Heinisch bei Signor Cranz, um ihm zu sagen, dass er doch noch kommen würde.«

»Ich nehme an, es hätte nicht unbedingt eine Verabredung gebraucht, um bei Manuel zu übernachten. Er hatte ja die Schlüssel zur Wohnung. Immerhin waren die beiden sozusagen verlobt.« Wieder stellt Donatella fest, wie unkleidsam Hass ist. Sie wendet sich zum Ausgang, dreht sich an der Gartentür noch einmal um. Schüttelt nachdenklich den Kopf. Wenn schon Columbo-Klischee, dann gründlich.

»Es ist wirklich merkwürdig. Fast fünfzig Sekunden für den Anruf bei Ihnen. Keine Sekunde für Manuel Cranz.«

Schultern nähern sich dem rotgläsernen Ohrschmuck. Das Lächeln ist eines von denen, die nicht gelächelt werden sollten. »Vielleicht sagt es uns ja etwas darüber, wer ihm wichtiger war.«

33
Niemand kann sich

Niemand kann sich dagegen wehren, wenn bei Zusammenkünften der zufälligen oder auch absichtlichen Art plötzlich Witze erzählt werden. Firmenfeiern und Kantinen sind diesbezüglich vermintes Gebiet. »Kennt ihr den schon?« Vier Wörter, bei denen man sofort in geistige Deckung gehen sollte. Leider hat die Schöpfung dem Menschen Ohrenlider verweigert. Noch ehe man die Flucht ergreifen kann, detoniert die Pointe, meist sogar unter lautem Gelächter der Getroffenen. Der Zwangserheiterte kann nicht einmal etwas dagegen tun, dass so ein Witz auch noch Speicherplatz in seinem Gedächtnis belegt.

Und dass er zur Unzeit aus diesem Speicherplatz ausbricht wie Geröll aus einer Steilwand und polternd einen Weg verlegt. Genau den Weg, auf dem sich soeben ein wichtiger Gedanke fortbewegen möchte.

Nicolao überquert den Campo Sant'Angelo und ist mit dem nicht unwesentlichen Gedanken beschäftigt, welche Fragen er dem Anwalt und Bürgermeisterkandidaten Paolo Montanara stellen soll. Statt brauchbarer Fragen taumelt die Stimme eines an sich sympathischen Kollegen in sein Bewusstsein. »Kennt ihr den schon?«

Nein!!!

Die Stimme ist unbeirrbar.

Ein Mann geht in eine Kanzlei und fragt den Rechtsanwalt: Wie viel kostet eine Rechtsauskunft?

»Für drei Fragen stelle ich 1200 Euro in Rechnung«, antwortet der Anwalt.

»Das ist aber doch ziemlich teuer, oder?«, fragt der Mann.

»Ja«, antwortet der Anwalt. »Und wie lautet ihre dritte Frage?«

Polizisten haben eine berufsbedingte Abneigung gegen Anwälte. Niemand mag den, der die eigene Anstrengung zunichtemacht. So wie es ja auch keine Putzfrau mag, wenn mit dreckigen Stiefeln über den eben gesäuberten Boden marschiert wird.

Avvocato Montanara hat seine Kanzlei in der Calle Dei Avvocati. Klassisch venezianisch. Nicolao betätigt den Klingelknopf neben dem Messingschild immer noch ohne die geringste Ahnung, wie er das Gespräch beginnen soll. Dafür könnte er dem Herrn Anwalt und Bürgermeisterkandidaten einen nicht besonders witzigen Anwaltswitz erzählen.

Die Dame im Vorzimmer sieht aus, als wäre sie einem Hochglanzmagazin entstiegen. Unter Mitnahme des druckbedingten Hochglanzes. Die dunklen Haare schimmern, die Augen leuchten, der makellose Teint glänzt. Natürlich glänzt er nicht verschwitzt, sondern so, als wäre das Make-up mit Goldpartikeln versetzt. Vielleicht gibt es ja so etwas. Nicolao ist kein Experte für derartige Fragen.

»Commissario Nicolao – nicht wahr?« Die Hochglänzende schaut zu ihm auf.

Nicolao nickt. Noch immer mit der Frage beschäftigt, wie er das Gespräch mit Paolo Montanara beginnen soll. Irritiert durch Witzfragmente.

»Avvocato Montanara ist in einer Sitzung. Aber er wird das Meeting für Sie unterbrechen.«

Sie drückt auf einen Knopf der Telefonanlage.

»Das ist nett von ihm.« Nicolao verbannt jeden Anflug von Ironie aus seiner Stimme.

»Avvocato Montanara ist ein sehr netter Mann.« Die Betonung liegt tonnenschwer auf den drei Buchstaben des Hilfsverbs. Die Tür zum Besprechungszimmer öffnet sich, noch ehe Nicolao die gerahmte Doktoratsurkunde der Universität von Padua fertiglesen kann. Der nette Mann geht mit ausgestreckter Hand und seinem Plakatlächeln auf Nicolao zu. »Commissario – es freut mich, Sie persönlich kennenzulernen. Ihre Assistentin hat den Termin ja recht dringend erscheinen lassen. Kommen Sie, wir gehen in mein Büro. Gloria, servieren Sie den Herren im Besprechungszimmer inzwischen Kaffee.«

Glanz und Gloria, denkt Nicolao. Wie passend. Er sieht gerade noch, dass sich Gloria, die Glänzende, zu Modelgröße erhebt, dann folgt er dem Anwalt in sein Büro.

Die Sitzgruppe nimmt sich ernst, ganz Chrom und Schwarz. Nicolao lässt sich widerwillig von gierigem Sofaleder einsaugen. Immerhin weiß er endlich, wie er das Gespräch mit Montanara beginnen wird.

34
Sara Pereira starrt

Sara Pereira starrt auf die Wand gegenüber ihrem Schreibtisch. Eine schmucklose Wand. Auch frei von nützlichen Dingen wie Uhr, Stadtplan, Kleiderhaken oder Kalender. Die kahle Wand erinnert sie an ein Bild. Durchaus logischerweise. So wie wir ja oft durch das Nichtvorhandensein von Dingen daran erinnert werden, was fehlt. Eine leere Wohnung lässt uns unweigerlich an Möbel denken. Eine Steppe mit bodennahem Zwergwuchs an Bäume. Ein nackter Mensch ... Nein, das ist wieder eine andere Sache. Sara Pereira wird jedenfalls an ein Bild erinnert. Ein ganz bestimmtes Bild. Sonnenaufgang über der Lagune, Dunstschleier über noch tief schlafenden Inseln. Nur wenige Maler können so etwas kitschfrei verewigen. Mario de Silva konnte es. Der geheimnisvolle Maler, von dessen Werk kaum etwas erhalten ist. Und ausgerechnet im Schlafzimmer der Signora Padovan hängt eine dieser Raritäten. Warum versteckt jemand ein so schönes und wertvolles Bild vor bewundernden Blicken?

Weil man es ganz für sich allein haben möchte? Möglich. Weil man den Besitz eines so kostbaren Bildes geheim halten will? Auch möglich.

Aber da meldet sich wieder dieses beständige Gefühl, dass Luisa Padovan etwas verschweigt. Etwas Entscheidendes. Sara glaubt ihren Gefühlen. Sie ist davon überzeugt, dass jüdische Gene in einem harten Auswahlverfahren über viele Generationen darin geschult wurden, alle Sinne zu schärfen. Natürlich auch den sechsten. Den besonders.

Sara ruft das Gespräch mit Luisa Padovan ab. Sie kann so etwas. Es ist für sie wie Schubladen öffnen. Wo hat Luisa Padovan unterrichtet? Nach kurzem Kramen in der zuständigen Schublade ist es da, das Detail: im Liceo

Artistico. Sara konsultiert ihren inneren Stadtplan. Liceo Artistico Marco Polo an der Fondamenta Priuli.

Und genau dort arbeitet eine ehemalige Schulfreundin Saras. Im Sekretariat der Schule. Wahrscheinlich in unmittelbarer Nähe der Personaldokumente. Und an der Sammelstelle aller Schulklatschgeschichten. Giuditta war immer schon bekannt dafür, alles über alle zu wissen. Eigentlich wollte sie folgerichtig Journalistin werden, landete aber aus Gründen, die Sara nicht kennt, als Sekretärin im Liceo Artistico.

Giuditta Romanelli freut sich hörbar über Saras Anruf. »In einer halben Stunde bei Schiavi?«

Dann eben an dem Ort, wo Sara ein paar Jahre zuvor einen lebensbestimmenden Entschluss fasste. Gemeinsam mit einigen Kollegen sollte sie Angelina Jolie und Brad Pitt vor Schaulustigen schützen. Irgendwer hatte den beiden offensichtlich geraten, in der kleinen Cicchetti-Bar nahe der Gondelwerft San Trovaso Venedig-Flair zu konsumieren. Dabei sollten sie nicht von aufdringlichen Fans gestört werden. Ein Fan kann so gut wie jeder sein, also musste die Gegend um die Bar großräumig abgeriegelt werden. Das Typische an Venedig sind ja bekanntlich menschenleere, für das Publikum gesperrte Bars, um die ein Polizeikordon gezogen ist. Sara war Teil des menschlichen Zauns und hasste es. Stars und Fans leben ihrer Meinung nach in einer selbst gewählten, ein wenig unappetitlichen Symbiose. Wie eine bestimmte Algenart, die auf Korallen lebt und ihren Wirt mit Nährstoffen versorgt. Und die Putzerfische, die den Hai nach Parasiten absuchen. Oder die Bakterien, ohne die kein Darm funktioniert. Ohne Fans keine Stars und umgekehrt. Symbiotische Lebensformen sollten sich ohne Einmischung der Polizei miteinander arrangieren können. Fand Sara. Hängte die Uniform an den symbolischen Nagel, beendete so schnell wie möglich ihr Psychologiestudium und bewarb sich bei der Mordkommission. Um in dieser Eigenschaft wieder in der Schiavi-Bar zu landen.

Sie stehen an der Theke, vor ihnen zwei Gläser, gefüllt mit blassestmöglichem Rosa. Der Pinot Grigio aus der *bottiglione*, der großen Flasche. Naturbelassen, nur kurz haltbar.

Giuditta Romanelli wirkt keinen Tag älter als damals beim Abitur. Wie eingefroren und soeben wieder aufgetaut. Sara denkt an ihr eigenes Gesicht, das manchmal von einem Tag auf den anderen dem Gesicht ihrer Mutter wieder ein Stück ähnlicher ist.

»Was genau machst du eigentlich am Liceo?«

»Die Jobbeschreibung ist Sekretärin. In Wirklichkeit bin ich Kindermädchen, Therapeutin, Klagemauer, manchmal verdeckte Ermittlerin.«

Saras Augenbrauen heben sich zur wortlosen Frage.

»Ab und zu mal ein Diebstahl, gelegentlich Drogen oder jemand, der Sachen zur Prüfung einreicht, die nicht von ihm stammen. Schülerkram. Und du? Was genau machst du bei der Polizei?«

»Mörder fangen«, sagt Sara. So wie man sagt: »Beton mischen.« Oder: »Hunde züchten.«

»Wie kann ich helfen? Ich nehme an, es gibt einen Grund, warum du mich angerufen hast.«

Nicht nur gute Gene, auch noch clever. »Luisa Padovan«, sagt Sara. »Sie hat doch bei euch an der Schule unterrichtet.«

»Stimmt. Seit ein paar Jahren ist sie in Pension. Hat sie wen umgebracht?«

»Würde dich das überraschen?«

»Nicht besonders.«

Wieder übernehmen Saras prominente Augenbrauen das wortlose Fragen.

»Wir hatten eine Schülerin, die sich nach nicht bestandener Aufnahmsprüfung die Pulsadern aufgeschnitten hat.

Nur ein bisschen, sie ist nicht dran gestorben, aber trotzdem. Große Aufregung, eine Psychologin wurde eingeschaltet, die Schulaufsichtsbehörde wollte einen Bericht. Die Eltern verlangten eine zweite Chance für ihre Tochter. Aber die Padovan blieb bei ihrem Nein. Unbegabt bleibt unbegabt. Auch mit aufgeschnittenen Pulsadern.«

»Ein Drama«, sagt Sara.

»Gar nicht. Das Mädchen wurde an der Kunstschule in Padova aufgenommen.«

»Das habe ich nicht gemeint. Ich habe ein ganz anderes Drama gemeint. Mir ist eingefallen, was nicht bestandene Aufnahmsprüfungen anrichten können. Wenn man damals an der Kunstakademie in Wien einen gewissen unbegabten Maler namens Hitler zum Studium zugelassen hätte, dann wäre vielen viel erspart geblieben. Ein paar schlechte Bilder mehr hätte die Welt schon ausgehalten.«

Sara weiß, dass auf der Liste der aus Venedig deportierten Juden auch der Name Romanelli zu finden ist.

Giuditta verweigert den masochistischen Blick in Richtung Vergangenheit. »Warum interessierst du dich für die Padovan?«

»Sie ist Zeugin in einem Mordfall. Und ich glaube, dass sie uns etwas verschweigt. Außerdem hängt ein wertvolles Bild von Mario de Silva in ihrem Schlafzimmer. Wie kommt sie dazu, frag ich mich?«

»Frag nicht dich, frag mich«, sagt Giuditta.

35
Noch immer lächelt

Noch immer lächelt Montanara, als hielten sich einige Journalisten mit Kameras dezent im Hintergrund auf. »Commissario – womit kann ich Ihnen helfen?«

»Gregor Heinisch«, antwortet Nicolao.

Das Lächeln des Anwalts fällt so schnell ab, als wäre es nur schlampig in seinem Gesicht befestigt gewesen. »Ich verstehe nicht. Warum kommen Sie zu mir?«

»Sie wissen, dass er ermordet wurde?«

»Es stand in allen Zeitungen. Sehr bedauerlich«, sagt Paolo Montanara. Er sagt es, als würde er einen Rotweinfleck auf dem Tischtuch kommentieren. Einen, für den er nicht verantwortlich ist.

»Sie kannten ihn?«

»Nicht persönlich. Ich habe eines seiner Bücher gelesen. Über einen deutschen Dirigenten, der sich mit dem Naziregime arrangiert hat.«

»Ihr Urteil?«

»Natürlich kann man so etwas nicht gutheißen.«

»Sie missverstehen mich. Ich meine das Buch. Hat es Ihnen gefallen?«

»Thematisch interessant. Allerdings ist es einfach, andere zu verurteilen, wenn man selbst nie in Zeiten wie damals gelebt hat.«

»Andere Künstler sind lieber ins Exil gegangen, als unter diesem Regime zu musizieren.«

»Commissario, so gerne ich mit Ihnen diskutieren würde, aber nebenan wartet der Gesundheitsstadtrat mit seinen Experten auf mich. Wir arbeiten an einem Plan, wie man das Müllproblem in dieser Stadt in den Griff bekommen kann. Das halte ich für dringender als das Verhalten von deutschen Künstlern während der Nazizeit.«

»Sie wissen, worüber er zuletzt recherchiert hat?«

»Der Gesundheitsstadtrat?«

»Nein. Gregor Heinisch.«

»Das weiß ich nicht. Wie sollte ich?«

»Er war dabei, ein Buch zu schreiben über eine jüdische Sängerin, die 1943 aus Venedig verschwunden ist. Sagt Ihnen der Name Lilly Salomon etwas? Oder Lilly Bergmann?«

Die Antwort kommt ohne Zögern. »Nicht das Geringste.«

»Gregor Heinisch hat Sie nicht kontaktiert?«

»Nein. Warum hätte er das sollen?«

»Aus seinen Aufzeichnungen geht hervor, dass er jemand aus der Familie Montanara im Besitz von Informationen vermutet.«

»Informationen worüber?«

»Wie, wo und warum Lilly Salomon verschwunden ist. Damals, im Jahr 1943.«

»Mein Vater ist Jahrgang 45. Ich bin 1971 geboren. Wie sollten wir Kenntnis haben von Dingen, die im Jahr 1943 geschehen sind?«

»Ihr Großvater, Conte Alvise, hat sich mit den Deutschen arrangiert.«

»Sagt wer?«

»Dafür gibt es Beweise.«

»Mein Großvater hatte die Verantwortung für viele Menschen, die auf unseren Gütern Arbeit gefunden haben. Er hat diese Verantwortung wahrgenommen. Mehr gibt es dazu nicht zu sagen, Commissario.«

Montanara federt leichtfüßig hoch und öffnet die Tür auf eine Weise, die nicht Höflichkeit, sondern Hinauswurf ist. Nicolao löst sich aus der Umklammerung des Ledersofas. Die Bosheit der Designer. Gloria, die Glänzende, sitzt nicht an ihrem Schreibtisch. Irgendwo klappern Tassen.

»Es kann sein, dass ich Sie doch noch einmal belästigen muss.«

»Sie verschwenden Ihre Zeit.« Montanara lächelt schon wieder. Manche Menschen benützen ein Lächeln, um anderen die Zähne zu zeigen.

Nicolao tritt aus dem Schatten der Calle Dei Avvocati in die Hitze des Campo Sant'Angelo. Die Sonne attackiert.

Augenblicklich beginnen Schweißtropfen ihren langen, hurtigen Weg vom Hemdkragen südwärts. Nur kurzer Aufenthalt oberhalb des Gürtels.

Touristen trotten wie in Trance. Kameras an Riemen um feuchte Hälse oder am Ende hängender Arme. Niemand ist an diese Hitze gewöhnt. Nicht einmal die Venezianer. Es ist, als würde man feuchtwarme Tücher einatmen. Die Klügeren sitzen glasigen Blickes im Sonnenschirmschatten und trinken den dritten *spritz con bitter* in der Hoffnung auf Abkühlung.

Nicolao möchte Tourist sein. Den möglicherweise zukünftigen Bürgermeister an jeder Ecke lächeln sehen, ohne sich fragen zu müssen, ob er vielleicht einen neugierigen Schriftsteller mit einem stumpfen Gegenstand in die Lagune geschickt hat. Mit direktem Anschluss ins Jenseits.

Nicolaos Diensthandy gibt Laut. Es ist der Colonello.

»Er ist bereit dich zu sehen«, sagt Malgara. »Jetzt gleich.«

»Dinnerjacket oder bloß dunkler Anzug und Krawatte?«, fragt Nicolao.

Sein *cellulare* klebt an seinem Ohr. Er wechselt Ohr und Hand.

»Sarkasmus ist unangebracht, ich erspar dir eine Menge Antichambrieren.«

»Ich ermittle in einem Mordfall – darf ich dich daran erinnern?«

»Nicolao. Diese Familie kann deine Karriere beenden.«

»Sie kann alles Mögliche beenden. Vielleicht sogar ein Leben.«

»Vielleicht. Vielleicht aber auch nicht.« Stille im Handy. Die Art von Stille, die Ärger ankündigt. »Da ist etwas, was du wissen solltest, ehe du zu ihm gehst.«

Malgaras Stimme tritt ganz leise auf.

Nicolao wappnet sich. »Ja?«

36
Sara versucht

Sara versucht ihre Gedanken zu ordnen. Versucht, Giudittas Informationen wie Puzzleteile in das große Bild einzufügen. Sie passen nicht.

Das große Bild. Sie muss ein paar Gedankenschritte zurücktreten, um es zumindest andeutungsweise in seiner Gesamtheit zu sehen.

Da sind Lilly Bergmann und Maria Padovan. Verfolgt vom Naziregime die eine. Hilfreich die andere. Freundinnen? So lange, bis Mario de Silva auftaucht? Lieben sie ihn beide? Lässt sich alles auf banale Eifersucht reduzieren?

Luisa Padovan hat Giuditta gegenüber behauptet, Mario de Silvas Tochter zu sein. Geboren 1944. Wenn das stimmt, dann zeugte Lilly Bergmanns große Liebe ein Kind mit deren einziger Freundin Maria. Erst nach Lilly Bergmanns Verschwinden? Oder waren der Maler und ihre Freundin vorher schon intim? Wer hat betrogen? Wer wurde betrogen? Warum hängt eines seiner Bilder versteckt im Schlafzimmer? Unrechtmäßig erworben? Aus Lilly Bergmanns Nachlass? War dieses Bild der Grund, warum Luisa Padovan keine Recherchen in der Vergangenheit ihrer Mutter wollte?

Sara friert in der Hitze des Sommerabends. Der kalte Luftzug, den sie spürt, kann nur direkt aus der Vergangenheit kommen. Im Jetzt herrscht Hitze. Immer noch, obwohl die untergehende Sonne den Smog aus der Po-Ebene zu einer Orgie an Lila-, Rot- und Orangetönen verklärt.

Die schönste schlechte Luft Europas.

Ein pflichtbewusstes Unterbewusstsein führt Sara an der Pension Calcina vorbei, zum Ufer der Unheilbaren, wo eine Marmortafel an Joseph Brodsky erinnert. Und weiter in die breite Gasse, die früher ein Kanal war und genau zu

Luisa Padovans Wohnhaus führt. Vorbei an dem Haus, in dem Toscanini gewohnt hat. Das kleine rote Haus wird sichtbar. Die Fenster im ersten Stock links sind offen. Weiße dünne Vorhänge blähen sich. Hier versucht jemand durch Zugluft etwas Erleichterung von der Hitze zu finden. Dahinter Licht.

Warum nicht einfach bei Luisa Padovan klingeln und all die Fragen stellen? Im Alleingang? Ohne die Kollegen zu informieren? Das ist gegen jede Dienstvorschrift. Was, wenn Luisa Padovan …

Die Fantasie entwirft Bilder, die sich zu einem Kurzfilm aneinanderreihen. »Ich habe Informationen für Sie.« Die fiktive Luisa Padovan telefoniert mit Gregor Heinisch. »Nein, nicht bei mir zu Hause. Gewisse Leute könnten aufmerksam werden. Sind es vielleicht schon. Besser drüben auf der Giudecca. Sie kennen die Calle Michelangelo? Ja, richtig, vorbei an der Bibliothek. Ich mag diesen Platz und man kann ungestört reden.«

Hätte Gregor Heinisch Verdacht geschöpft? Wohl kaum. Er war auf der Suche nach M., dem Mann aus der mächtigen Familie. Und nach Informationen.

Überblendung. Saras Kurzfilm geht weiter. Sie sieht Gregor Heinisch warten, dann die elegante ältere Frau begrüßen, die im sparsamen Hell der Straßenbeleuchtung auf ihn zukommt. Sie lächelt, sie redet. Er hört zu. Macht Notizen. Wird von einem Geräusch in der Lagune abgelenkt. Lautes Rufen? Ein Boot? Der berühmte stumpfe Gegenstand könnte ein herumliegender Stein sein. Ein Bewusstloser im Wasser der Lagune. Gefolgt von der Tatwaffe. Der Körper treibt Richtung San Giorgio. Der Stein sinkt in den Schlamm. Unauffindbar. Die elegante ältere Frau verschwindet unbemerkt.

Sara steht vor der Eingangstür.

Tu es nicht. Geh weiter. Sprich erst mit dem Commissario über deinen Verdacht, sagen Saras Gene, die über

Generationen in Wachsamkeit geschult sind. Überlebensgene. Angstgene.

Von Angstgenen gesteuert zu werden, bewirkt manchmal inneren Protest. Sara drückt auf den Klingelknopf.

37
Nicolao würde gerne

Nicolao würde gerne losstürmen. Seinen Ärger über das Gespräch mit Malgara schnell loswerden. Es ist aber schwer zu stürmen, wenn man feuchtwarme Tücher einatmet und die abendliche Hitze wie eine zu schwere Decke in einem überheizten Schlafzimmer jede schnelle Bewegung verbietet. Also schreitet Nicolao. Beherrscht. Beherrscht von der Hitze, aber ist es nicht gleichgültig, was uns Mäßigung auferlegt?

Seine Gedanken sind hitzeresistent. Sie eilen ungeduldig den Schritten voraus. Verdichten sich zu gedachten Worten. *Signor Conte! Sie erwarten doch nicht im Ernst, dass ich so etwas glaube? Erst durch den Anruf von Colonello Malgara wollen Sie vom Mord an Gregor Heinisch erfahren haben? Für wie beschränkt halten Sie die Polizei und nein, ich will keine Antwort auf diese Frage. Aber auf ein paar andere.*

Einige wütende gedachte Anreden später öffnet er das Tor zu einem düsteren Innenhof. Im Eingang stapeln sich Müllsäcke. Ha! So weit geht der Einfluss der Montanaras doch nicht, dass ihr Müll abgeholt wird, während andere vergeblich auf die gelb-türkis gewandeten, seit Tagen streikenden Entsorger warten.

Der eigentliche Eingang zum Palazzo liegt *acqua-alta*-bewusst ein paar Stufen höher. Die Tür öffnet sich, noch ehe Nicolao nach dem eisernen Ring greifen kann, der zur dumpf tönenden Ankündigung von Besuchern gedacht ist. Und wieder fühlt sich Nicolao an einen Film erinnert –

Dinner for one, Fixpunkt in jedem Silvester-Fernsehprogramm. Da steht der weißhaarige Diener aus genau diesem Film, schlägt andeutungsweise die Hacken zusammen und nuschelt so etwas wie »Sie werden schon erwartet«.

Anschließend macht er kehrt und stakst steifbeinig voraus. Unwillkürlich hält Nicolao Ausschau nach dem Tiger- (oder Eisbären-?) Fell, über das der dienstbare Geist stolpern wird. Aber der Steinboden der Halle ist frei von Tierfellen jeglicher Art. Also wird nicht gestolpert.

Ein Lichtstreifen verweist auf eine angelehnte Tür in den Tiefen der Halle und auf die Tatsache, dass manche Menschen beim Bau ihrer Häuser an nichts sparen mussten. Auch nicht an Platz, der in Venedig so knapp ist wie sonst kaum in einer anderen Stadt.

Der Weißhaarige schiebt die angelehnte Tür auf. Wortlos. Ein einziger stummer Vorwurf. Er bleibt als Schatten hinter Nicolao.

Conte Ludovico Montanara schaut auf. Hohe Stirn, helle Augen unter buschigen Brauen, prägnante Adlernase, um den Mund einen Zug, als hätte er soeben etwas Unangenehmes gerochen. Arroganz umgibt ihn wie ein teures Aftershave. Eau de Nobiluomo.

Raubvogelaugen taxieren die lebensmüde Maus, die es wagt zu stören. Aus allen wütenden Sätzen, die sich in Nicolao aufgestaut haben, filtert sich zu seinem eigenen Erstaunen dieser eine: »Vielen Dank, Conte, dass Sie so rasch Zeit für mich haben.«

Was ist mit mir?, denkt Nicolao, verblüfft seinem Satz nachlauschend, als hätte ihn ein anderer gesagt. So wie die Jüdin Sara die Angst in ihren Genen hat, ist es offenbar bei einem Venezianer die Bereitschaft, sich vor der dogenlastigen Vergangenheit eines Adeligen verbal zu verbeugen. Vielleicht liegt es aber auch daran, dass der Conte tatsächlich den Eindruck macht, als würde er den tagtäglichen gedruckten Kleinkram in den Zeitungen verweigern. Der

Raubvogelblick irrt ab, verirrt sich zwischen Bücherrücken. Beginnende Demenz?

Der Raum, in dem Nicolao steht, ist eine Bibliothek. Eine kleine, aber sehr hohe Bibliothek. Die mit Büchern vollgestellten Wände lassen gerade noch Platz für einen Miniaturschreibtisch, zwei gepolsterte Fauteuils und eine Stehlampe. Allesamt aus irgendwelchen kunsthistorischen Epochen, die Nicolao nicht benennen kann.

Einen Augenblick denkt er an das Bücherregal, das er gemeinsam mit Laura zusammengebaut hat. Das hier ist solide Handwerksarbeit aus einem anderen Jahrhundert, fugenlos die Wände füllend. Vermutlich hält der Graf IKEA für eine japanische Insel.

Nicolao als bekennender Wenigleser fühlt sich von der Fülle der Bücherrücken bedrängt. Den Gedanken, dass die Wände zwar sehr langsam, aber unaufhörlich näher rücken, kann er nur mit Mühe abwehren. Bibliophobie – gibt es das als Krankheitsbild?

Der Diener ist noch immer ein Schatten hinter Nicolao.

»Danke, ich brauche Sie heute nicht mehr, Arturo«, entlässt ihn der Conte in freundlichem Ton, aber mit einer Handbewegung, als wollte er eine lästige Fliege verscheuchen.

Der Ausdruck, mit dem er Nicolao taxiert, lässt keinen Zweifel daran, dass er die polizeiliche Maus ebenfalls lieber verscheuchen möchte, als ihr einen Platz anzubieten. Die Hand, mit der er trotzdem auf eine der beiden Sitzgelegenheiten verweist, flattert ein wenig.

»Colonello Malgara hat mir berichtet … Dieser Schriftsteller, der mich letzten Donnerstag aufgesucht hat, er ist gestorben?«

»Er wurde gestorben«, präzisiert Nicolao.

Falls den Grafen die saloppe Formulierung irritiert, lässt er sich das nicht anmerken. »Ja, das hat der Colonello erwähnt. Sehr bedauerlich.« Dieselben Worte, die auch sein Sohn verwendete. Nicht derselbe Ton. Emotionaler. So etwa, wie man sein Bedauern über eine gute Flasche Rotwein ausdrückt, die aufgrund falscher Lagerung nicht mehr trinkbar ist.

»Er starb letzten Donnerstag zwischen zweiundzwanzig Uhr und Mitternacht. Nach bisherigem Erkenntnisstand sind Sie der Letzte, der ihn lebend gesehen hat.«

»Abgesehen von seinem Mörder natürlich«, stellt der Conte fest. Ganz bestimmt keine Demenz, korrigiert Nicolao seine frühere laienhafte Vermutung.

»Wann hat er Ihr Haus verlassen?«

»So gegen zehn. Aber am besten Sie fragen Arturo. Nein, warten Sie. Es war Arturos freier Tag. Ich habe Signor Heinisch die Tür selbst geöffnet, als er kam.«

Wie praktisch.

»Und ihn auch wieder hinausbegleitet?«

»Nein. Aber ich kann Ihnen versichern, dass er zwar verärgert, aber lebendig war.«

»Verärgert?«

»Er schien wohl der Meinung zu sein, dass ich ihm nicht die Informationen geben will, die er erwartete.«

»Informationen worüber?«

»Über eine Dame aus Wien, die im Jahr 1943 in Venedig verschollen ist. Ich bin Jahrgang 45. Aber er war von der fixen Idee besessen, dass ich etwas über sie wissen müsste.«

»Was nicht der Fall ist?«

»Nein.«

»Wie lange dauerte dieser Besuch?«

»Eine Stunde vielleicht.«

»Ziemlich lange, um festzustellen, dass Sie ihm nichts zu sagen haben.«

»Er hat ausführlich über die Vergangenheit gesprochen. Beschuldigte meinen Vater, sich nicht korrekt verhalten zu haben.«

»Das sehen Sie anders?«

»Es ist einfach, andere zu verurteilen, wenn man selbst nicht in Zeiten wie damals gelebt hat.«

Der Satz kommt Nicolao bekannt vor. Hat nicht der Bürgermeisterkandidat genauso formuliert? Gibt es eine sorgfältig festgelegte familiäre Sprachregelung?

»Hat er Sie bedroht?«

»Womit sollte er mir drohen?«

»Enthüllungen? Die Ihrem Sohn derzeit sehr ungelegen kämen?«

»Wir wissen uns zu wehren.« Der Conte sagt es mit Samt in der Stimme, ruhig und mild, wie man das von Mafiabossen aus einschlägigen Filmen kennt, wenn sie das Einbetonieren von Verrätern anordnen. Betonbewehrter Samt. »Aber er hat nichts dergleichen angedeutet.«

»Nahm Signor Heinisch den Ausgang zum Campo? Oder wurde er eventuell von einem Boot abgeholt?«

»Das kann ich Ihnen leider nicht sagen. Wie schon erwähnt hatte Arturo seinen freien Abend. Signor Heinisch ging unbegleitet zum Ausgang.«

»Sie leben allein hier?«

»Ein Teil des Palazzos wird als Museum geführt, wie Sie vielleicht wissen. Meine Enkelin Isabella hat eine Wohnung im ersten Stock.«

»Sie wohnt nicht bei den Eltern?«

»Kein Familienzwist, falls Sie das vermuten. Von hier ist es näher zum Conservatorio Benedetto Marcello. Isabella studiert Violine.« Für einen Augenblick verwandelt sich der Conte in einen stolzen Großvater.

Es ist eine vorteilhafte Verwandlung. Was würde dieser Großvater alles tun, um seiner Enkelin einen peinlichen Fleck in der Familienchronik zu ersparen? Der Großvater verblasst. Der Conte blättert in einem Kalender. Die Hände jetzt ruhig.

»Isabella war an dem fraglichen Abend in einem Konzert und kam erst spät nach Hause. Meine Aufzeichnungen bestätigen das.«

Der Graf klappt den Kalender zu. »Ich denke nicht, dass ich Ihnen noch mehr zum Thema sagen kann.« Ein Hinauswurf. Ebenso eindeutig wie in der Kanzlei seines Sohnes.

Nicolao akzeptiert.

Immerhin ringt sich der Conte noch eine Aufmunterung ab. »Ich hoffe, Sie haben Erfolg, Commissario.«

Hoffnung der rein rhetorischen Art.

In der Halle bleibt Nicolao stehen. Waren das die letzten Schritte des Schriftstellers? Er geht nach rechts, wo sich die *porta d'acqua* zum San-Severo-Kanal öffnet. Ein hölzerner Steg, abblätternde blau-weiße Farbe an den Holzpfählen, kein Boot an der Anlegestelle. Ein Ausflugsboot mit aufdringlicher Megafonstimme. Touristen quellen über die Reling wie gefangene Fische aus einem zu kleinen Netz.

Plötzlich hat er das Gefühl, beobachtet zu werden. Von der anderen Seite des Rio San Severo. Die untergehende Sonne taucht die Häuserfront gegenüber in tiefe Schatten. Gibt dem Beobachter komplizenhafte Deckung. Aber Nicolao sieht trotzdem auf dem Marmorbalkon jemanden, der hinter einem wehenden Vorhang verschwindet.

Gute Sicht von diesem Balkon, denkt Nicolao. Sehr gute Sicht.

38

Nicolao geht rasch

Nicolao geht rasch über die kleine Brücke zu dem Palazzo an der Fondamenta San Severo. Der Eingang versteckt sich in einer Seitengasse. Gespielte Bescheidenheit. Sechs Namen auf dem Messingschild. Sechs Klingelknöpfe. Wenn man ein adoleszenter Spaßvogel ist, dann betätigt man sie alle und läuft davon. Wenn man Polizist ist, tut man dasselbe und ruft möglichst autoritär *polizia*. Aber noch ehe Nicolao die Hand heben kann, um sich bemerkbar zu machen, hört er das Geräusch des klickenden Türöffners. Offenbar wird er erwartet. Er drückt das Tor auf. Gibt seinen Augen Zeit umzulernen. Von verschwenderischen orangeroten Sonnenuntergangstönen zu graugrüner Palazzo-Dämmerung. Eine Treppe führt aufwärts. Von Jahrhunderten geprägte Steinstufen. Stete Füße höhlen den Stein. Die Venedigformel.

Piano nobile, erster Stock. Die gewaltige Eingangstür verzwergt den Mann, der sie öffnet. Schmal, weißhaarig, ein selbstbewusster Zwerg. »Larry Bennet, Texas«, sagt er in einem Ton, als müsste man darauf sagen: »Doch nicht DER Larry Bennet?« Nicolao sagt nichts dergleichen, weil der Name nur die eine Assoziation in ihm auslöst: Die schönsten Wohnungen und Häuser Venedigs werden immer von Ausländern erbeutet. Feindliche Übernahme. Still, aber deswegen nicht weniger feindlich.

»Nicolao, Venedig«, sagt er.

Mister Bennet aus Texas gibt die Tür frei, macht eine Handbewegung, die als einladend verstanden werden kann, und geht voraus in den Wohnraum. Zeitreise. Venedig – zweihundert Jahre zurück. Kein bisschen Texas.

»Polizei, nehme ich an«, sagt Larry Bennet.

»Wie kommen Sie darauf?«

»Ich konnte Sie beobachten, da drüben auf dem Steg. Als Gast hätten Sie nach dem Boot Ausschau gehalten, das Sie abholen kommt. Als Handwerker eventuell ein loses Brett begutachtet und außerdem wären Sie um diese Tageszeit längst auf dem Heimweg. Als Einbrecher würden Sie ein bisschen später und in geeigneter Kleidung kommen. Wer bleibt übrig?«

Larry Bennet spricht grammatikalisch einigermaßen fehlerfrei, aber mit einem so starken amerikanischen Akzent, dass Nicolao Mühe hat, die Wörter seiner Muttersprache zu verstehen.

»Gute Beobachter sind gute Zeugen«, sagt er. »Stehen Sie oft da draußen?«

»Selbstverständlich«, nickt Bennet. »Ich habe eigentlich den Balkon gekauft. Die dreihundert Quadratmeter Palazzo gab's dazu.«

»Ein nicht ganz preiswerter Balkon, nehme ich an.«

»Nein«, sagt Bennet. »Aber man gönnt sich ja sonst nichts. Wofür brauchen Sie einen Zeugen?«

»Vergangenen Donnerstag hatte Graf Montanara Besuch von jemanden, der kurze Zeit später – verstarb. Wir wissen nicht, ob und wie er den Palazzo verlassen hat.«

»Er verstarb woran?«

»Er ist ertrunken.«

»Ah! Eine Überdosis Lagunenwasser. Da die Polizei damit befasst ist, kann man einen Unfall wohl ausschließen.«

»Wir ermitteln in alle Richtungen.«

»Auch in die Richtung des Herrn Grafen da drüben? Ein Montanara unter Verdacht? Das gefällt mir!«

»Es gefällt Ihnen? Warum? Haben Sie etwas gegen die Familie?«

»Durchaus nicht. Aber das Leben in Venedig ist bisweilen etwas eintönig. Da ist ein Graf unter Mordverdacht eine willkommene Abwechslung. Der Stoff, aus dem Kriminalfilme sind.«

»Verdacht ist zu viel«, korrigiert Nicolao. »Und es ist der Stoff, aus dem die tägliche Polizeiarbeit ist. Sie fragen gar nicht, um wen es geht?«

»Ich nehme an, um den toten Schriftsteller. Ich lese Zeitung. Der Mann macht seit Tagen Schlagzeilen.«

»Ungewollt«, sagt Nicolao. »Sehr ungewollt.«

»Ja. Die Art von Publicity, die sich keiner wünscht. Gut für den Buchverkauf, aber man hat nichts mehr davon. Vergangenen Donnerstag, sagten Sie?«

»Richtig. Am Abend. Kurz nach zehn.«

»Warten Sie, Donnerstag ist immer mein Burraco-Abend. Spielen Sie Karten?«

»Nein.« Nicolao kämpft gegen den Wunsch an, den kleinen weißhaarigen Mann zu schütteln.

»Wir sind eine Runde von leidenschaftlichen Kartenspielern. Sie kennen Burraco?«

»Ich habe davon gehört.« Der Wunsch, den Zeugen zu schütteln, wird stärker.

»Ja also, wie war das? Meine *senior moments* werden von Tag zu Tag häufiger, aber vielleicht kann ich den Abend rekonstruieren. Ich habe fast jedes Spiel verloren. Ausgesprochenes Kartenpech. Ich spiele nämlich an sich ganz gut.«

Nein, man schüttelt seine Zeugen nicht. Man wartet geduldig ab.

»Zu Hause habe ich mir einen *night cup* genehmigt und bin damit auf den Balkon gegangen. Ja – das war der Abend, an dem das Boot drüben angelegt hat. Der Mann hat ein perfektes Anlegemanöver hingekriegt. Eine weiche, elegante Wende und punktgenaues Halten parallel zum Steg. Das können sie, die Venezianer, oh ja. Sie werden ja praktisch auf dem Wasser geboren.«

»Wieso können Sie sagen, dass es ein Mann war? Konnten Sie sein Gesicht sehen?«

»Nein. Aber Frauen können niemals mit einem Boot so perfekt umgehen. Hier schon gar nicht. Die italienischen Machos finden ja noch immer, dass die Frauen in die Küche gehören. Aber wem sag ich das, Sie sind ja sicher –«

»Der Mann im Boot«, unterbricht Nicolao, »Alter, Größe?«

»Hm. Er trug einen Hut. So einen breitkrempigen.«

Cranz! Er war dafür bekannt, immer seinen Borsalino zu tragen. Aber konnte Cranz mit Booten umgehen?

»Das mit dem Hut ist mir sofort aufgefallen. Wer trägt schon einen Hut, wenn es dunkel ist.«

Einer, der nicht will, dass man sein Gesicht sieht.

»Jedenfalls war von seinem Gesicht nichts zu sehen. Was die Größe betrifft – mittelgroß, schlank.«

Könnte auch auf Cranz passen.

»Das konnte ich nämlich sehen, weil er das Boot stehend an den Steg manövrierte. Wie schon gesagt: sehr sicher, sehr elegant.«

Jetzt die entscheidende Frage. »Stieg jemand zu ihm ins Boot?«

»Das kann ich Ihnen nicht sagen. Es kam ein Anruf von meiner Tochter, sie lebt in Santa Fe. Verstehe nicht, was ihr an dieser Stadt gefällt. Böswillige nennen sie Santa Fake. Nicht ganz zu Unrecht, weil –«

»Mister Bennet!«, unterbricht Nicolao wieder, mit zusammengebissenen Zähnen.

»Jaja, ich weiß. Sorry. Jedenfalls läutete das Telefon, ich stellte das Glas mit dem Whisky ab und holte mein *mobile* aus dem Schlafzimmer. Als ich zurückkam, war das Boot weg.«

Nicolao schluckt die Enttäuschung hinunter. Mühsam – wie eine von diesen länglichen Pillen, die sich querlegen. »Welche Art von Boot war es?«

»Nichts Besonderes. So ein kleines Ding mit Außenbordmotor.«

Wunderbar, das engt die Suche nach dem Mann im Boot auf ein paar Hundert ein.

»Vielleicht fällt Ihnen ja noch etwas ein.« Er fischt eine Visitkarte aus der Jackentasche. Klischeesatz, Klischeebewegung. Aber er ist ja nicht hier, um originell zu sein.

Dann noch ein Klischeedank an den Zeugen.

»Aber gern, Commissario.«

Nicolao ist im Begriff die Tür zur Halle zu öffnen.

»Oh ja, da wäre noch eine Kleinigkeit«, sagt die Stimme Larry Bennets hinter ihm.

Doch noch ein brauchbarer Hinweis?

Nicolao dreht sich um und schaut in die Mündung einer Pistole.

39
Wo ist Sara

»Wo ist Sara Pereira? Ist sie eigentlich mit dem Chef unterwegs?«, fragt Nardi.

»Ihre Mutter hat schon zweimal angerufen. Sie ist nicht wie vereinbart zum Abendessen gekommen.«

Donatella schaut auf. Nardi ist der einzige Mensch, den sie kennt, der einen weißen Anzug tragen kann und dabei nicht wie ein Bäcker oder Arzt aussieht. »Keine Ahnung. Mich interessiert eher, wo mein Assistent bis jetzt war.«

Nardi zieht die Augenbrauen hoch wie jemand, der einen etwas plumpen und außerdem unberechtigten Vorwurf großmütig verzeiht. »Ich denke, wir können Mariano Piccolo mit großer Wahrscheinlichkeit als Täter ausschließen.« Er legt ein Blatt Papier auf Donatellas Schreibtisch.

Ach so. Denkt er das. Womöglich Schwulensolidarität? Donatella ärgert sich über ihren in jeder Hinsicht unkorrekten Ärger. Aber Gedanken kümmern sich bekanntlich wenig um Korrektheit.

Das Blatt Papier ist ein Zeitplan.

»Den Todeszeitpunkt hat Bonnino auf zehn bis Mitternacht eingegrenzt. Piccolo hat das Boot, diesen Sandolo, um etwa zehn Uhr in den Bucintoro Club zurückgebracht. Der Bootswart glaubt, die Glocken von San Giorgio gehört zu haben, während Piccolo anlegte. Sie haben noch eine Weile über die Vorbereitungen für die Regata Storica geredet. Er sagt, Piccolo habe heiter und unbeschwert gewirkt. Keineswegs aufgeregt.«

»Es gibt auch unaufgeregte Mörder«, sagt Donatella. »Und heiter war er vielleicht, weil er gerade einen Konkurrenten ausgeschaltet hat.«

»Mag sein. Aber für Piccolo bliebe ein Zeitfenster von wenigen Minuten. Heinisch ermorden, in die Lagune werfen, unmittelbar danach im Club auftauchen und über die bevorstehende Regatta plaudern. Unbeschwert.«

»Wir hatten mal diesen Fall von einem Mafiakiller, der als Pizzabote getarnt kam. Er hat neben seinem blutüberströmten Opfer die mitgebrachte Pizza verspeist. Dazu das Bier getrunken, das sich der mittlerweile Tote, bevor er tot war, eingeschenkt hatte.«

Nardi zieht die verzeihenden Augenbrauen schon wieder hoch. »Die seelische Befindlichkeit von Soziopathen ist mir durchaus geläufig. Ich beschäftige mich derzeit damit, alle Verdächtigen in einen Zeitplan zu stellen. Für Piccolo ist das Zeitfenster sehr klein. Geradezu mikroskopisch. Nicht mehr und nicht weniger wollte ich damit sagen. Wir sollten uns übrigens morgen beim Notar auch alle vergangenen Testamentsänderungen ansehen. Im Zusammenhang mit den Ereignissen im Privatleben des Opfers.«

»Sie mögen Zeitpläne.« Donatella sagt es, als würde sie ihm eine unappetitliche Gewohnheit vorwerfen.

»Ich habe Mathematik studiert und eine Diplomarbeit über die rechnerische Auswertung von Zufallsexperimenten geschrieben.«

»Wie kommt man mit dieser Ausbildung zur Polizei?«

»Voltaire hat gesagt: ›Zufall ist das bekannte Ergebnis unbekannter Ursachen.‹ Kann man Polizeiarbeit besser definieren?«

Der Mann trägt Armani-Anzüge, wäscht sich dreißigmal am Tag die Hände und hat auf alles eine Antwort. Er ist methodisch, effizient, korrekt. Und ich mag ihn nicht.

»Gute Arbeit, Kollege«, sagt sie.

»Ich fasse zusammen: Der Ermordete wohnte also gleichzeitig mit einem weiblichen Ex-Lebensmenschen und einem männlichen zukünftigen Lebensmenschen zusammen.« Nardi kritzelt Zahlen auf seinen Block. Offenbar die Art von Konzentrationshilfe für einen bekennenden Mathematiker. »Eine konfliktträchtige Situation.«

»Stimmt. Aber das Haus ist groß.«

»Kein Haus ist groß genug für eine derartige Konstellation.«

»Daran dürfte auch Heinisch gedacht haben, als er das Testament zuletzt änderte. Cranz erbt die Villa. Die Amberg bleibt im Gästehaus mit lebenslangem Wohnrecht.«

»Wohnrecht«, wiederholt Nardi. So wie man sagt: »Herpes genitalis.« »Was ist das schon! In den Zeiten vor Cranz hätte sie das Haus geerbt.«

»Dann hat sie eindeutig zu lange gewartet. Mit dem Mord, meine ich.«

40
In eine Pistolenmündung

In eine Pistolenmündung zu schauen hat interessante Auswirkungen auf die subjektive Wahrnehmung. Die Umgebung rückt in die Unschärfe, Geräusche werden ausgeblendet, der visuelle Fokus richtet sich auf den schwarzen kreisförmigen Abgrund. Der innere Computer wird hochgefahren und beschäftigt sich mit dem Abschätzen der physischen Möglichkeiten. In Deckung gehen, dem Gegner die Waffe aus der Hand schlagen, irgendeine Art von Gegenangriff. Adrenalin wird ausgeschüttet und rät dringend zu Kampf oder Flucht. Ja, was jetzt? Welche der beiden Möglichkeiten? Gleichzeitig mit dem adrenalinlastigen Optimismus treffen die ersten Computerauswertungen ein und beziffern die Chancen einer sinnvollen Abwehrmaßnahme mit etwas weniger als null. Das Ergebnis eines derart widersprüchlichen Krisenmanagements ist in den meisten Fällen ein lähmungsartiger Zustand des Bedrohten. Nicht gelähmt sind die grauen Zellen, die nichts Besseres zu tun haben, als sich mit der Frage zu beschäftigen, wie um Himmels willen man in diese Situation geraten konnte. Unachtsamkeit? Blödheit? Völlige Verkennung der Tatsachen?

»Ich habe Sie doch nicht erschreckt, Commissario?«

Die Mündung der Pistole senkt sich, richtet sich jetzt auf einen Marmorputto, der stoisch einen Marmorkorb mit marmornen Rosen trägt.

Das verändert die Chancen dramatisch. Nicolao greift rasch nach der Pistole, die von Larry Bennet nur zögernd losgelassen wird. »Sind Sie verrückt?«

»Kein Grund laut zu werden. Die Waffe ist nicht geladen.« Empörung zittert in Larry Bennets Stimme.

»Man zielt trotzdem nicht auf Menschen! Wir sind hier nicht in Texas! Lernt ihr Amerikaner nie dazu? Kein Wunder, dass bei euch schon die Vierjährigen aufeinander schießen.« Nicolao feuert die Wortsalve ohne nennenswerte Luftholpausen auf Bennet. Verbaler Adrenalinabbau.

»Sorry«, sagt der Texaner. »Ich hatte ja keine Ahnung, dass Sie so schwache Nerven haben. Eigentlich wollte ich Sie nur fragen, wie man mit einer Pistole umgeht, die man beim Kauf einer Immobilie sozusagen mitgeliefert kriegt. Ich habe die hier in einem Wandfach in der Bibliothek gefunden.«

Nicolao prüft Magazin und Lauf. Nicht geladen.

»Haben Sie einen gültigen Waffenbesitzschein?«

»Warum sollte ich? Ich konnte ja nicht wissen, dass ich mit der Wohnung eine Pistole kaufen würde.«

Auch eine Logik.

»Ich nehme das Ding zur Vorsicht mit«, sagt Nicolao. In den falschen Händen sind selbst ungeladene Waffen eine Gefahr. Und amerikanische Hände sind grundsätzlich ungeeignete Hände. Gerade eben hat sich eines von Nicolaos Vorurteilen wieder bestätigt.

Das abebbende Adrenalin hinterlässt Blei in den Beinen und Leichtigkeit im Kopf. Die irritierende Leichtigkeit fehlender Inhalte. Höchste Zeit, den Arbeitstag in der Trovaso-Bar mit einem gut gekühlten Raboso ausklingen zu lassen. Hervorragende Idee.

Der hervorragenden Idee zum Trotz findet sich Nicolao wenig später noch einmal vor dem Palazzo Montanara. Schlanker Mann mit Hut, gekonntes Anlegemanöver … Man kann ja mal nachfragen. Haben der Herr Graf eventuell einen Auftragskiller angeheuert?

Ha. Nicolaos Lachen ist lautlos und unfroh.

Das große Tor ist geschlossen, die Glocke verhallt ohne Reaktion.

»Zu wem wollen Sie?«, fragt eine weibliche Stimme hinter Nicolao.

Zu Stimmen skizziert der innere Computer üblicherweise ein ihm passend erscheinendes Gesicht. Er irrt dabei ständig, weil Stimmen nun einmal nichts mit Körperlichkeit zu tun haben. Mit Berufen und Vorlieben schon gar nicht. Schrankartig gebaute Männer können kleine, dünne Stimmen haben. Nonnen ein Vibrato, das für Telefonsex geeignet wäre. Serienmörder das Timbre eines Menschen, dem man sich bedingungslos anvertrauen würde. Die ständigen Irrtümer halten den inneren Computer nicht davon ab, wieder und wieder physiognomische Schlüsse zu ziehen.

Die Skizze dieses Augenblicks entwirft ein junges weibliches Wesen, ein freundliches, ein angenehmes. Die Wirklichkeit übertrifft die Vorstellungskraft des virtuellen Phantomzeichners bei Weitem. Die Schönheit dieses jungen Gesichts ist perfekt. Botticellis Vorstellung von Venus, nur schöner, weil lebendig, nicht in Farbpigmenten erstarrt. Nicolao fühlt eine ähnliche Reaktion wie auf die

Stimme der verschollenen Sängerin. Wir sind nicht dafür eingerichtet, perfekte Schönheit zu ertragen.

Dass die Botticelli-Venus verwaschene Jeans mit den obligaten Rissen trägt, dazu ein viel zu großes T-Shirt, ändert nichts an ihrer Perfektion. Auf dem T-Shirt steht »I don't eat friends«. Eine Versammlung putziger Haustiere lässt keinen Zweifel daran, wer die Freunde sind. Laura fällt ihm ein und ihr neuestes T-Shirt: »Cogito ergo sum vegan«.

»Zu wem wollen Sie?« In der Wiederholung der Frage schwingt Misstrauen.

Natürlich. Es ist dunkel in der engen Gasse. Das nächtliche Venedig abseits der Touristenpfade wirkt ausgestorben.

»Entschuldigen Sie. Ich will zu Conte Montanara.« Nicolao deutet eine knappe Verbeugung an. »Commissario Nicolao. Und Sie sind?«

»Isabella Montanara.«

Ein Name wie der Beginn einer Arie.

»Seine Enkelin. Kann ich bitte Ihren Ausweis sehen?«

Begabt, schön, blond, adelig. Dazu noch klug. Manchmal übertreibt der Kosmos.

»Soll ich nachschauen, ob mein Großvater schon schläft? Oder ob er Sie noch empfangen kann?«

»Lassen Sie nur. Ich komme morgen früh wieder. Ja, richtig ...« Nicht nur Donatella, auch Nicolao hat diese klischeehafte Gewohnheit kultiviert, beiläufige Fragen in letzter Sekunde zu stellen. »Sie haben am vergangenen Donnerstag nicht zufällig einen Gast Ihres Großvaters gesehen? Hier im Haus, etwa um zehn Uhr am Abend?«

»Donnerstag?« Sie blättert sichtlich in einem virtuellen Kalender zurück. »Donnerstag war ich in einem Konzert und bin erst gegen Mitternacht nach Hause gekommen.«

Sie fragt nicht, wer dieser Gast war, denkt Nicolao. Das kann zweierlei bedeuten. Entweder es interessiert sie nicht. Oder sie weiß es.

41
»Und der Chef?«

WO WORTE SELTEN SIND, HABEN SIE GEWICHT.
William Shakespeare

»Und der Chef?«, fragt Bossi. Donatella hat sich längst daran gewöhnt, dass Bossi nicht mehr Wörter verwendet als unbedingt nötig. Ausführlichere Unterhaltungen führt er nur mit seinem Computer. In dessen Sprache.

Donatella deutet auf ihr Handy. »Antwortet nicht.« Anpassung ist alles.

Neben Bossi sitzt Nardi, daneben bleibt ein Sitzplatz frei, dann die Kollegin aus Wien. Immer auf Abstand bedacht. Wenn's geht räumlich, sonst durch Haltung und Gesichtsausdruck. Donatella versteht nicht, warum Nicolao diesen glasigen Blick bekommt, sobald sie auftaucht. Für Donatellas Geschmack ist sie zu blassblond, blasshäutig, blassäugig. Die seltsamen Kleidhülsen, die sie immer trägt, erinnern sie an die Etuis, in denen schlanke, teure Füllfedern verkauft werden. Ein Schreibgerät, das überhaupt nicht zu Nicolao passt. Wenn es so etwas gibt wie einen Schreibutensilien-Typus, dann ist Nicolao Filzstift, schwarz, kräftig schreibend, die Sorte, die man bei Vorträgen auf Flipcharts benutzt. Und als Frauentyp passt zu ihm die Frau, die er hat. Donatella mag Laura.

Bossi unterbricht ihre Gedanken. Er wirkt verärgert. Oder gekränkt. »Was nervt er mich dann?«

Donatella schweigt. Vor allem weil sie nicht weiß, was Nicolao von Bossi wollte.

»Keine Fotos. Kaum Infos.«

»Du redest von dieser verschwundenen Sängerin?«

»Yep. Sie hat existiert. Mehr kann ich derzeit nicht sagen.«

»Du bist aber doch nicht gekommen, nur um zu sagen, dass du nichts hast?«

»Hab ein paar andere Facts.« Bossi greift nach den Papieren vor ihm. Der Drache auf seinem rechten Unterarm gerät in Bewegung.

Donatella studiert das Hautbilderbuch. Früher einmal erkannte man Knastbrüder an ihren Tätowierungen. Jetzt trägt auch ihr Hausarzt an einem Unterarm ein Segelschiff und am anderen den Namen Barbara. Vermutlich der Name seiner Frau. Aber was machen die Leute im Fall einer Scheidung? Oder wenn sie von Segeln auf Golf umsteigen?

Bossi konsultiert Gedrucktes. »Cranz, Manuel. Er steht auf der Straße. Beruflich. Sein Vertrag am Theater in Hannover wurde nicht verlängert.«

»Da kommt die Erbschaft ja wie gerufen«, bemerkt Donatella. »Allerdings war angeblich eine Heirat oder Verpartnerung mit Heinisch geplant. Das beschert ihm ebenfalls alle Annehmlichkeiten – ganz ohne die Unannehmlichkeiten eines Mordes.«

Bossi zuckt mit den Schultern. »Ich bring nur Facts. Vielleicht könnt ihr was brauchen, vielleicht nicht.«

»Was noch?« Donatella, Meisterin der sprachlichen Assimilierung.

»Amberg, Marina. Hat als zweite Frau in der Geschichte dieser Stadt versucht, die Gondoliere-Prüfung abzulegen. Klarerweise keine Chance. Absolute Macho-Domäne. Das war vor ihrer Zeit mit Heinisch.«

»Und sonst? Keine Leichen im virtuellen Keller?«

»Nichts.«

»Außerdem gewinnt sie nichts durch den Mord.« Erinnert Donatella. Mehr sich selbst als die anderen.

»Was, wenn sie das nicht wusste?« Die Frage kommt von Nardi und sie gefällt Donatella. So leicht gibt sie Marina Amberg als Lieblingsverdächtige nicht auf.

Bossi konsultiert seine Liste. »Selbmann, Fiona. Die Tochter. Sie hat am 8. Mai des vergangenen Jahres einen

Antrag auf eine Carta Venezia ausgefüllt. Hier in der Stadt.«

»Angeblich war sie seit Jahren nicht da.« Die für Donatellas Geschmack zu farblose Psychologin aus Wien. »Ich kümmere mich darum.«

Sogar ihre Stimme ist farblos.

»Also können wir auch die Tochter nicht von der Liste der Verdächtigen streichen. Es werden immer mehr statt weniger.«

»Piccolo, Mariano. Verwandt mit –«

»Wissen wir«, unterbricht Nardi. »Er ist so eine Art sizilianischer Prinz. Sonst irgendetwas über ihn?«

»Nichts.«

»Und nicht das Geringste über Lilly Salomon alias Lilly Bergmann?«

Bestimmt hat Nicolao sich mehr vom World Wide Web erwartet. Und von Bossi.

Der reagiert auf die spürbare Enttäuschung. »Ich bleib dran.«

»*Scusate.*« Saras Stimme von der Tür. Sie stoppt, überlegt sichtlich, ob sie den Abstand zwischen Bossi und der römischen Kollegin schließen soll, entscheidet sich aber dann für einen einsamen Platz auf der anderen Seite des Tisches. Guter Instinkt.

»Ihre Mutter hat schon ein paar Mal angerufen.« Nardi sagt es ohne Vorwurf, aber mit einem unaufdringlichen Fragezeichen.

Sara verdreht die Augen. »Kennt ihr alle diese Filme, in denen jüdische Mütter als Monsterglucken dargestellt werden? In ständiger Sorge, dass der Nachwuchs auf dem Heimweg einem zufälligen Pogrom zum Opfer fallen könnte?«

Sie wartet keine Antwort ab. »Das alles ist maßlos untertrieben. In Wirklichkeit ist es noch viel schlimmer.«

Niemand lächelt. Sätze, in denen das Wort Pogrom vorkommt, lässt man besser unbelächelt und unkommentiert.

»Ich war bis jetzt bei Luisa Padovan. Ziemlich interessant, was sie zu sagen hatte.«

»Kurzfassung«, verlangt Donatella. Noch immer bossimäßig knapp.

»Sie ist de Silvas Tochter.« Sara schaut erwartungsvoll in die Runde.

Die Bombe platzt nicht, sondern rollt still unter den Tisch. Donatella kann gerade noch ein Gähnen vermeiden. »Ja – und? Das war dieser Maler, oder?«

»Lilly Salomons große Liebe.«

Donatella verzieht das Gesicht, als hätte sie verdorbene Muscheln gegessen. »Klingt wie der Titel eines Romans, den ich ganz bestimmt nicht lesen möchte.«

»Nur so als Theorie«, sagt Sara. »Vielleicht hat sich Gregor Heinisch für die Idee erwärmt, dass es Maria Padovan war, die Lilly Salomon verraten hat. Die Tochter fand das möglicherweise nicht lustig.« Sie ist hörbar enttäuscht, dass ihre Recherchen so wenig Beachtung finden.

»Von nicht lustig finden zu jemanden ermorden ist ein langer Weg.« Donatella bemüht sich jetzt nicht einmal mehr ein Gähnen zu unterdrücken.

»Nur semantisch«, schnappt Sara. Sie erschrickt vor der eigenen Tonschärfe. Schaltet den stimmlichen Versöhnton zu. »Ich mein ja nur. Vielleicht war es die Idee von Luisa Padovan, den Verdacht auf die Montanaras zu lenken. Und Heinisch fiel nicht darauf rein.«

Nicolao schon. Denkt Donatella. Sie sagt es nicht laut. Partner bleibt Partner. Auch wenn man einmal unterschiedliche Ansichten vertritt. Und unterschiedliche Spuren verfolgt.

»Also können wir auch Luisa Padovan nicht von unserer Liste streichen.«

Bossi hebt eine Hand. »Da ist noch was. Cooper, David. Amerikanischer Journalist …«

»Ist er zurück?«, fragt Donatella.
»Noch nicht. In ein paar Tagen.«
»Gut«, nickt Donatella.
»Nicht gut. Er kommt in einem Bleisarg.«

42
Irgendwo bellt

Irgendwo bellt ein Hund. Nicolao denkt zurück an die Zeit, als Venedig noch die Stadt samtpfotiger lautloser Katzen war. Nostalgie pur.

Er öffnet die Wohnungstür und prallt zurück. »Was ist das?«, fragt er. Und meint das struppige braune Etwas, das zwar durchaus aggressiv bellt, aber gleichzeitig Schutz hinter Laura sucht.

»Wonach schaut es aus?« Laura steht da, als würde sie ihre Fertigkeiten in diesem israelischen Kampfsport demonstrieren, den sie seit einiger Zeit trainiert.

»Sag mir bitte nur eines: dass du nicht vorhast, einen Hund hier einzuquartieren.«

»Willst du unbedingt belogen werden? Wo soll er denn hin? Offenbar haben ihn seine Besitzer ausgesetzt, ehe sie auf Urlaub gefahren sind. Das passiert im Sommer dauernd. Hundepensionen sind teuer.«

»Ja und? Inwiefern betrifft das uns? Es gibt Tierheime.«

»Tierheime sind furchtbar.«

»Furchtbar sind Hunde, die diese Stadt zuscheißen.«

»Man kann hinter ihnen aufräumen.«

»Hunde brauchen bekanntlich Auslauf im Grünen.«

»Ich gehe gerne spazieren. Und der Lido ist grün genug für jeden Hund.«

»Jetzt hast du Zeit. Aber wenn die Ferien zu Ende sind? Du bist Sportlehrerin, schon vergessen?«

»Ich bin auch Schulleiterin, schon vergessen? Und daher hab ich ein Büro, in dem er bleiben kann.«

Nicolao öffnet die geballten Fäuste und fühlt sich, als würde sofort alle Energie über die Arme und durch die Fingerspitzen auslaufen. Zurück bleibt Kraftlosigkeit. Ohne Energie kein Ärger. »Wir reden morgen.« Es klingt nicht einmal drohend. Er ist zu müde zum Drohen.

»Ich hab ihn Brunello getauft«, sagt Laura. Ein zaghafter Anflug von Versöhnlichkeit in der Stimme. »Ich dachte, das macht ihn dir ein bisschen sympathisch.«

»Es macht mir höchstens meinen Lieblingswein unsympathisch.«

»Deine Entscheidung.« Laura stellt etwas zu nachdrücklich eine Flasche Rotwein auf den Tisch. Brunello natürlich. Leicht gekühlt, wie Nicolao ihn im Sommer am liebsten mag. Laura trinkt kaum Alkohol.

Der Hund namens Brunello liegt auf einer zusammengefalteten Decke und übt sich darin, nicht aufzufallen.

»Hast du gegessen?«, fragt Laura.

Nicolao schüttelt den Kopf.

Laura stellt schweigend einen Teller vor ihn auf den Tisch. »Bio-Huhn aus Freilandhaltung direkt vom Bauern. Leider mehrfach aufgewärmt.«

Sie häuft Salat auf ihren eigenen Teller.

Jaja, ich weiß: »Cogito ergo sum vegan«, denkt Nicolao. Aber der Mensch braucht Proteine. Er attackiert die tierischen Proteine, die appetitanregend nach Zitrone und Rosmarin duften.

»Ein gutmütiges Huhn«, bemerkt Nicolao wenig später. Der Zustand des Sattseins wirkt sich wie fast immer positiv auf seine Stimmung aus.

»Diese Charaktereigenschaft schließt du woraus?«

»Es hat das Aufwärmen nicht übel genommen.«

»Die Frage, ob ich es übel genommen habe, stellt sich wohl nicht?«

»Du hast einen Polizisten geheiratet«, sagt er.

»Danke, dass du mich daran erinnerst. Aber auch Polizisten können zu Hause anrufen, wenn es später wird.«

»Nicht immer.« Er nimmt sein halb volles Glas, zur Vorsicht auch die Flasche mit dem rubinroten Inhalt, und geht nach nebenan. Geschirrklappern der vorwurfsvollen Art verfolgt ihn.

Er checkt sein Handy. Ein Anruf von Sara. Einer von Donatella. Hat alles Zeit. Die Ergebnisse der abendlichen Besprechung erfährt er morgen noch früh genug. Er legt die DVD ein, die ihm Sara auf den Schreibtisch gelegt hat. Kommentarlos.

Über das grün gestrichene Pferd mit der Aufschrift *cavallo ebreo* kann er fast noch lachen. Fast. Das Lachen bleibt dort stecken, wo eigentlich verirrte Fischgräten hingehören. Mit ähnlicher Wirkung. Irgendwann sitzt Laura neben ihm.

Seit wann? Er weiß es nicht.

»*Das Leben ist schön*«, sagt er.

Sie starrt auf den Bildschirm. »Ich sehe es.« Menschen in gestreifter KZ-Kleidung werden von Gewehrkolben vorwärtsgestoßen. Ein kleiner Junge mit großen Augen an der Hand des Vaters beobachtet das Geschehen.

»So heißt der Film«, sagt Nicolao. »Von Roberto Benigni.«

»Ich hab davon gehört.« Laura steht auf. »Aber ich kann mir so etwas nicht anschauen.«

Wegschauen, denkt Nicolao. Damit fing es an. Fängt es noch immer an. Aber darüber will er jetzt nicht nachdenken. Reden schon gar nicht.

»Dieser Guido macht ein Spiel daraus«, sagt er. »Er will die grauenvolle Realität erträglich machen. Für seinen Sohn.«

»Ich verstehe.«

Ist da ein Unterton? Vielleicht doch ein Bedauern, dass es in ihrem Leben keinen Sohn gibt, für den man alles tun würde? Der Hund namens Brunello als Kindersatz – ist es das?

Es wäre noch nicht zu spät, denkt er. Vielleicht, weil die Bilder von Guido und seinem kleinen Sohn Giosuè mühelos alle seelischen Schutzbarrieren überwinden.

Viele schreckliche Filmminuten später fahren amerikanische Panzer durch das Konzentrationslager.

Ist Lilly Salomon in einem solchen Lager verschwunden?

Er legt die CD ein, die ihm Luisa Padovan gegeben hat. Die er seither jeden Abend abspielt. Mit gedrückter Taste für die Wiederholungsfunktion.

Vissi d'arte, vissi d'amore, non feci mai male ad anima viva!

Die erste Arie auf der CD. Gebet der Tosca. Sie fordert Gerechtigkeit von einem Gott, der damit überfordert ist. Oder schwerhörig. Oder inkompetent. Die einzige Art, wie Nicolao sich einen Gott vorstellen mag. Durch kollektives Bewusstsein zwar erschaffen, aber so unzulänglich wie die Schöpfungen des menschlichen Bewusstseins nun einmal sind.

Toscas Stimme schlägt über ihm zusammen. Eine durchaus angenehme Art zu ertrinken. Banalitäten in seinem Blickfeld lösen sich auf. Bücherrücken verschwinden in wohltuender Unschärfe. Auch die Tassen mit dem schwer erträglichen Aufdruck des Klimt-Kusses. Laura liebt Klimt.

Er versucht sich die Frau zur Stimme vorzustellen. Ob Bossi noch etwas finden wird? Es muss Fotos von ihr geben.

Fotos. Wie hat sie ausgesehen, diese Lilly Salomon? Der innere Computer zoomt diensteifrig auf Sommersprossen, die sich im Ausschnitt eines dunkelblauen Leinenkleides verlieren.

Ziemlich pubertär, mein Unterbewusstsein. Und unrealistisch. Sängerinnen sind meistens dick.

»Du verrennst dich«, sagt Laura.

»Was meinst du?« Schuldbewusst fokussieren seine Augen auf die Realität. Allerdings vermeidet er es, Laura anzuschauen. »Ich dachte, du schläfst längst«, sagt er zu einer Reihe von Buchrücken.

»Eine schöne Stimme«, sagt Laura. »Aber auch schön laut.«

»Tut mir leid«, sagt er. So wie man auf die Beschwerde von lästigen Nachbarn reagiert.

»Ich finde ja auch, dass diese Dinge nicht vergessen werden sollten, die damals geschehen sind. Aber die Art wie du diese Ermittlungen führst, das ist – obsessiv.«

»Konsequent«, korrigiert er. »Ich kann mir nicht aussuchen, wohin mich Ermittlungen führen.«

Überrascht stellt Nicolao fest, dass er die ganze Flasche Brunello geleert hat. Weichzeichner Alkohol. Für manche Filme braucht man ihn. Und für die Realität sowieso.

43
Was vom Traum

Was vom Traum noch übrig bleibt, ist ein diffus angenehmes Gefühl und eine Erektion. *In the wee small hours of the morning*, meint Frank Sinatra dazu, *that's the time you miss her most of all.*

Kann man vermissen, was man nie hatte?

Die Musik? Kommt sie aus der Nachbarschaft oder aus der Erinnerung?

Erleichtert stellt Nicolao fest, dass Laura nicht mehr im Bett neben ihm liegt. Es tellerklappert aus der Küche.

Wann war es, dass die morgendlichen Erektionen willkommen waren? War das in einem anderen Leben? Bei diesen Gedanken verschwindet das diffus angenehme Gefühl. Die Erektion bleibt. Hartnäckig, wie nur unerlöste Erektionen sein können. Falls die Erinnerung an den

Traum noch irgendwo gespeichert ist, weiß er jedenfalls wo. Eine lauwarme Dusche und die Gedanken an den aktuellen Fall sorgen dann doch ziemlich schnell für weniger selektiven Blutandrang.

Der neuerliche Besuch bei Conte Montanara erscheint ihm plötzlich unsinnig. Gegen Windmühlenflügel anzurennen fand er noch nie sinnvoll. Die Rolle des Don Quijote ist vielleicht literarisch interessant, aber durchaus nicht vorbildhaft.

Er checkt sein Diensthandy. Zwei Anrufe von Donatella, einer von Sara. Alle vom Vorabend. Das hat immer noch Zeit. Erst einmal will er die Festung Montanara bröckeln sehen.

Laura schaut bei seinem *ciao amore* nur kurz vom *Gazzettino* auf. Sie ist daran gewöhnt, dass er nicht zu Hause frühstückt. Alles Routine. Das morgendliche *ciao*. Und das *amore* sowieso.

Der Hund namens Brunello begleitet ihn schwanzwedelnd und stumm zur Tür. Sein Blick bittet darum, gemocht zu werden. Nicht mit mir, denkt Nicolao. Gegen Hundecharme bin ich immun.

Er nimmt die heiligen Tröstungen des höllenschwarzen Espressos bei Rosa Salva zu sich. Nur ein kurzer Umweg auf dem Weg zum Palazzo Montanara. Bei H&M werden desinteressierte Schaufensterpuppen neu eingekleidet. Trotz der schon wochenlang anhaltenden Hitze in herbstliches Dunkel. Sie haben ja recht, die Modemacher. Die Zeit der zähen Nebel kommt bestimmt. Die Tage, in denen die Stadt in schlecht riechende, nicht atembare Watte gepackt wird und klagende Nebelhörner daran erinnern, dass der Bootsverkehr in der Lagune noch unverlässlicher sein wird als sonst.

Ein Sog aus Bäckereiduft versucht ihn in seine Lieblingsbäckerei zu ziehen. Olfaktorische Sirenen. Nicolao versteht Odysseus, der sich an den Mast binden ließ. Er vertröstet sich selbst auf später, auf den Rückweg. Wie sieht das aus, wenn der Chef der Mordkommission mit einer Tüte Hörnchen in der Hand daherkommt.

Es ist nicht ganz neun, als er das Tor zum Innenhof des Palazzo öffnet. Explizit unaristokratischer Geruch empfängt ihn. Der Müll im Eingang stapelt sich noch etwas höher.

Arturo öffnet, noch ehe Nicolao nach dem Messingring an der Tür greifen kann. Er betrachtet Nicolao, als wäre er Teil des venezianischen Müllproblems. Wenn nicht dessen Ursache. »Der Herr Graf weiß Bescheid«, sagt er. Etwa so, wie man sagen würde: »Die Pest ist ausgebrochen.«

Der Graf wirkt, als hätte er in seinem Lehnsessel geschlafen, und schaut Nicolao aus müden Raubvogelaugen entgegen. »Commissario! Was gibt es noch?«

»Nur eine Frage. An dem bewussten Abend, als Signor Heinisch bei Ihnen war, haben Sie da einen späten Gast erwartet?«

»Wie kommen Sie auf die Idee?«

»Ein Zeuge hat gesehen, wie ein Boot angelegt hat.«

»Das kommt leider öfter vor. Das Wort ›privat‹ ist für viele ein Fremdwort. Außerdem: Vielleicht wurde ja Signor Heinisch abgeholt?«

»Vielleicht. Das Tor zum Kanal – wird das versperrt?«

»Es lässt sich von innen öffnen. Nicht von außen, dafür braucht man einen Schlüssel.«

»Signor Heinisch hätte also auf den Anlegesteg gelangen können?«

»Das ist richtig.«

»Gut. Das war es schon.«

Nicolao wendet sich zur Tür, die offen geblieben ist. Genau in diesem Augenblick geschieht es.

Das kann nicht sein, denkt Nicolao.

44
Ein Tsunami

Ein Tsunami an Stimme. In Sekunden ist die Halle überflutet. *Vissi d'arte, vissi d'amore.* Aber die Stimmgewalt ist es nicht, die Nicolao in der Tür zwischen Bibliothek und Halle erstarren lässt. Auch nicht die Schönheit der Musik. Er ist keiner von denen, die nach zwei Tönen Sopran sagen können: Ganz klar – die Netrebko in ihrer frühen Zeit, als sie noch weniger – äh – Resonanzraum hatte. Er ist kein Experte für Gesangsstimmen, könnte Caruso nicht von Gigli unterscheiden. Siepi nicht von Corelli. Und wie sie alle heißen. Aber diese Stimme erkennt er wieder. Die Art, wie sie ihren Weg in sonst unzugängliche Seelenbereiche findet. Ohren können irren. Aber nicht die vielen kleinen Antennen auf seinen Unterarmen. Nicht diese Kälte, die seinen Rücken hinunterläuft, ihn unwillkürlich aufrechter stehen lässt. *Non feci mai male …*

Der Graf hinter ihm erstarrt nicht. Er stürmt an Nicolao vorbei. »Isabella!« Die erstaunlich kräftige Stimme eines alten Mannes gegen die Stimme Lilly Salomons. Gegen die Stimme aus der Vergangenheit.

Eine Tür öffnet sich, die Stimme wird lauter. Isabella Montanara steht da und schaut ihrem Großvater entgegen. Ihr Gesicht ist gerötet. Seines auch. Die Gründe könnten unterschiedlicher nicht sein. »Nonno, hörst du diese Wahnsinnsstimme?«

»Man muss taub oder tot sein, um sie nicht zu hören. Stell das Ding sofort ab. Ich habe eine Besprechung.«

Das Mädchen mit dem Botticelli-Gesicht und den löchrigen Jeans ist wenig beeindruckt vom großväterlichen Vorwurf. »Das Ding, wie du es nennst, ist ein uralter Plattenspieler und funktioniert noch fantastisch. Ich hab das antike Stück extra vom Dachboden geholt. Und weißt du, wo ich diese alte Schellack-Platte gefunden habe? Du wirst es nicht glauben!«

»Isabella! Das interessiert jetzt nicht.«

Doch. Das interessiert sehr. Nicolao denkt es nur. Er will die Kommunikation zwischen den beiden nicht unterbrechen.

»Unten im Eingang. Auf dem Müllstapel. Ganz oben drauf!« Behutsam hebt sie den Tonarm. Lilly Salomon verstummt.

Conte Montanara lässt die Schultern sinken. Er schaut zur Decke, als könnten die teilweise abgeblätterten Fresken einen Ausweg zeigen. In Nicolao jubelt der wenig originelle Standardsatz aller inneren Stimmen. *Ich hab's gewusst!* Er macht ein paar schnelle Schritte zu dem alten Trichter-Grammofon, holt ein paar Latex-Handschuhe aus der Jackentasche, streift sie mit diesem vertrauten So-ein-blödes-Klischee-Gefühl über, nimmt behutsam die Platte vom Teller. »Lilly Bergmann, Arien« steht auf dem Label. »Die Hülle dazu?«, fragt er.

Isabella Montanara deutet auf ein Cover mit einem verblichenen Foto der Wiener Staatsoper. Gab es kein Foto der Sängerin?

Nicolao lässt die Platte in die Schutzhülle gleiten. Behutsam, so wie man einer alten Frau in den Mantel hilft. Der Polizist und das lang gesuchte Beweisstück. Eine immer wieder funktionierende Liebesgeschichte.

»Commissario, verlassen Sie mein Haus. Sofort.« Barscher Inhalt, resignierter Ton. So funktioniert kein Hinauswurf. Der Conte ist in diesen wenigen Minuten um ein paar Kleidergrößen schmaler und kürzer geworden. Die pompöse Halle, eben noch angemessen in den Dimensionen, ist ihm an allen Ecken und Enden zu weit geworden.

»Aber Nonno! Ich versteh nicht …« Im Botticelli-Gesicht wechseln Verwirrung, Ratlosigkeit, Bestürzung in rascher Folge. »Sag mir endlich, was das zu bedeuten hat.«

»Ich habe alles getan, um dich zu schützen, Isabella«, sagt der Conte. Isabella macht einen Schritt zurück, so als würde sie eine unwillkommene Realität verlassen wollen. Nichts schwieriger als das.

»Nonno! *Per carità!* Was genau hast du getan, um mich zu schützen?«

45
Einen Müllberg vor Augen

Einen Müllberg vor Augen. Verwesungsgerüche in der Nase. Donatellas gereizte Stimme im Ohr. »Wieso kann man dich nie erreichen?«

»Du erreichst mich doch gerade.« Aus Nicolao spricht die milde Heiterkeit des Rechthabenden.

Er bewacht den gräflichen Müllberg. Die Spurensicherer sind unterwegs. Mit seufzender Billigung seines Vorgesetzten. *Ich bitte dich – diese Schallplatte kann doch jeder dort deponiert haben! Ludovico würde sich doch nicht selbst belasten!*

Mit der nötigen Unterschrift des zuständigen Richters. Der jedoch gleichzeitig auf Abstand ging. *Ich stimme zu, aber unter Protest. Sie wissen schon, mit wem Sie sich da anlegen, Nicolao?*

Nicolao weiß es. Vermutlich hat der Richter umgehend jemandem versichert, dass er mit vorgehaltener Dienstpistole zur Unterschrift gezwungen wurde. Aus einem der geöffneten Fenster ist Musik zu hören, eindeutig Geige. Zornige Töne, die man diesem Saiteninstrument nicht zutrauen würde. Nicolao versteht den Zorn der Musikerin.

»Du hast ja keine Ahnung!« Das war alles, was der Conte auf Isabellas Frage antwortete. Damit ließ er sie stehen. Und Nicolao hatte anderes zu tun, als Erklärungen abzugeben. Trotz Botticelli.

Die Geige steigert sich in ein wütendes Schluchzen.

»Was ist das für ein Lärm? Zersägst du etwas?«, will Donatella wissen.

Nicolao ignoriert die Frage. »Ich glaube, Heinisch wurde noch im Palazzo überfallen«, sagt er. »Ich nehme an, dass der Killer an der *porta d'acqua* auf ihn gewartet hat. Man muss dort vorbei, wenn man aus der Bibliothek kommt.« Dann erzählt er von der Schellack-Platte mit der Stimme von Lilly Bergmann.

Donatella schweigt.

»Was genau sagst du nicht?«, fragt Nicolao die schweigende Donatella. »Denkst du, Heinisch hat die Platte selbst weggeworfen?«

»Natürlich nicht. Aber der Graf müsste amtskundig dement sein, wenn er Heinisch umbringt oder umbringen lässt und dann ein Beweisstück auf den Müll wirft. Auf seinen eigenen Müll wohlgemerkt.«

»Er wusste vielleicht nicht, dass die Müllabfuhr streikt.«

»Ist er blind, taub, des Zeitunglesens nicht mächtig?«

»Wenn Verbrecher immer alles richtig machen würden, wären die Gefängnisse leer.«

»Und wie hat er die Leiche hinaus in die Lagune gebracht?«

»Nicht er selbst natürlich. Ein Montanara macht sich doch nicht die Hände schmutzig. Oder nass.«

»Du meinst, er hat im Branchenverzeichnis unter A wie Auftragskiller nachgeschaut und den entsprechenden Handwerker bestellt? So nach dem Motto: ›Seien Sie pünktlich und bringen Sie einen passenden stumpfen Gegenstand mit.‹«

»Die Familie hat Verbindungen.«

»Mach dich nicht lächerlich. Doch nicht diese Art von Verbindungen. Wenn die jemanden aus dem Weg haben wollen, dann machen sie das eleganter.«

»Eleganter.« Nicolao wiederholt das Wort, als wäre es etwas, was man besser nicht in den Mund nimmt.

»Glaub mir, du bellst den falschen Baum an.«

Auch das noch! Eine Hundemetapher. Jetzt verschmutzen diese Tiere nicht nur die Stadt, sondern auch die Sprache.

»Seid ihr denn irgendwie weitergekommen?«

»Nett, dass du doch noch fragst. Die Heinisch-Tochter lügt, die Padovan hat ein Motiv, Cranz ist arbeitslos, die Amberg sowieso verdächtig und David Cooper tot.«

»David Cooper, der Journalist, der sich für die verschwundenen Mose-Gelder interessiert?«

»Eben der. Todesursache noch nicht klar. Die New Yorker Polizei hat uns Informationen versprochen.«

»Na dann habt ihr ja zu tun«, sagt Nicolao heiter. »Ich nehme inzwischen den Palazzo auseinander. Stein für Stein. Irgendetwas finde ich.«

46
Aber natürlich

»Aber natürlich, selbstverständlich, wenn wir Ihnen irgendwie behilflich sein können ...«

Notar Veronese zelebriert diese typisch venezianische Freundlichkeit, die an manchen Stellen abblättert und die darunterliegende Grundierung von Ungeduld spüren lässt. »Und Sie glauben wirklich, dass die Daten der Testamentsänderungen Sie weiterbringen?«

»Die Details machen das Gesamtbild aus«, erklärt Nardi freundlich.

Er sagt das, als wäre Mord eine Kunstrichtung, denkt Donatella. Suchbild mit Leiche. Aber natürlich hat er damit recht, dass wir mehr über das Testament wissen sollten.

Veronese nickt wie einer, der keine Antwort auf eine rhetorische Frage erwartet hat. »Signora Trevisan wird Ihnen alle Unterlagen zur Verfügung stellen. Ich habe leider einen Termin bei Gericht.«

Signora Trevisan hält sich altersmäßig nördlich der Fünfzig auf und ist eine der Sekretärinnen, die sich bestimmt schon beim Vorstellungsgespräch verbeten haben, jemals mit dem Vornamen angesprochen zu werden. Eine der Sekretärinnen, wie sie gerne von der Ehefrau des Chefs ausgesucht werden. Geschlecht: weiblich, aber nicht sehr. Haare: mausfarben. Herausragende Eigenschaft: Effizienz. Familienstand: Single – und zwar mit Überzeugung.

»Sämtliche Änderungen finden Sie chronologisch in diesem Ordner. Die Dokumente gehen zurück bis ins Jahr 1996, als Signor Heinisch erstmals zu uns kam. Sie können den Ordner mit ins Besprechungszimmer nehmen und alles in Ruhe durchsehen. Kaffee? Milch? Zucker?«

Nardi breitet die Dokumente auf dem Tisch aus.

»Das erste Testament von 96 sah eine Stiftung vor. Zugunsten junger Autoren. Die Villa auf der Giudecca sollte eine Schreibwerkstatt werden. So eine Art Startrampe für Schriftstellerkarrieren. Hübsche Idee.«

Er nimmt die nächsten zusammengehefteten Dokumente. »2002 kam die Amberg.« Er blättert. »Für lange Zeit war sie offenbar tatsächlich so etwas wie ein Lebensmensch.« Er notiert die Jahreszahlen in einem ordentlich gezeichneten Raster. Lauter sehr gerade gezogene Linien.

»Sie wurde als Haupterbin eingesetzt. Seine Kurzzeitbeziehungen mit Männern haben es nie bis ins Testament geschafft.«

»Und die hoffnungsvollen Jungschriftsteller wurden kurzerhand enterbt«, bemerkt Donatella.

Nardi blättert weiter. »Dann haben wir eine Testamentsänderung aus dem vorigen Jahr. 20. Mai. Wie wir wissen, erbt die Tochter plötzlich zwei Drittel der Tantiemen.

»Die Tochter lügt, ganz klar«, sagt Donatella. »Sie hat Heinisch getroffen. Und er hat dabei offenbar seine Vatergefühle entdeckt.«

»Oder seine Schuldgefühle.«

»Ist vielleicht dasselbe. Wir werden sie vorladen und unserer Kollegin aus Wien zur Befragung überlassen. Österreicher haben sich ja mit ihren Verhörmethoden in der Vergangenheit besonders hervorgetan, so viel ich gehört habe.«

Nardi schaut überrascht hoch. »Sie mögen die Kollegin aus Wien nicht?«

Donatella schnaubt. »Ich mag ihre Art nicht. Und ihren römischen Akzent samt dazugehöriger Überheblichkeit. Römer halten uns Venezianer bekanntlich für geistig zurückgebliebene Sumpfbewohner.«

»Ein interessantes Vorurteil. Ihrerseits, meine ich. Mein Lebenspartner ist übrigens Römer. Er wundert sich ständig darüber, dass wir unsere Stadt von einem nicht endenden Touristenstrom und stinkenden Kreuzfahrtschiffen kaputt machen lassen.«

Ah. Nardi hat also einen Lebenspartner! Tänzer? Friseur? Modeschöpfer? Donatella wettet schnell mit sich selbst. So kann man das natürlich nicht fragen. »Was macht er beruflich?«, artikuliert sie ihre Neugierde.

»Unfallchirurg.«

Wette verloren. Noch ein Vorurteil wackelt.

Nardi wendet sich wieder den Schriftstücken zu. »Noch einmal zu der Änderung vom 20. Mai. Für die Amberg bleibt ein Drittel der Tantiemen. Und die Villa. Diesmal tauchen außerdem verschiedene wohltätige Organisationen als Begünstigte auf. Save Venice zum Beispiel. Terra e Acqua und noch ein paar andere.«

»Neue Verdächtige«, seufzt Donatella.

»Kaum. Sie verschwinden wieder mit der nächsten Fassung. Im November des vorigen Jahres wird Cranz als Haupterbe eingesetzt. Der Amberg bleibt der Anteil an den Tantiemen und ein Wohnrecht in der Villa.

»Wie er sich das Zusammenleben vorgestellt hat, ist mir allerdings schleierhaft«, bemerkt Donatella.

»Heinisch dürfte kurz darauf ähnliche Bedenken bekommen haben. Am 12. Jänner dieses Jahres eine neuerliche und letzte Änderung. Die Amberg erbt wie gehabt den Tantiemenanteil und ein …« – Nardi legt eine dramatische Pause ein –, »… widerrufbares Wohnrecht im Gästehaus. Die vier Wörter spricht er so, wie man etwa sagt: »Ziemlich schlechte Luft hier«.

»Jeder Besuch beim Notar machte die Amberg ärmer«, fasst Donatella zusammen.

»Und am Montag, den 5. Juli vereinbarte Gregor Heinisch wieder einen Termin bei Veronese, den allerdings jemand verhindert hat.«

Nardi starrt vor sich hin. Dann zieht er einen der leeren Stühle näher, sodass er ihm gegenübersteht. Wendet sich dann an die leere Sitzgelegenheit. »Signor Heinisch, Sie wohnten gleichzeitig mit einem weiblichen Ex-Lebensmenschen und einem männlichen derzeitigen Lebensmenschen zusammen. Stimmt das so?«

Donatella betrachtet die Szene und überlegt, ob man in solchen Fällen die medizinische Notrufnummer wählt oder sich direkt an eine der mentalen Institutionen wendet, die in Venedig einen durchaus guten Ruf genießen.

»Es stimmt also, sagen Sie. Eine ziemlich konfliktträchtige Situation – nicht wahr?«

Nardi lässt dem Toten auf seinem leeren Stuhl Zeit für seine Antwort.

»Sie haben recht. Das Haus ist groß. Aber kein Haus ist groß genug für eine derartige Konstellation.«

Donatella sitzt bewegungslos und denkt, dass sie zum ersten Mal in unmittelbarer Nähe, Parkett erste Reihe, miterlebt, wie jemand den Verstand verliert.

Nardi beugt sich vor, um dem unsichtbaren Toten näher zu sein. »Das erklärt noch nicht den Mord an Ihnen, meinen Sie? Ihr Freund Manuel Cranz hat vor, seine Wohnung aufzugeben und zu Ihnen zu ziehen. Marina Amberg bleibt ein kleines, aber ziemlich sicheres Einkommen und das Wohnrecht im Gästehaus. Ein sehr schönes Gästehaus in einmaliger Lage an der südlichen Lagune. Alle sind zufrieden. Wo alle zufrieden sind, wird nicht gemordet. Wozu also der Mord?«

Donatella kann nicht beurteilen, ob der Tote dazu eine Meinung hat. Nardi spricht weiter. »Wäre es möglich, dass Sie ihr auch noch das Wohnrecht nehmen wollten? Ihr eine andere Wohnung kaufen? Etwas Distanz zwischen dem derzeitigen und dem ehemaligen Lebensmenschen schaffen?«

Wieder lässt Nardi dem Toten Zeit für seine unhörbare Antwort.

»Kollege ...«, beginnt Donatella zaghaft.

Nardi wendet sich ihr zu. »Gestalttherapie. Hat mir persönlich einmal sehr geholfen. Ich bin der Fragende, aber ich bin auch der im leeren Stuhl. Hilft manchmal.«

»Und – haben Sie eine Antwort bekommen?«

»Vielleicht. Dieses Haus an der Lagune. Kann man es lieben?«

»Unbedingt.«

»Ich möchte es kennenlernen.«

»Die Amberg bezieht Ihren Kaffee aus einer speziellen Rösterei in Triest«, sagt Donatella verträumt.

Sie verabschieden sich von Signora Trevisan. »Ich weiß nicht, ob es wichtig ist«, sagt die effiziente Sekretärin, »aber der Termin für kommenden Freitag wurde extra noch telefonisch bestätigt. Meine Urlaubsvertretung hat eine entsprechende Notiz im Terminplan gemacht.«

»War das üblich?«

»Nein. Signor Heinisch hielt seine Termine immer ein. Änderungen hätte er wahrscheinlich direkt mit dem Chef besprochen.«

»Und in diesem Fall hat er im Sekretariat angerufen?«

Signora Trevisan lächelt. »Ich dachte mir, dass Sie das

fragen würden. Wir nehmen die Gespräche routinemäßig auf. Hier ist der entsprechende Mitschnitt.«

Sie drückt eine Taste.

47
Noch immer fühlt

Noch immer fühlt sich Venedig an wie ein riesiger schwitzender, Pizza essender Liebhaber, aus dessen Umarmung es kein Entrinnen gibt. Sein Atem riecht nach verdorbenen Muscheln, sein Achselschweiß nach altem Fischbratöl. Ein feuchter Albtraum. Donatella spürt ihre Bluse am Rücken kleben. Sie betrachtet Nardi von der Seite. Helles Leinen umweht ihn wie eine kühle Brise, schafft Abstand zum Rest der Menschheit.

»Was halten Sie von diesem Anruf?«, fragt er.

»Zumindest bedeutet es, dass die Amberg gelogen hat. Allerdings hat der Zeuge von gegenüber einen Mann im Boot beobachtet, keine Frau. Sagt der Boss.«

»Wir wissen auch nicht, ob Heinisch überhaupt in dieses geheimnisvolle Boot gestiegen ist.«

Sie nähern sich der Accademia-Brücke. Eine sehr große, elegant gekleidete Frau kommt ihnen entgegen. Heller Hosenanzug, breitkrempiger Hut. Sonnenbrille. Schuhe mit hohen Absätzen. Modelmaße. Der Mund lächelt lippenstiftrot aus dem Hutdunkel. Erst als sie ganz nahe ist, bemerkt Donatella den Schatten des Bartes, der sich bei manchen Männern schon kurz nach dem Rasieren wieder abzeichnet.

»Ciao, Raffaele.«

»Ciao, Guido«, lächelt Nardi zurück.

Donatella bleibt stehen. Erst starrt sie in die Richtung, wo Guido soeben hinter der Santo Stefano Kirche verschwindet. Dann trifft ihr weitgehend unfokussierter Blick ihren Partner, irrt wieder zu der Stelle, wo Guido verschwunden ist. Nardi ist sichtlich peinlich berührt von Donatellas unsensibler Reaktion.

»Crossdresser«, erklärt er. In dem nachsichtigen Ton, mit dem man Kinder darüber aufklärt, wie Papis Sperma in Mamis Bauch gelangt. »Im Übrigen ein begnadeter Steuerberater. Mit einer langen Warteliste von Möchtegernklienten. Wer erfolgreich Steuern – äh – spart, der darf crossdressen so viel er will. Jedenfalls in Venedig. Vermutlich auch überall sonst auf der Welt.«

»Das ist es nicht«, sagt Donatella mit der Stimme eines wach gerüttelten Schlafwandlers. »Mir ist es völlig egal, was wer wann warum wo anzieht. Hauptsache er, sie oder es zieht irgendwas an. Ich hab mich nur gefragt, was genau macht den Amerikaner, diesen Zeugen, so sicher, dass es ein Mann war?«

»Dass wer ein Mann war?«

»Der Chef hat doch diesen Zeugen aufgetrieben, der gesehen haben will, wie jemand mit einem Boot am Palazzo Montanara anlegte. Ein mittelgroßer, schlanker Mann mit Hut.«

»Wieso war er so sicher, dass es ein Mann war?«

»Worauf wollen Sie hinaus?«

»Dieser Anruf, kurz nach zehn Uhr. Wenn nun Heinisch mit diesem Anruf etwas ganz anderes wollte, als die Amberg behauptet?

»Nämlich was?«

»Ganz einfach: die Amberg zum Palazzo Montanara bestellen. Mit dem Boot, um ihn abzuholen. Vielleicht hatte sie zunächst keine Lust und er musste sie erst überreden. Das würde die Länge des Telefonats erklären.«

Nardi nickt nachdenklich. »Sie meinen, die Amberg hat die Gunst der Stunde genutzt? Heinisch selbst liefert ihr die Gelegenheit. Eine laue Sommernacht in der Lagune. Idealer Platz für ein intimes Gespräch zum Thema ›Und wo bleib ich, wenn Cranz einzieht‹?«

Donatella wählt Nicolaos Nummer. Wartet auf sein *pronto.* »Eine Frage noch, Nicolao, dieser Zeuge auf der anderen Seite des Kanals, wieso ist er sicher, dass es ein Mann war, der im Boot auf Heinisch gewartet hat?«

»Warum fragst du, der Zeuge hat keinen Grund zu lügen.«

»Aber es war dunkel, wieso konnte er so sicher sein?«

»Keine Ahnung. Was spielt das für eine Rolle? Doch, ja, er erwähnte das gekonnte Anlegemanöver. Dass niemals eine Frau so gut mit einem Boot umgehen kann.«

»Außer die Amberg ist die berühmte Ausnahme, eine Frau, die …«

»Wer ist eine Ausnahme?« Nicolao ist sichtlich ganz woanders mit seinen Gedanken.

»Marina Amberg. Sie kann mit Booten umgehen. Bossi hat es herausgefunden. Sie hat sogar –«

»Donatella, vergiss die Amberg! Wir haben Blut auf dem Weg hinaus zum Landungssteg der Montanaras gefunden. Sieht ganz danach aus, als hätte da einer auf ihn gewartet, ihn niedergeschlagen und in das Boot gezerrt.«

»Aber wenn es nun die Amberg war oder Cranz, die auf ihn gewartet haben?«

Nicolao wird ungeduldig. »Dann wäre er doch freiwillig eingestiegen, oder? Ich melde mich, sobald der Laborbefund da ist.«

Donatella steckt ihr Handy ein. »Offenbar hat Nicolao recht. Wenn Heinisch noch im Palazzo oder auf dem Landungssteg niedergeschlagen wurde, dann deutet das tatsächlich auf einen Auftragskiller.«

»Und Marina Ambergs Anruf beim Notar?«

»Dafür kann es auch eine harmlose Erklärung geben. Vielleicht hat Heinisch sie ausnahmsweise gebeten, den Termin zu bestätigen.« Nardi träufelt einige Tropfen Desinfektionsmittel auf seine Handflächen. Reibt sich die

Hände. »Also begraben wir die schöne Theorie feierlich?« Ein intensiver Lavendelduft konkurriert kurz mit den Gerüchen der Stadt und kapituliert.

Donatella schüttelt den Kopf. »Jetzt trinken wir den besten *ristretto* Venedigs im schönsten Haus der Stadt. Ich glaube noch immer nicht an die Montanara-Theorie. Und wenn Nicolao noch so viele Schallplatten und Blutspuren findet.«

48
Arturo ringt die Hände

Arturo ringt die Hände. »Commissario«, sagt er beschwörend, »bitte hören Sie mich an!« Nicolao wendet sich dem alten Diener zu: »Gehen Sie zurück ins Haus. Das hier ist mit großer Wahrscheinlichkeit ein Tatort.«

»Da war seit Wochen eine lose Planke«, sagt Arturo und zeigt auf den Steg. »Ich habe an die zwanzig Mal beim *falegname* angerufen. Aber Sie wissen ja bestimmt, wie das mit venezianischen Handwerkern ist.«

Nicolao denkt flüchtig an die tröpfelnde Dusche und die kaputte Waschmaschine. Ja, er weiß, wie das mit venezianischen Handwerkern ist. »Was wollen Sie mir mitteilen, Arturo?«

»Ich habe schließlich selbst Hammer und Nägel in die Hand genommen und die Planke befestigt. Dabei habe ich mich aber an einem abstehenden Holzspan verletzt.«

»Zeigen Sie mal.«

Arturo zeigt auf die Stellen, wo die Blutspuren gefunden wurden.

»Nein, ich meine, zeigen Sie mir Ihre Verletzung.«

»Da ist nichts mehr zu sehen«, sagt er. »Es hat stark geblutet, ist aber ganz schnell wieder verheilt. Bei mir heilt immer alles sehr schnell. Liegt in der Familie.«

»Arturo«, sagt Nicolao mit so viel Nachsicht, wie er aufbringen kann, »wie lange sind Sie schon bei den Montanaras?«

Arturo muss darüber nicht nachdenken. »Zweiundfünfzig Jahre.«

»Und Sie würden bestimmt alles für die Familie tun?«

»Ich würde mein Leben geben für den Grafen Ludovico und für die Contessina.«

Hm. Auffallend, dass er die Generation dazwischen deutlich ausklammert.

»Arturo! Hier geht es nicht um Loyalität, sondern um die Wahrheit.«

»Aber es ist die Wahrheit, Commissario. Das versuche ich Ihnen doch zu sagen.«

»Gehen Sie zurück ins Haus. Bitte!«

Es passt alles zu gut. Der Graf versucht, Gregor Heinisch davon abzubringen, die Geschichte über Lilly Salomon zu veröffentlichen. Mit Geld? Mit Drohungen? Als das nicht gelingt, lädt er ihn zu einem Gespräch ein und bietet ihm an, ihn mit dem Boot nach Hause bringen zu lassen. Am Steg wartet schon der junge Mann, den der verrückte Amerikaner bei einem sehr gekonnten Anlegemanöver beobachtet hat. Auftragskiller in Venedig sind bestimmt auch gut im Manövrieren von Booten. Offensichtlich ist der Schriftsteller aber nicht freiwillig eingestiegen. Der junge Mann musste ihn mit einem stumpfen Gegenstand überreden. Das Weitere ist einfach. Der Schwerverletzte wird ins Boot gezerrt und irgendwo in der Lagune entsorgt. Wo er ertrinkt.

Es passt alles so gut. Zu gut?

Die Antwort wird das Labor geben.

Nicolao spürt ganz plötzlich ein Unbehagen.

49
Nicolao steht im Schatten

Nicolao steht im Schatten der Arkaden und versucht sich zu erinnern, wie Sophia Loren hieß, ehe sie »die Loren« wurde. Irgendetwas, was so ähnlich klingt wie Scirocco. Aber eben nicht ganz. Obwohl der Name des heißen afrikanischen Südwindes ja durchaus zu ihr gepasst hätte. Es ist kein Zufall, dass Nicolao ausgerechnet hier und jetzt an die Schauspielerin erinnert wird.

Die drei äußerst wortkargen Kollegen der Spurensicherung sind mittlerweile abgezogen. Wie Außerirdische, die es eilig haben wieder zurück nach Krypton zu kommen. Oder wohin auch immer.

Auf das Team der Spurensicherung folgten die Leute der Müllabfuhr in ihren farblich gewagten zitronengelb-türkisen Anzügen. Offensichtlich moralisch gestärkt und guter Dinge nach dem tagelangen Streik. Sie luden den sorgfältig durchsuchten und mittlerweile freigegebenen gräflichen Müll in die dafür vorgesehenen Wägelchen.

Und jetzt ist diese Frau mit den Rundungen einer jungen Sophia Loren damit beschäftigt, den Boden aufzuwaschen, um so die letzten Spuren der Müllkatastrophe zu entfernen. Nicolao stellt fest, dass er diese durch keinen Sport-BH gebändigten Rundungen durchaus mit Wohlgefallen betrachtet. Einfach weil sie mit so viel Selbstverständlichkeit bewegt werden. Lorenartig eben. Nur unzureichend versteckt unter einem Kleid, das die Formen mehr umfließt als verhüllt. Kräftige Oberschenkel zeichnen sich ab, südlich des Saums sind die ebenfalls tragfähigen Beine zu sehen. Die Füße stecken in diesen allgegenwärtigen Gummischuhen, die es zu modischer Akzeptanz gebracht haben.

Das Handy lenkt von Sofia Loren ab und zeigt als Anrufer eine polizeiliche Nebenstelle. Nebenstelle nur telefontechnisch zu verstehen, nicht was ihre Bedeutung betrifft. Die Stimme des Mannes aus dem Polizeilabor klingt bekannt, aber es will sich kein Bild zur Stimme einstellen.

»Commissario, hier ist Tebaldi.«

Auch der Name projiziert kein Porträt an die Erinnerungsfläche. Außer die flüchtige Erinnerung an eine Sängerin. Nicolao versucht mit Jovialität zu kompensieren, was die Erinnerung verweigert. »Ah ja, Tebaldi. Sie haben schon ein Resultat für mich?«

»Sonst würde ich wohl kaum anrufen.«

Überheblicher Bastard. Nicolao wartet schweigend.

»Die Blutprobe, die Sie mir geschickt haben, ist AB positiv.«

»Und der Tote hatte ...?«

»Null negativ.«

»Das heißt, das Blut auf dem Landungssteg stammt nicht von Gregor Heinisch.«

»Bravo, Commissario, das heißt es! Sofern die Blutprobe, die mir vorliegt, von besagtem Landungssteg stammt.«

Jetzt hat Nicolao ein Bild. Spitznasig, sehr blass, ein bisschen Wiesel. Davon überzeugt, dass es die Leute an den Mikroskopen sind, die alle schwierigen Fälle lösen. Und nicht die Neandertaler, die draußen herumstolpern und DNA-Proben verunreinigen.

»Sind Sie vollkommen sicher?« Nicolao weiß, dass die Frage schlecht ankommen wird, aber er kann nicht anders.

Die Antwort ist Stille.

»Tebaldi?«

»Was Sie hören, ist Sprachlosigkeit, Commissario. Wollen Sie andeuten, dass wir hier im Labor würfeln oder Münzen werfen, um eine Blutgruppe zu bestimmen?«

»Natürlich nicht.«

»Das Ergebnis wird Ihnen noch schriftlich zugestellt.«

»Ake Taldi«, sagt Nicolao. So klingt es, wenn man »Danke, Tebaldi« durch zusammengepresste Zähne sagt.

Das schöne Gebäude aus Theorien, Indizien und harten Fakten schwankt. So geht das mit Gebäuden, denen man mir nichts dir nichts eine tragende Wand entfernt. Die tragende Wand einer Blutgruppe.

Die Putzfrau kommt mit einem überschwappenden Kübel auf ihn zu. Die Ähnlichkeit mit der Loren beschränkt sich strikt auf den Körper. »Der Conte hätte den Hof während des Streiks untertags absperren sollen«, sagt sie in dem Italienisch des Südens, das an ganzjährig reifende Zitronen und Orangen denken lässt. Palermo, vermutet Nicolao.

»Warum?«, fragt er.

»Dieser Berg, der sich da angesammelt hat – das war nicht nur unser Mist. Auch die Nachbarn haben ihre Müllsäcke bei uns abgelegt. Damit er nicht vor den eigenen Türen stinkt.«

»Sie haben das beobachtet?«

»Natürlich nur teilweise. Ich bin ja nicht immer da«, sagt die vermutliche Sizilianerin. »Nicht nur die Nachbarn, auch die Touristen haben unseren Eingang als Müllablageplatz verwendet. Pizzakartons, alte Turnschuhe, sogar eine Schallplatte, alles Mögliche ist in den letzten Tagen da gelandet.«

Die Antennen auf Nicolaos Unterarmen richten sich auf, schicken kleine Signale einer ahnungsvollen Hoffnung an die zuständigen Bereiche des Gehirns. Oder vielleicht läuft es auch umgekehrt.

»Jeden einzelnen Nachbarn könnte ich Ihnen namentlich nennen. Sie sind doch von der Polizei, oder?«

Nicolao nennt seinen Namen. »Und Sie sind?«

»Maria. Maria Ruggiero.«

»Palermo?« Man muss Interesse an der Person zeigen, von der man Informationen will. Eine Beziehung aufbauen, so kurzlebig sie auch sein mag.

»Cefalù«, lächelt Maria Ruggiero. Beziehung hergestellt. »Aber das mit dem Müll interessiert Sie wahrscheinlich gar nicht.«

»Es interessiert mich sehr«, sagt Nicolao. »Also, genau genommen weniger die Müllsäcke der Nachbarn. Obwohl Nachbarn eine ziemliche Plage sein können. Ich weiß das.«

»Venedig«, sagt sie. Im Ton eines Arztes, der eine knappe unerfreuliche und endgültige Diagnose stellt.

Nicolao verzichtet darauf, seine Stadt zu verteidigen. »Sie haben eine Schallplatte erwähnt, die da auf dem Müll gelandet ist.«

»Das war erst gestern. Es war noch sehr früh am Morgen. Kaum ein Mensch unterwegs. Aber ich wollte die kühleren Stunden zum Putzen ausnutzen. Ich hab gleich nebenan im Museumsbüro sauber gemacht.« Sie zeigt auf ein Fenster, das direkten Blick zum Eingang des Palazzo ermöglicht.

»Das heißt, Sie könnten die Person beschreiben, die die Schallplatte auf den Müll geworfen hat?«

»Ja, warum denn nicht? Meine Augen sind tadellos.« Dabei steht sie ein bisschen aufrechter, vielleicht um zu zeigen, dass nicht nur ihre Augen als tadellos zu bezeichnen sind.

Nicolao muss sich darauf konzentrieren, ausschließlich in besagte Augen zu schauen. »Na dann«, sagt er. »Ich bin gespannt.«

Maria aus Cefalù mit den tadellosen Augen liefert eine Beschreibung ab, wie sie nur einer geben kann, der gelernt hat, Staubkörner auch auf entlegenen Möbelsimsen zu orten.

»*Grazie*, Maria!«, sagt Nicolao. Und das klingt nicht zufällig wie ein soeben erhörtes Gebet.

50
Amberg oder Cranz?

WENN MAN FEHLER GEMACHT HAT, BEZEICHNET MAN DAS SELBST GERN ALS ERFAHRUNGEN SAMMELN.

Oscar Wilde

Amberg oder Cranz? Wer wird sich melden? Wer beansprucht derzeit das Wohnrecht, noch ehe der letzte Wille des Hauseigentümers bekannt ist?

Donatella ist wenig überrascht, dass sich Marina Amberg nach einer längeren Wartezeit an der Gegensprechanlage meldet. Mit einem »*Chi è?*«, das nicht Frage ist, sondern Drohung.

Aber immerhin – die Tür öffnet sich.

Sie gehen über murmelnden Kies. Die Kühle des Gartens erlöst Donatella aus der schweißtreibenden Umarmung des stadtgewordenen Lovers.

Nardis Blick hat mittlerweile etwas von religiöser Ergriffenheit. Die Bäume stehen knietief im Schatten, Büsche platzen aus allen Blüten, die Lagune glitzert diamanten, das Haus steht da und ist arrogant. Es weiß von seiner Schönheit. Durch die offenen Terrassentüren die Stimme der Amberg. Schärfer als Donatella sie in Erinnerung hat. »Kommen Sie nur weiter! Sie kennen sich ja mittlerweile aus.« So wie man sagt: »Diesen Hautausschlag hab ich jetzt schon zwei Wochen.«

Nardi bekommt einen kurzen Blick ab. »Heute in neuer Besetzung? Auch einen *ristretto*?«

Sie hantiert an der Siebträgermaschine. George Clooney hat hier keinen Zutritt. Kapselfreie Zone.

»Neuigkeiten?«, fragt sie, als die Tassen auf dem Tisch stehen.

»Nichts Entscheidendes.« Donatella inhaliert den Atem der Tasse. Meditation der bekennenden Koffeinikerin.

»Eine kurze Frage noch. Sie haben nicht vielleicht Gregor Heinisch mit dem Boot abgeholt?«

»Oft«, sagt Marina Amberg. Und legt eine ganze Menge Ironie in die drei Buchstaben.

»Ich meine, in der Nacht, in der er gestorben ist. Haben Sie da zwischen zehn und halb elf mit dem Boot am Landungssteg des Palazzo Montanara angelegt?«

»Wie kommen Sie darauf?«

»Haben Sie?«

»Wie sollte ich? Ich wusste ja nicht, wo er an jenem Abend war.«

»Haben Sie?«

»Nein.«

»Ein Nachbar hat jemanden beobachtet, der mit außergewöhnlichem Geschick am Steg angelegt hat.«

»Interessant. Konnte er den Jemand beschreiben?«

»Ich bin hier, um Fragen zu stellen, nicht um sie zu beantworten.«

»Ich sage Ihnen: Er konnte nicht. Es war dunkel, die Anlegestelle ist schlecht beleuchtet und der San-Severo-Kanal relativ breit an der Stelle.«

Das gemeinsame Nichtatemholen von Nardi und Donatella ist spürbar. Etwa so, wie plötzliche Stille aufdringlich in den Ohren dröhnen kann.

Marina Amberg lacht kurz auf. »Ha, jetzt haben wir sie, jetzt hat sie sich verraten – was? Sparen Sie sich den polizeilichen Orgasmus. Dass es zwischen zehn und halb elf dunkel ist, liegt nahe. Und die Kanäle Venedigs kenne ich auswendig. Jeden einzelnen der Protzkästen. Ich weiß, wer Lichtspiele veranstaltet und wer Strom spart. Ich habe schließlich mal für die Gondoliere-Prüfung trainiert, da lernt man die Stadt kennen.«

Marina Amberg schaut auf die Uhr. »Wollen Sie mich verhaften, weil ich mit einem Boot umgehen kann? Wenn nicht, dann war's das. Ich muss pünktlich sein. Auf einen Termin bei Fabrizio wartet man sechs Wochen.«

»Fabrizio?«, wiederholt Donatella mit Fragezeichen.

»Der neue In-Friseur«, sagt Nardi.

Donatellas Handy läutet. Sie geht durch die Halle hinaus in den Garten, außer Hörweite.

»Was machst du gerade?«, fragt Nicolao.

»Ich telefoniere«, antwortet Donatella.

»Nicht du auch noch«, sagt Nicolao. »Das Gespräch vorhin mit dem bleichen Wieselgesicht aus dem Labor war mühsam genug.«

»Tebaldi«, sagt Donatella. Sie weiß immer alle Namen und kann sie mit Gesichtern verbinden.

»Wo bist du?«

»Im Haus. Die Amberg ist da.«

»Cranz?«

»Der nicht.«

»Dann hol ihn.« Nicolao berichtet, was die Frau mit dem Körper einer jungen Sophia Loren und mit den Augen eines Greifvogels beobachtet hat.

»Interessant«, meint Donatella, wie immer völlig unaufgeregt. »Und die Zeugin ist glaubwürdig?«

»Zum Niederknien.«

»Na, na«, mahnt Donatella. »Nicht fromm werden! Wir haben übrigens beim Notar etwas Wichtiges herausgefunden.« Sie berichtet von dem Tonband.

»Hast du den Mitschnitt bei dir?«

»Auf meinem Handy.«

»Gute Arbeit«, sagt Nicolao. »Was man von mir nicht sagen kann. Ich war auf die Montanaras fixiert.«

»Immerhin hast du die Zeugin genau dort gefunden.«

Donatellas Bemerkung legt sich balsamartig auf die Stelle, an der das Ego verwundet wurde. »Ich habe einen Durchsuchungsbeschluss für das Haus und das Grundstück angefordert und *subito* bekommen. Aber eigentlich interessiert mich nur der kleine Außenborder.«

»Die Amberg will zum Friseur.«

»Kann sie vergessen. Die Spurensicherung ist schon unterwegs. Ich übrigens auch. Und hol unbedingt Cranz in das Haus auf der Giudecca. Wenn nötig mit Gewalt.

»Ja, Meister.«

Nicolao bahnt sich seinen Weg durch eine entgegenkommende Menge von Touristenschafen, die herdenartig einem vom Anführer hoch gehaltenen bunten Fähnchen folgen. Sie sehen bestimmt nichts als das rettende flatternde Stück Stoff.

Wie ich, denkt Nicolao. Ich habe nur das große M. gesehen, nichts sonst. Tunnelrealität.

Mit den eigenen Fehlern konfrontiert zu werden, macht die meisten Menschen nicht einsichtig oder demütig oder gar lernbereit, sondern erfinderisch. Sie setzen die ihnen zur Verfügung stehende Kreativität voll und ganz dafür ein, den wahren Schuldigen zu suchen. Und sie werden regelmäßig fündig. Unter Mitarbeitern, Vorgesetzten, Untergebenen, Familienmitgliedern, Ehe- und anderen Partnern, Nachbarn, Kindern, Immigranten. Wenn keine schuldige Person gefunden wird, dann bleibt immer noch das Schicksal, das man verantwortlich machen kann. Das Schicksal ist zwar vom Charakter her boshaft, wie man weiß, aber auch geduldig, was Schuldzuweisungen betrifft.

Angeblich gibt es auch Menschen, die sich selbst Fehler eingestehen und bereit sind daraus zu lernen, aber diese wenigen masochistischen Ausnahmen sind zu vernachlässigen.

Nicolao erinnert sich an seine Mutter, die nach Verkostung einer grässlich schmeckenden *panna cotta* den Ausruf tat: »Wer hat in meinem Küchenschrank Salz mit Zucker vertauscht?«

Er ist also erblich belastet. Trotzdem zählt er eher zur masochistischen Minderheit. Nach der ersten Dankbarkeit für die Aussage einer Zeugin, deren Augen offensichtlich wirklich tadellos sind, setzt die unerfreuliche Erkenntnis ein, dass er nur zu gerne alles Belastende gegen die Montanaras aufgegriffen hat. Er wollte im Auftrag des toten Schriftstellers die Stimme der Lilly Salomon aus der Vergessenheit holen. Den Montanaras vor Augen führen, dass man auch im Schutz eines gewaltigen Namens nicht unangreifbar ist. Weiterführen mit anderen Mitteln, was Gregor Heinisch begonnen hat.

Alles Mögliche wollte er. Anstatt einfach herauszufinden, wer den Schriftsteller getötet hat. Jetzt weiß er es. Banaler Mord, banales Motiv. Und der Fall Lilly Salomon wird niemals aufgeklärt werden. Tote Dichter schreiben nicht.

Das *telefonino* schrillt. Keine seiner eingespeicherten Nummern. Er drückt trotzdem auf Grün. Eine aufgeregte Mädchenstimme. »Commissario Nicolao?«

»Ja.«

»Hier spricht Isabella Montanara.«

»Ja?«

»Helfen Sie uns. Mein Großvater hat sich in seinem Schlafzimmer eingeschlossen. Er antwortet nicht und und ...«

»Wenn Sie ein Gesundheitsproblem befürchten, dann sollten Sie lieber den Notarzt –«

»Das ist es nicht, aber Arturo hat im Waffenschrank nachgeschaut und er sagt –« Die Stimme bricht weg, hält den zurückgedrängten Tränen nicht stand. Man kennt das von Staudämmen.

Waffenschrank! Meine Güte! Was jagt der Mann in Venedig?

»Was sagt Arturo?«

»Großvaters Pistole ... sie ist nicht da, wo sie immer ist.«

Nicolao hat schon kehrtgemacht. Stimmlich versucht er eine Mischung aus eindringlich und besänftigend. »Sagen Sie ihm, er steht nicht unter Verdacht. Nicht mehr. Es ist vorüber. Ich bin in maximal zehn Minuten bei Ihnen.«

Was war das? Ein Schuss? Nicolao zuckt zusammen und blockiert regungslos die enge Gasse, das Handy an sein Ohr gepresst. Hinter ihm stauen sich Touristen. Noch ein Knall. Zwei Bauarbeiter lassen die zweite Planke auf die Steine fallen.

Nicolao atmet auf und fällt in einen leichten, trotzdem schweißtreibenden Trab. Irgendwo hat er gelesen, dass die Japaner Schwitzen mit schlechtem Benehmen gleichsetzen. Ob sie sich im sommerlichen Venedig mit kollektiv schlechtem Benehmen abfinden? Keine wirklich wichtige Frage, aber immerhin geeignet, um das Bild zu verscheuchen, wie sich Conte Montanara den Lauf einer Pistole an die Schläfe hält und abdrückt.

51

»Conte Ludovico!«

»Conte Ludovico!«, sagt Nicolao zu einer massiven Eichentür, die ebenso abweisend wie unnachgiebig wirkt. Isabella ist ihm voraus in den ersten Stock gelaufen. Vorbei an der Kapelle des Palazzo, weiter bis zu dieser Eichentür, hinter der Montanara möglicherweise soeben die Pistole in suizidtaugliche Position bringt. Arturo auf Gichtbeinen ist weit abgeschlagen.

Nicolao probiert es noch einmal. »Conte Ludovico – ich kann Ihnen versichern, dass alles vorüber ist. Jedenfalls für die Familie Montanara.«

Arturo ist keuchend nachgekommen und bleibt mit Isabella auf Distanz. Sie geben ihm Bewegungsfreiraum. Erwarten sie von ihm, dass er jetzt etwas so Polizeiliches unternimmt wie den Versuch, die Tür einzurennen? Eine vor ein paar Hundert Jahren gezimmerte Eichentür? Keine Chance.

Nicolao hat nicht vor, sich lächerlich zu machen. Er sucht nach dem Zauberwort. Es gibt immer ein Zauberwort, selbst wenn man meint, dass alles gesagt ist.

»Ich habe einen Fehler gemacht. Es tut mir leid.«

Noch immer schweigt die Eichentür. Dann Schritte, ein Schlüssel wird im Schloss gedreht.

Es tut mir leid. Die bewährtesten aller Zauberworte. Trotz ihrer Einfachheit so schwer auszusprechen.

In der Tür steht ein müder alter Mann. »Wir müssen reden«, sagt er zu Nicolao. Zu Arturo: »Bring uns Kaffee.« Zu seiner Enkelin: »Ich erkläre dir alles, *tesoro*. Später. Erst muss ich mit dem Commissario hier reden.«

Dem Commissario hier. Einer, dessen Namen man sich nicht merken muss. Zu unwichtig.

Nicolao ignoriert das beleidigt aufmurrende Ego. Jedenfalls versucht er es.

Das Schlafzimmer des Conte unterscheidet sich von der Bibliothek nur dadurch, dass es noch mehr Bücher beherbergt, einen Schreibtisch, mehrere ungemütlich wirkende Sitzgelegenheiten. Das schmale Bett steht nebensächlich in einem Alkoven. Die Bücher in den Regalen machen auf Nicolao schon wieder den Eindruck, als würden sie soeben näher rücken, um besser mitzuhören. Neugierig wie alle Bücher.

»Sie haben keinen Fehler gemacht«, sagt der Conte und sieht an Nicolao vorbei.

Was soll das werden, denkt Nicolao. Doch noch ein Geständnis? Dann, wenn man es nicht mehr erwartet?

»Sie hatten recht. Ich habe diesen Schriftsteller gebeten mit seinen Nachforschungen aufzuhören.« Er lächelt, sieht Nicolao jetzt voll an. »Meine Bitte spielte sich in einer nicht unbeträchtlichen Höhe ab.«

»Er hat abgelehnt.« Nicolao fragt es nicht, er stellt fest.

»Ja. Er hat abgelehnt. Der Zeitpunkt für Enthüllungen zur Vergangenheit meiner Familie ist denkbar ungünstig.«

»Weil Ihr Sohn für das Bürgermeisteramt kandidiert?«

Der Conte macht eine Handbewegung, mit der er Sohn, Kandidatur und ganz Venedig vom Tisch wischt. »Ob Paolo Bürgermeister wird oder nicht – das rettet diese Stadt nicht mehr. Nichts kann diese Stadt retten. Nein, aber meine Enkelin, sie hat das Recht, eine musikalische Karriere zu beginnen, ohne dass unser Name wie ein Bleigewicht an ihr hängt.«

»An sich ein eher nützlicher Name«, bemerkt Nicolao. Dramatische Metaphern kann er nicht leiden.

»Nicht mehr, wenn ein Buch erscheint mit der sensationellen Geschichte der Sängerin Lilly Salomon. Wie sie aus Venedig verschwand und warum.«

Da ist es. Gleich wird er wissen, was bis jetzt nur eine Vermutung war. Eine eigensinnig beharrende Vermutung.

Nicolaos Frage kommt vorsichtig. »Was hätte Gregor Heinisch schreiben können? Hatte er Informationen?«

»Bruchstücke. Aber genug, um eine Geschichte daraus zu konstruieren. Und unserem Namen zu schaden. Mehr zu schaden, als wenn er im Besitz aller Informationen gewesen wäre.« Er holt tief Luft. »Sie werden lachen, ich hatte mich schon dazu entschlossen, ihm alles zu sagen, was ich weiß.«

»Ich lache nicht«, kommentiert Nicolao das Offensichtliche.

»Aber dann kam die Nachricht von seinem Tod.«

»Eine sicherlich willkommene Nachricht.«

»Zunächst ja.«

»Und warum wollen Sie jetzt mit mir darüber reden? Sie wissen, dass ich Ihnen keine Vertraulichkeit zusichern kann. Es geht um Informationen in einem Mordfall.«

Conte Montanara zuckt hilflos mit den Schultern. »Sind Sie abergläubisch, Commissario?«

»In welcher Hinsicht? *Tocca ferro?* Ob ich schnell etwas aus Eisen anfasse, wenn ich Unglück verhindern will? Ob ich die Zahl siebzehn vermeide? Mich vor dem bösen Blick fürchte?«

»Nein. Aber glauben Sie daran, dass die Seelen Verstorbener erst dann Ruhe geben, wenn ihnen Gerechtigkeit widerfahren ist?«

»Lilly Salomon spukt?«

»Zumindest in meinen Gedanken. Und ich möchte nicht, dass sie ihren berechtigten Ärger über meinen Vater an Isabella auslässt. Außerdem glaube ich, dass meine Enkelin ein Recht auf Wahrheit über ihre Familie hat.«

»Dann würde es genügen, wenn Sie mit ihr sprechen.«

»Um ihr ein Geheimnis aufzuladen? Wie soll sie damit umgehen?«

»Was erwarten Sie von mir?«

»Zunächst einmal, dass Sie zuhören.«

Nicolao verzichtet darauf, »ich höre« zu sagen. Er wartet.

»Mein Vater war ein kalter, abweisender Mensch. Ich bin der einzige Sohn. Keine Geschwister. Wenn ich ihn zusammen mit meiner Mutter sah, dann wunderte ich mich manchmal, wie überhaupt jemals ein Kind zustande kommen konnte. Sie gingen höflich miteinander um, aber das war auch schon alles. Er hatte Affären, meine Mutter sah darüber hinweg. Vielleicht lebte auch sie ihr eigenes Leben. Aber man war diskret. 1985 starb er an Magenkrebs. Das Ende war vorhersehbar und als er mich zu sich rief, dachte ich an einen kühlen, unpersönlichen Abschied. Vielleicht ein paar Anweisungen, wie ich die Güter zu verwalten habe.«

Der Conte schaut wieder an Nicolao vorbei, auf Bilder, die er eigentlich nicht sehen will.

»Aber es kam etwas anderes. Es kam eine Lebensbeichte. Die Sache mit Lilly Salomon. An sich eine ganz banale Liebesgeschichte. Aber es war im Jahr 1943. Und das Objekt seiner Begierde war Jüdin. Sie lebte unter falschem Namen in Venedig. Und sie war in einen anderen verliebt. Die Avancen meines Vaters waren unwillkommen. Eine Beleidigung für jemanden wie ihn.«

Er senkt den Blick, betrachtet seine Hände, die verschränkt auf dem Schreibtisch liegen. »Er hat sie an die Behörden verraten.«

»Verstehe«, sagt Nicolao.

Der Conte schüttelt den Kopf. »Sie verstehen falsch. Er wollte sie nicht vernichten. Er wollte sie ganz unten sehen und dann retten. Retten!!! Verstehen Sie? Damit sie ihm dankbar sein würde.«

»Da ist wohl etwas gründlich schiefgelaufen.«

»Mein Vater war kein Faschist, aber er hat sich mit den Deutschen arrangiert. Offiziere zu musikalischen Abenden eingeladen und dergleichen. Er glaubte an seinen Einfluss. Aber er hat ihn überschätzt. Bis nach Fossoli oder gar bis Auschwitz reichte seine Macht nicht. Er fuhr selbst zum Lager in Fossoli. Sein Name, seine Stellung bewirkten immerhin, dass man ihm Auskunft gab. Lilly Salomon war nicht mehr da. Sie war krank geworden, hatte hohes Fieber, als sie abgeholt wurde. Das brachte er noch in Erfahrung. Vielleicht kam sie niemals in Auschwitz an. Jedenfalls nicht lebend.«

»Ende der Geschichte?«, fragt Nicolao.

»Nicht ganz. Da war dieser Maler, ihr Freund, Liebhaber oder was auch immer. Er suchte nach ihr. Beschuldigte meinen Vater, sie verraten zu haben. Danach zeigte keine Galerie Italiens mehr seine Bilder. So weit reichte die Macht unseres Namens dann doch.«

Wie auf ein Stichwort ist eine Stimme durch die angelehnte Tür zu hören. Leise, aber doch artikuliert. Und die Stimme zeigt auch hier Wirkung auf Nicolao.

»Isabella ist fasziniert von dieser Stimme«, sagt der Conte.

Nicht nur sie, denkt Nicolao.

Conte Montanara steht auf und schließt die Tür. Schließt Lilly Salomons Stimme aus. Die vergessene Stimme.

»Was erwarten Sie von mir?«, wiederholt Nicolao seine Frage.

»Sie schienen mir die geeignete Person zu sein, um dieses lästige Geheimnis loszuwerden.«

»Weil Sie glauben, dass ich damit nicht zur Presse gehen werde?«

Der Conte lächelt fast unmerklich und berührt einen eisernen Briefbeschwerer. »*Tocca ferro*«, sagt er.

Auf seinem Weg aus dem Palazzo bleibt Nicolao vor dem Eingang zur Kapelle stehen. Über dem Torbogen ein Halbrelief. Der venezianische Löwe mit ausgebreiteten Flügeln. Die rechte Pfote ruht – wie es sich in Friedenszeiten gehört – auf dem offenen Buch. Nicolao entziffert die altmodische Schrift auf dem Spruchband daneben.

Im Schatten deiner Flügel will ich mich bergen, bis das Unheil vorübergeht.

»Versager«, murmelt Nicolao mit Blick auf den Löwen.

52

Was jetzt?

Was jetzt?, denkt Nicolao, er weiß jetzt, dass er recht hatte und auch wieder nicht. Und Lilly Salomon? Muss warten. Bis nach der anstehenden Verhaftung. Sie hat so lange gewartet, da kommt es auf ein paar Stunden nicht mehr an. Erst sind Anrufe zu erledigen. Die Kollegen von der Spurensicherung, der Staatsanwalt, die Questura. Dort erreicht er niemanden außer Gobetti, atmet tief durch und überträgt ihm die komplexe Aufgabe, ein Boot für den Commissario zur Anlegestelle San Lorenzo zu dirigieren. Möglichst vor zehn Minuten.

Gobetti korrigiert ernsthaft. Rückwirkende Anforderungen seien leider nicht möglich. Nicolao seufzt. Nicht nur wegen Gobetti. Das Seufzen gilt mehr dem Harndrang, der sich mit kategorischem Imperativ meldet. Für eine Amtshandlung sollte man frei von solchen persönlichen Irritationen sein. Er geht in die nächste Bar, bestellt einen Espresso und erwirbt damit die Berechtigung, wieder mit dem Kopf und nicht mehr mit der Blase zu denken.

Das Boot schaukelt am Steg, als er zur Questura kommt. Gobetti lobend zu erwähnen, nimmt er sich vor. Der Mann am Steuer ist in Uniform und offensichtlich der Meinung, dass er nicht fürs Reden bezahlt wird. Zur Begrüßung nickt er, zur angegebenen Adresse ebenfalls. Auf eine Bemerkung Nicolaos die anhaltende Hitze betreffend zuckt er mit den Schultern. Nicolao unterlässt weitere Versuche einer Kommunikation.

Jedenfalls hat der Mann in Uniform eine Hand für Boote. Zwischen Gondeln, Vaporetti, Taxibooten zieht er unbeirrbar seine Ideallinie. Slalomweltmeister der venezianischen Art. Durch den Rio dei Greci hinaus in die Lagune, vorbei an San Giorgio in den Rio de la Croce.

»Sie warten hier bitte!« Wie erwartet nickt der Mann am Steuer bloß.

Donatella steht an der Tür zum Garten. »Cranz schon da?«, fragt Nicolao.

Donatella nickt. Ihr Kinn zeigt hauswärts.

Eindeutig die Zeit der Stummen.

Cranz eilt die Stufen hinunter, ihnen entgegen. Er geht nicht schnell, er läuft auch nicht, diese Art der schnellen Bewegung nennt man eilen. Er trägt zur hellen Hose ein gelbes Leinenhemd mit Stehkragen und attraktiv verwitterte Sorgenfalten im gebräunten Gesicht. »Ich war zufällig schon unterwegs. Gibt es Neuigkeiten?«

»Ja«, sagt Nicolao, »die gibt es.«

Der Thonetständer im Eingangsbereich trägt Hüte. Er erinnert Nicolao an die Khakibäume im November mit ihren zu schwer wirkenden Früchten an laublosen Ästen.

»Sind das Ihre Hüte?«, fragt er.

Cranz nickt, zuckt mit den Schultern. »Niemals ohne Borsalino. Ein Tick. Dagegen ist man machtlos.«

Marina Amberg steht an einem dieser erstaunlichen Fenster, die das Glitzern der Lagune nicht ausgrenzen, sondern hereinholen. Nach einem hastigen Zug an der Zigarette bläst sie den Rauch ins Freie. Der Luftzug von draußen trägt ihn umgehend wieder zurück in den Wohnraum.

Cranz hüstelt genervt. »Du weißt, dass es Gregor noch nie leiden konnte, wenn du hier rauchst.«

»Gregor ist tot«, antwortet Marina Amberg und drückt ihre Zigarette in einer Schale aus Muranoglas aus, die eher für die Aufbewahrung makelloser Obstobjekte gedacht ist. Sie tut es mit einer Vehemenz, als wollte sie damit die Eigenschaft »tot« anschaulich machen. Toter als eine tote Zigarette kann man kaum sein.

Cranz nimmt die Muranoschale, geht zur offenen Küche, gibt die Kippe in den Abfall und lässt Wasser in die Schale laufen.

»Wollen wir uns nicht setzen?«, fragt Nicolao. »Was ich zu sagen habe, wird ein bisschen dauern.«

Wie bei ihrem ersten Besuch sitzen Nicolao und Donatella auf einem Sofa, Marina Amberg und Manuel Cranz auf dem anderen. Aus der Wirklichkeit nebenan materialisiert sich der rote Kater, ignoriert Marina Amberg, streicht um die Beine von Manuel Cranz und schaut in die Runde. Mit der typischen Aufmerksamkeit der Katzen, die bereits alles wissen und neugierig sind, wie sich ihr Vorauswissen in die Realität fügt. Dann streckt er sich auf dem chinesischen Seidenteppich aus, wird zum Muster in der Bordüre. Ausflug in eine zweidimensionale Existenz.

»Ich sage Ihnen, was an jenem Abend geschehen ist«, beginnt Nicolao. »Jemand hat Gregor Heinisch mit einem Boot am Anlegesteg des Palazzo Montanara abgeholt. Wahrscheinlich hat Heinisch diese Person selbst darum gebeten. Jedenfalls stieg er ohne Argwohn in das Boot. Es war übrigens sein eigenes.«

Cranz runzelt die Stirn. Marina Amberg rückt mit ihren rot flatternden Insektenfingern Zeitschriften zurecht, die makellos gestapelt vor ihr auf dem Glastisch liegen.

»Draußen in der Lagune hielt das Boot an. Die beiden Insassen tranken Prosecco miteinander. Unser Gezeitenspezialist hat sehr genau errechnet, wo es gewesen sein muss. Wir setzen morgen Taucher ein, weil wir hoffen, bestimmte Dinge zu finden. Das Handy, die Aktentasche mit den Aufzeichnungen, die er bei sich hatte. Die Tatwaffe. Getrunken wurde übrigens nicht viel, was der Pathologe im Blut des Toten fand, entsprach maximal zwei Gläsern. Die Stimmung zwischen den beiden war offenbar nicht so, dass man die Flasche gemeinsam leerte. Das Gespräch lief aus dem Ruder, die Stimmung kippte.«

Als Venezianer neigt Nicolao zu nautischen Bildern.

»Vermutlich wurde Gregor Heinisch ungehalten, wollte nach Hause gebracht werden. Oder setzte sich selbst ans Steuer des Bootes – wer weiß. In Gefahr wähnte er sich noch immer nicht. Er drehte sich ahnungslos von seinem Gesprächspartner weg, sah also den stumpfen Gegenstand nicht kommen. Ich nehme mal an, dass es die Proseccoflasche war, die ihn am Kopf traf.«

Nicolaos Handy läutet. Er hört zu, nickt. »Danke.«

»Wir haben übrigens eine Beschreibung der Person, die mit dem Boot am Steg des Palazzo Montanara angelegt hat. Ein schlanker Mann, der einen breitkrempigen Hut trug …« Marina Amberg lächelt. Cranz schließt die Augen und schüttelt langsam den Kopf. »… der auffallend gut mit dem Boot umgehen konnte.«

Marina Ambergs Lächeln wird zur Grimasse. Cranz erstarrt.

Donatella übernimmt. »Frau Amberg, Sie haben mir gegenüber ausgesagt, dass Sie nichts wussten von dem Termin, den Gregor Heinisch mit Notar Veronese für den 23. Juli vereinbart hatte.«

Marina Amberg hat das Grimassenlächeln entfernt. »Richtig.«

»Nicht richtig«, korrigiert Donatella. »Dafür gibt es eine Zeugin. Wir haben die Aussage auf Band.«

»Was für eine Zeugin?«

»Hören Sie selbst.«

»*Notariatskanzlei Veronese*«, meldet sich eine Stimme.

»*Guten Tag, Marina Amberg hier. Signor Heinisch bittet mich, seinen Termin zu bestätigen.*«

»*Um welchen Termin geht es? Ah, da haben wir's schon. Freitag, 23. um elf Uhr?*«

»*Ja genau.*«

»*Das ist bereits als fix eingetragen.*« Leichte Verwunderung begleitet diese Feststellung.

»*Bestens. Das war's schon. Vielen Dank.*«

»Nichts gewusst von dem Termin?« Die Frage steht in dem perfekt gestylten Raum wie ein unpassendes Möbelstück.

Marina Amberg wischt das unpassende Möbelstück mit einer Handbewegung weg. »Na und? Ich habe viele Büroarbeiten für Gregor erledigt. Da kann man sich nicht jeden einzelnen Anruf merken. Vermutlich hat Gregor mich gebeten nachzufragen. Es war mir entfallen.«

»Ach so, entfallen«, wiederholt Donatella, so wie man sagt: »Schmeckt scheußlich.«

»Schon wieder ist Ihnen etwas Wichtiges entfallen.«

Die nächste Frage an Marina Amberg kommt von Nicolao. »Sagt Ihnen der Name Lilly Salomon etwas?«

»Nein, nie gehört.«

»Lilly Bergmann?

»Auch nicht.«

»Und doch haben Sie eine Schallplatte mit Opernarien, gesungen von Lilly Bergmann, geborene Salomon, auf dem Müllberg im Palazzo Montanara abgelegt.«

»Behauptet wer?«

»Jemand, der Sie auf einem Foto wiedererkannt hat und bereit ist, vor Gericht auszusagen.«

»Was? Woher wollen Sie ein Foto von mir haben?«

»Aus dem *Gazzettino*-Archiv. Ist schon eine Weile her. Sie waren für kurze Zeit eine Berühmtheit in Venedig, als Sie zur Gondoliere-Prüfung antraten. Gestern früh, als Sie die Schallplatte auf dem Müllberg ablegten, hat kein Borsalino Ihr Gesicht verdeckt. So wie am Abend des 15. Juli, als Sie am Palazzo Montanara an der *porta d'acqua* anlegten, um Gregor Heinisch abzuholen.«

»Unsinn!«, sagt Marina Amberg.

»Oh mein Gott!«, sagt Cranz.

Der Kater fühlt sich angesprochen und begibt sich wieder in die dritte Dimension. Cranz schüttelt den Kopf wie ein Boxer, der einen Treffer einstecken musste.

»Man könnte es komisch finden, wenn es nicht Gregor das Leben gekostet hätte. Marina! Weißt du, dass Gregor dir das Haus überlassen wollte? Schenken! Einfach so! Er hatte vor, für uns beide eine Villa am Lido zu kaufen. Mit Blick auf Venedig. Gleich neben diesem Maler, wie heißt er, Angeli glaube ich. Er hat ihn immer um sein Haus beneidet. Venedig zwar in seiner ganzen Schönheit vor Augen, aber der Touristenwahnsinn weit genug weg. Vermutlich wollte Gregor genau das mit dem Notar besprechen.«

Gegen Marina Ambergs Gesichtsfarbe wirkt ihre weiße Bluse frisch und lebendig. »Aber – Gregor …« Sie stockt. »An dem Abend, im Boot, da habe ich ihn gefragt, wo ich bleibe, wenn Manuel zu ihm zieht. Er hat gelacht. Er konnte gar nicht mehr aufhören zu lachen. Am Lido wohne man sowieso ruhiger, hat er mir erklärt. Genau mit diesen Worten. Ich dachte, er meine mich. Dass ich in irgendeine Wohnung auf dem Lido soll. Lido! Warum nicht gleich Mestre! Ich habe ihm gesagt, dass ich ein Recht darauf habe, in diesem Haus zu bleiben. Er ist ärgerlich geworden. Ein Recht hätte ich auf gar nichts, war seine Antwort. Nach all den Jahren! Das mit der Proseccoflasche war ein Reflex. Ich wollte ihn nicht töten.«

Das Polizeiboot mit Donatella, Nardi und der wie betäubt wirkenden Marina Amberg nimmt Kurs hinaus in die Lagune. Das Frauengefängnis ist praktischerweise nicht weit weg.

Cranz begleitet Nicolao zu dem Tor in der Mauer, die diese kühle Oase von den Geräuschen und Gerüchen der übrigen Stadt trennt.

»Wenn Sie doch wussten, dass Marina Amberg dieses Haus bekommen sollte, warum haben Sie ihr gesagt, sie hätte keinerlei Rechte? Und immer wieder angedeutet, dass sie nur geduldet ist?«

Cranz zuckt mit den Schultern. »Noch hat es ihr ja nicht gehört. Ich wollte sie einfach ein wenig … beunruhigen.«

»Das ist Ihnen gelungen.«

»Ja«, sagt Cranz. »Und es tut mir leid. Sie ahnen nicht, wie sehr.«

Nicolao hat keine Lust auf Ahnungen, die den Seelenzustand des Manuel Cranz betreffen. Er wirft einen letzten Blick auf die Lagune, die heute vermutlich aus flüssigem Silber besteht. Wasser kann niemals so glitzern.

Cranz folgt seinem Blick. »Ja, die Aussicht ist ganz hübsch. Aber ich konnte die Giudecca noch nie leiden. Unterschichtarchitektur, wohin man schaut. In jedem Winkel Kleinkriminelle, Drogendealer, die fettesten Ratten Venedigs. Ich habe nie eingesehen, warum Gregor in dem Haus geblieben ist. Die meisten Venezianer sehen das ja genauso. Sie doch bestimmt auch, Commissario?«

»Ich bin auf der Giudecca geboren. Giudecchino durch und durch. Das Haus meiner Eltern ist da drüben. Nicolaos Kopfbewegung zeigt zur Redentore-Kirche. »Ich würde sehr gerne wieder hier wohnen.«

Cranz überlächelt seine eigene Verlegenheit. »Ja, wenn man Erinnerungen an die Kindheit hat ... Übrigens: Warum haben Sie mich hergeholt? Warum wollten Sie mich dabeihaben? Sie wussten doch von Anfang an, dass Sie nicht mich verhaften würden.«

Nicolao lächelt. »Ohne Sie hätte ich vielleicht kein Geständnis bekommen. Und außerdem: Irgendwer muss doch den Kater füttern.«

53
Endlich einmal früh

Endlich einmal früh zu Hause, denkt Nicolao. Laura wird sich freuen, falls sie nicht noch immer sauer ist, wegen der versäumten Ausstellung. Oder mit Brunello auf dem Lido ist. Ein konditionales Familienleben.

Dass der Anruf genau diese Überlegungen unterbricht, ist vielleicht Zufall. Vielleicht eine Laune des sogenannten Schicksals, das ja bekanntlich spielsüchtig ist.

»Ich höre, es gab eine Verhaftung und ein Geständnis«, sagt Anna Mahler ohne Begrüßung.

»Ich war im Begriff, Sie anzurufen«, lügt Nicolao. »Die Geschichte ist ein bisschen kompliziert.«

»Dann würde ich sie lieber nicht am Telefon hören. Kennen Sie das Haus, in dem Veronica Franco wohnte?«

»Ich kenne keine Veronica Franco. Ich kenne gar keine Veronica. Und ihr Haus schon gar nicht.«

Anna Mahler lacht. »Warum so defensiv? Noch nie von der ehrbaren Kurtisane gehört? Sechzehntes Jahrhundert. Dichterin, Philosophin, Wohltäterin.«

»Sagten Sie nicht gerade: Kurtisane?«

»Ja, das war sie auch. Damals war das kein Widerspruch. Ist es vielleicht noch immer nicht. Wollen Sie das Haus sehen, in dem sie zuletzt gewohnt hat?«

»Eigentlich nicht. Warum sollte ich?«

»Um mich zu treffen. Ein befreundeter Dirigent überlässt mir seine Wohnung, wenn ich in Venedig bin. Und er auf Tournee ist. Wir könnten den Fall Gregor Heinisch besprechen. Eine Art Abschluss.«

»Wie schon gesagt, ich weiß nicht, wo diese Veronica Franco wohnte.«

»Vielleicht kennen Sie sich ja mit Kirchen besser aus? Santa Maria del Soccorso?«

»Keine Ahnung.«

»Gegenüber der Codroma-Bar?«

»Warum nicht gleich«, brummt Nicolao. Und fasst genau da, wo er gerade steht, auf den Stufen zu irgendeiner der vielen Brücken Venedigs, einen Entschluss.

Die Frau mit den ungezählten Leinenkleidern öffnet ihm die Tür in einem japanischen Kimono. Weiße Seide mit blauen Schriftzeichen. Kniekurz. Der Rest der Wohnung spielt China. Viel Rot, viele Kissen, viele Lampen mit Seidenschirmen. Das Sofa, auf dem sie ihm einen Platz anbietet, ist ein Tagesbett, auf dem man entweder liegen oder ganz vorne an der Kante sitzen kann. Die Sache mit der Kurtisane fällt ihm ein. Eine geöffnete Flasche Prosecco steht auf dem Couchtisch. Nino Franco, eine teure Marke, vermutlich der legendären Veronica zu Ehren.

»Ich höre«, sagt Anna Mahler, schenkt ein und setzt sich ihm gegenüber.

Nicolao sitzt ganz vorne an der Sofakante und erzählt. Der Kimono lässt viel Bein sehen. Die Zusammenfassung der Ereignisse gelingt ihm trotzdem einigermaßen. Oder doch nicht? Da ist so ein seltsamer Ausdruck in ihrem Gesicht.

»Noch Fragen?«

»Nur eine«, sagt sie.

Nicolao antwortet nicht. Er greift nach dem Glas und befeuchtet seine trockenen Lippen mit kühl zerplatzenden Perlen.

»Ist es nicht langsam an der Zeit, dass wir miteinander schlafen?«

Die Worte ziehen durch den hohen Raum wie Kondensstreifen auf sonst wolkenlosem Blauhimmel. Der verbale Cirrus homogenitus zerfällt in der Stille.

»Ich bin verheiratet«, hört Nicolao seine ihm ziemlich fremde Stimme.

»Ich weiß«, sagt Anna Mahler, »das bin ich auch.«

»Dein Mann – ist er in Wien? Was macht er?« Nicolao geht zum Du über, weil man nach manchen Fragen nicht mehr per Sie sein kann.

»Ja, er ist in Wien. Schönheitschirurg. Verliebt sich dauernd in irgendein Model, das von ihm Nase oder Busen korrigiert haben möchte. Der Klassiker. Aber abgesehen davon sind wir sehr glücklich miteinander.«

»Glücklich«, wiederholt Nicolao. Nicht Frage oder Wertung, nur Echo.

»Ich habe meinen Job, meine Freiheit und mein Mann die perfekte Ausrede, warum er keine seiner Affären heiraten kann. Soll ich die Frage von vorhin wiederholen?«

»Ich hab sie nicht vergessen«, sagt er. »Und ich glaube, es wäre keine gute Idee.«

Graublaue Augen betrachten ihn neugierig.

»Ich bin zu alt für das hier.« Er schaut sich im rotsamtigen China-Ambiente um. »Ich bin ein schlechter Lügner. Und als Fremdgänger völlig ungeübt. Vermutlich komme ich hier bei dir zu früh und nach Hause zu spät.«

»Romantiker«, sagt sie. Ein wenig Bedauern in der Stimme, aber nicht viel.

Nicolao ist dann doch noch sehr früh am Abend zu Hause. Die geschlossene Schlafzimmertür lässt sanfte Musik durchsickern. Lauras Yoga-Musik. Akustische Aufforderung, bloß nicht zu stören.

Der Hund namens Brunello schleppt einen nur wenig zerkauten Hausschuh heran. Ich wusste, dass sich irgendwer freut, denkt Nicolao.

54
Das Gewitter als Urgewalt

Das Gewitter als Urgewalt. Als kosmische Reinigungskraft. Mit Blitzen und Donner und geöffneten Himmelsschleusen zur Nassdruckreinigung. Wie in so vielen Dingen neigt der Kosmos auch bei den Naturgewalten zum Übertreiben.

Nicolao steht am Fenster seines Büros und beobachtet, wie Touristen mit hastigen Sprüngen vor dem Platzregen Schutz suchen. In Hauseingängen, unter Sonnendächern. Wind peitscht den Regen über Dächer und die Steine der Fondamenta. Schirme geben geknickt ihre Sinnlosigkeit zu. Sämtliche Gondeln sind längst aus dem San-Lorenzo-Kanal verschwunden. Gondolieri sind Venezianer. Und Venezianer wissen, wann Regen zu erwarten ist. Überhaupt in solchen Mengen. Wasser ist ihr Element – von unten wie von oben.

Nicolao geht zurück zum Schreibtisch, nimmt das Kuvert in die Hand, betrachtet die Einladung. Das bunte Wappen, die geprägte neunzackige Krone, die schnörkelige Unterschrift. *Bitte kommen Sie*, steht handschriftlich blautintig mit drei Rufzeichen darunter.

Sofern es aufhört zu regnen, denkt Nicolao.

Gewitterstimmung passt zu dem abschließenden Bericht im Mordfall Gregor Heinisch. Geplanter Mord oder Totschlag im Affekt? Nicht mehr Sache der Polizei. Zwei

Jahre oder zwanzig? Das entscheiden die Geschworenen, das Gericht und die Fähigkeiten ihres Rechtsanwalts. Die vor allem.

Die kosmische Reinigungskraft erfüllt ihre Aufgabe schneller als zu erwarten war. Mit dem Geruch nach Schweiß, altem Frittieröl und verwesenden Muscheln ist auch die Hitze verschwunden. Eine weißwolkige Schar fantastischer Wesen tobt über den jetzt wieder klaren türkisblauen Himmel. Der Wind ist geblieben, er hat noch zu tun in der Stadt.

Nicolao nimmt den Weg über San Moisè zum Campo Santo Stefano, hinter dem sich das Conservatorio Benedetto Marcello erfolgreich versteckt. Die elektrischen Glastüren, die sonst die Privatheit der Hochschule verteidigen, sind weit offen. Das Haus atmet Musik. Klavier aus einem der geöffneten Fenster, Geige aus einem anderen. Er geht die breiten Stufen hinauf, die zum Festsaal mit den frisch renovierten Fresken führen, und bleibt am Eingang stehen. Viele Reihen vergoldeter Stühle, vorne ein Podium. Gesichter. Erst kaum zu unterscheiden, zu viele davon, dann schaltet sich das innere Erkennungsprogramm dazu. Sie sind alle gekommen – die Contarini, Morosini, Foscari, Marin, Grimani, Mocenigo und was es sonst an noblen Namen gibt. Auch die Wahlvenezianer, sofern reich und berühmt. Journalisten, Fotografen, das Fernsehen. Wenn Conte Ludovico Montanara einlädt, dann kommt man eben. Venezianisches Gesetz, in Marmor gemeißelt. Gesprochen wird nicht oder gedämpft.

Ich geh am besten wieder. Was wichtig ist, erfahre ich morgen aus der Zeitung.

Conte Ludovico nickt ihm zu. Knapp, von anderen unbemerkt. Isabella Montanara winkt – durchaus nicht unbemerkt. Köpfe drehen sich, Blicke taxieren. Als Nicolao nicht auf ihr Winken reagiert, geht sie rasch durch den

Mittelgang auf ihn zu. Keine zerrissenen Jeans, sondern ein schwarzes Kleid. Viel zu erwachsen, vielleicht zum Anlass, aber nicht zu ihr passend.

Die Aufmerksamkeit der Besucher folgt ihr mittlerweile geschlossen. Fotografen laufen, Blitzlichter zucken. Keine Chance mehr, unerkannt zu entkommen. Dann steht Isabella Montanara neben ihm. »Gut, dass Sie da sind«, sagt sie.

Lilly Salomon nimmt ihm eine Antwort ab.

Or sai chi l'onore rapire a me volse … Donna Anna mit ihren Enthüllungen. *Jetzt weiß ich, wer mir die Ehre rauben wollte.*

Wie von einem Gewitter gereinigt wirkt die Stimme, ohne Nebengeräusche, befreit vom Staub einer sehr alten Aufnahmetechnik. Eine unglaubliche Stimme und so wütend, wie man eben als Donna Anna auf Don Giovanni sein muss.

»Ein Studio in Rom hat das hingekriegt«, flüstert Isabella.

Sie sitzen nebeneinander in einer der letzten Reihen.

Wieder die Stimme Lilly Salomons. *Vissi d'arte, vissi d'amore … Ich habe für die Kunst gelebt, für die Liebe.* Die Geschichte der Tosca, deren Leben von einem mächtigen Mann zerstört wurde. Irgendwie auch die Geschichte Lilly Salomons. Der Kosmos mag solche Scherze.

Perché, perché, Signore, ah, perché me ne rimuneri così?

Conte Ludovico lässt die Wirkung der Arie nachklingen, bevor er ans Mikrofon geht. Dann steht er da und schweigt. Das strenge gräfliche Schweigen duldet kein Hüsteln. Die Erwartung steigt wie *acqua alta* bei Vollmond.

Was er dann sagt, kommt auch für Nicolao unerwartet. »Ich weiß, was es heißt: nicht heimkehren. Durch den Stacheldraht hab ich die Sonne versinken und sterben gesehen.«

Das kollektive Atemanhalten produziert eine Art Weltraumstille. Mit viel Platz für die Stimme des Conte. »Mit diesen Zeilen beginnt ein Gedicht von Primo Levi. Das Gedicht mit dem Titel ›Sonnenuntergang in Fossoli‹. Wie vielleicht nur wenige von Ihnen wissen, befand sich in Fossoli ein Konzentrationslager für jüdische Menschen aus unserer Stadt, die dann in den meisten Fällen weiter nach Auschwitz deportiert wurden.«

Die gefühlte Temperatur im Raum fällt drastisch.

»*Signore e Signori* – Sie haben soeben die Stimme von Lilly Salomon gehört. Die Stimme einer begnadeten Sängerin aus Wien. Ihr Künstlername war Lilly Bergmann. Aus bekannten Gründen konnte man in den Dreißigerjahren mit dem Namen Salomon keine Karriere beginnen. Als die Bedrohung durch die Nationalsozialisten zunahm, suchte sie Schutz unter den Flügeln des Löwen von San Marco. Sie lebte in Dorsoduro unter falschem Namen. *Sub umbra alarum* – im Schatten seiner Flügel glaubte sie sicher zu sein. Bis sie im Herbst 1943 verraten wurde …«

»Von wem wohl?«, faucht Isabella Montanara neben Nicolao.

»Sie kam zuerst nach Fossoli, dann vermutlich nach Auschwitz, wofür es jedoch keinen Beweis gibt. Ihre Spur verliert sich.«

Conte Ludovico senkt den Kopf.

»Ich betrachte es als meine Pflicht …« Wieder eine Pause. »… diese Stimme und diesen Namen aus der Vergessenheit zu holen. Ein Musikwissenschafter hat in unserem Auftrag recherchiert.«

»Meine Idee«, sagt Isabella leise.

»Was man heute über Lilly Salomon weiß, ist in einer Gedenkbroschüre zusammengefasst. Die wenigen Aufnahmen einzelner Arien wurden technisch überarbeitet und neu aufgelegt. Beides kann zu stark überhöhten Preisen unten in der Halle erworben werden.«

Niemand im Saal kann sich zu einem Lächeln durchringen. Lächeln und Auschwitz passen nicht gemeinsam in einen Raum. Auch nicht, wenn er sehr groß ist.

»Aber es gibt noch etwas, was ich Ihnen sagen möchte …«

Wieder Pause.

»Sag es, Nonno«, murmelt Isabella. »Sag es!«

»Ich habe mit einem beträchtlichen Startkapital eine Stiftung gegründet – die Lilly-Salomon-Stiftung.«

Er schweigt, um dem Raunen im Saal die Wirkung nicht zu nehmen.

Showtime, denkt Nicolao.

»Die Stiftung wird künftig begabten jungen Sängerinnen und Sängern die Möglichkeit geben, bei den besten Lehrern der Welt zu studieren. Ich weiß, dass viele von Ihnen bereits bewiesen haben, wie sehr Ihnen diese Stadt und die Musik am Herzen liegen. Wenn Sie zum Stiftungsvermögen beitragen möchten, will ich Sie nicht davon abhalten. Notar Veronese ist mit der Verwaltung betraut. Selbstverständlich kommen auch alle Einkünfte aus dem Verkauf der musikalischen Aufnahmen und der Broschüre ausschließlich der Stiftung zugute. Ich danke Ihnen.«

Isabella ist aufgestanden. »So. Ich gehe jetzt einfach da hinaus und sage allen, wer es war, der Lilly Salomon verraten hat.«

Auch Nicolao steht auf. Er legt eine Hand auf ihren Arm. Eine federleichte Berührung, die nur einen Augenblick dauert. »Tun Sie es nicht«, sagt er leise. »Conte Alvise ist tot. Der Rest der Familie würde zu Unrecht darunter leiden. Das Fachwort heißt Sippenhaftung. Glücklicherweise aus der Mode gekommen.«

Auch Isabella flüstert. »Commissario! Die Montanaras verwenden das Schicksal Lilly Salomons zu ihrem Vorteil. Sehen Sie das nicht?«

»Ich sehe es.«

»Mein Vater wird vermutlich Bürgermeister wegen ihr. Mein Großvater ist ab sofort in den Augen der meisten Venezianer ein Heiliger. Meine Familie inszeniert sich, wo immer es geht.«

Nicolao schaut in sehr junge, sehr zornige, vermutlich auch ehrliche Augen. »Eben. Es liegt an Ihnen, damit aufzuhören. Jetzt.«

»Sie meinen …« Isabella bleibt eine Weile still. Dann sagt sie etwas sehr Unerwartetes: »Commissario? Hat Ihnen schon mal jemand gesagt, dass Sie im Profil Marcello Mastroianni ähnlich sehen?«

Epilog

»Nicolao?«

»Ja, Bossi, was gibt's?« Bossis selten verwendete Brummstimme ist sogar für Nicolao schon nach einem Wort am Telefon problemlos zu identifizieren.

»Interessiert noch irgendwen, was mit David Cooper passiert ist?«

»Eigentlich nicht.«

»B and E.«

»Was?«

Bossi seufzt. Lästige Wortvergeudung. »Break and Enter. Panikreaktion des Einbrechers.«

»Danke, Bossi.«

»Noch etwas: Ich schick dir einen Link.«

»Aber ich muss ...« Klick. »... gleich weg, um meine Frau zu treffen«, sagt Nicolao zur toten Leitung.

Er bleibt unentschlossen an der Tür stehen. Neugierde gegen besseres Wissen. Ein Konflikt, in dem fast immer die Neugierde gewinnt. In Horrorfilmen aus dramaturgischen Gründen, im täglichen Leben weiß der Teufel, warum. Der besonders.

Wie spät? Zeit genug, sagt das Handy. Sofern nicht allzu viele Touristen im Weg stehen. Aber in Venedig stehen immer allzu viele Touristen im Weg. Morgen, denkt Nicolao. Die Sache hat bestimmt bis morgen Zeit. Er will Laura nicht warten lassen.

Aber da gibt er schon das Passwort ein. Klickt auf Bossis Mail und auf den Link. Der Name eines Auktionshauses in München. Nicolao schüttelt verärgert den Kopf. Was soll das?

Dann das Bild. Ein Gesicht, wie es nur ein begabter Landschaftsmaler interpretieren kann. Hauttöne wie sonnenwarmer Sandstrand, Meergrün in den Augen, ein leuchtend roter Sonnenuntergang die Fülle der Haare.

Die Antennen auf Nicolaos Unterarmen wissen es vor ihm. Bevor er liest, was unter dem Bild steht.

»Lilly«, Porträt. Öl auf Leinwand. Künstler: Mario de Silva, signiert MdS, datiert Rio, Juni 1952.

Nicolao bahnt sich einen Weg durch die Menge. Das eben gesehene Bild hat er mit allen Details vor Augen. Kann man so aus der Erinnerung malen? Der Mund lächelt. Ganz wenig nur. Ungeübt. Wie nach Jahren des Nichtlächelns. So jedenfalls erscheint es Nicolao.

Was könnte das bedeuten?

Dass Mario de Silva auf der Suche nach Lilly noch vor Montanara im Lager Fossoli war? Mit ausreichend Bestechungsgeld anstelle von Arroganz? Dass die Auskunft, die der Graf später bekam, falsch war?

Nicolao weicht routiniert einigen kriegerisch ausgestreckten Selfiestangen aus.

Könnte es sein, dass de Silva Lilly freibekam und mit ihr nach Brasilien flüchtete?

Das Orchester vor dem Caffè Florian spielt einen Tango – wie als positive Antwort auf seine Frage.

Wie war das mit Brasilien? Die kämpften in der Schlacht um Monte Cassino sogar auf Seiten der Amerikaner, oder?

Nicolao ist fast schon beim Correr-Museum. Eine undurchdringliche Formation aus Japanern muss noch überwunden werden.

Aber warum hat Lilly Salomon nie wieder gesungen? Wer sagt das? Vielleicht hat sie? Unter anderem Namen? Vermutlich gibt es auch in Rio de Janeiro ein Opernhaus.

Laura steht vor dem Eingang zum Museum. Schaut auf die Armbanduhr.

»Ich möchte jetzt lieber nicht in eine Ausstellung gehen«, sagt er statt einer Begrüßung.

»Was möchtest du sonst tun?«, fragt Laura.

»Ich möchte dir ein Märchen erzählen.«

Es gibt sie, die Sekunden, die über Ende oder Neubeginn entscheiden.

Venedig hält den Atem an.

Laura nimmt seine Hand. »Dann nichts wie weg.«